Anna, la bohème

Du même auteur
aux Éditions J'ai lu

Les sœurs d'Irlande

1 - ELIZA, LA REBELLE

N° 9542

LAUREL

McKEE

Les sœurs d'Irlande – 2

Anna, la bohème

Traduit de l'américain
par Béatrice Pierre

J'AI LU

Titre original
DUCHESS OF SIN

Éditeur original
Forever, an imprint of Grand Central Publishing,
Hachette Book Group Inc.

À Mme Harold, mon professeur d'histoire du lycée,
et à tous les merveilleux professeurs que j'ai eus
au fil des ans et qui m'ont encouragée à écrire.

1

Dublin, décembre 1799

Elle ne devrait vraiment pas faire cela. C'était de la folie. Mais savoir qu'elle commettait une imprudence ne l'avait jamais arrêtée.

Lady Anna Blacknall rabattit davantage la capuche de sa cape noire sur ses cheveux blonds afin de ne pas attirer l'attention. Le dos plaqué contre le mur de pierre, le visage en partie dissimulé par un loup de satin, elle scruta les alentours. Ses efforts pour rester invisible semblaient efficaces car aucun passant ne lui avait jeté ne serait-ce qu'un coup d'œil.

Mais que faisait donc Jane ? Si, par lâcheté, elle décidait de ne pas venir, Anna ne pourrait pas entrer à l'*Olympian Club* dont seule Jane était membre. Toutefois, cela ne lui ressemblait pas de l'abandonner ainsi. Veuve mais encore jeune, lady Jane Cannondale était toujours prête à s'amuser. Elle était aussi la nouvelle amie de cœur d'Anna, au grand regret de la mère de cette dernière. Ignorant qu'Anna était à l'initiative de presque toutes leurs frasques, Katherine Blacknall, lady Killinan, craignait que lady Cannondale n'entraîne sa fille dans quelque aventure scandaleuse qui ruinerait sa réputation.

Anna pressa les mains sur son estomac où voletaient une centaine de papillons affolés. Lorsqu'elle avait appris que le très fermé *Olympian Club* donnait un bal masqué, elle avait vu là une occasion unique d'y pénétrer. À coup sûr, un endroit aussi mystérieux devait valoir la peine qu'on l'explore.

Étrangement, Jane avait tenté de la dissuader.

— Ce sera sûrement très ennuyeux, avait-elle déclaré en reprenant le carton d'invitation qu'Anna avait déniché dans son salon. La réputation du club tient surtout au fait que le nombre de membres est limité. En fait, on joue aux cartes et on danse comme dans n'importe quel salon de Dublin.

Anna lui reprit la carte.

— Comment un bal masqué dans un club privé pourrait-il être ennuyeux ? Si vous saviez comme je m'ennuie en ce moment. C'est exactement le genre de chose dont j'ai besoin !

— Vous sortez tous les soirs, s'était esclaffée Jane. Comment pouvez-vous vous ennuyer ?

— Les gens ne parlent plus que des débats sur l'Union qui ont lieu au Parlement.

Elle était lasse des querelles interminables entre les partisans et les opposants à l'Union de l'Irlande et de l'Angleterre, des rumeurs sur ceux dont les votes avaient été achetés par des titres ou de l'argent, et qui en étaient venus aux mains dans le parc Saint-Stephen.

Ces discussions ne l'aidaient pas à oublier les souvenirs terribles qu'elle gardait de la Rébellion de 1798. Seuls la danse, le vin et la présence d'une foule animée y parvenaient, pour quelques heures en tout cas.

Ayant finalement réussi à convaincre Jane de l'emmener au bal masqué de l'*Olympian Club*, Anna s'était glissée à l'heure dite hors de la maison pour attendre son amie au coin de la rue.

Comme elle ne possédait que d'insipides robes blanches ou pastel, elle avait emprunté à Jane une somptueuse toilette de satin rouge ornée de perles et de dentelles noires. Les perles tintaient à chacun de ses gestes, comme si elles aussi avaient envie de danser, de se laisser emporter par la musique. Mais si Jane ne se hâtait pas, l'aventure s'achèverait avant d'avoir commencé.

La voiture de lady Cannondale apparut enfin au coin de la rue. La portière s'ouvrit, et Anna grimpa à l'intérieur. Les papillons battaient des ailes plus frénétiquement que jamais dans son estomac tandis que le véhicule s'élançait dans la nuit.

— J'ai cru que vous vous étiez ravisée, avoua Anna.

— Mais non, voyons, répondit Jane en nouant le ruban de son masque. Je vous ai promis une aventure, je tiens parole, mais j'ai bien peur que vous ne soyez déçue.

— Je suis certaine que ce n'est pas aussi ennuyeux qu'un bal chez le gouverneur, riposta Anna en réprimant un frisson. Les grandes salles mornes du Château, la musique affreuse et ces interminables menuets avec des jeunes gens imbus d'eux-mêmes. Et maman qui fait tout ce qu'elle peut pour que j'en épouse un et renonce à mes extravagances.

Jane éclata de rire.

— Vous devriez céder et épouser l'un de ces garçons.

— Jane ! Jamais. Rien que l'idée que l'un d'eux pourrait me toucher... de cette façon-là. Non.

— Cela ne dure qu'un instant, je vous assure. Et ensuite, vous êtes plus libre que vous ne pouvez l'imaginer actuellement. Mon Harry était un affreux vieux schnoque, mais à présent, j'ai son argent *et* Gianni, qui est un délicieux amant. C'est une vie merveilleuse, vraiment.

— Mais vous êtes la veuve de Harry, Jane. Vous n'avez plus à subir ses... ses attentions.

Regardant sans les voir les façades grises et blanches, les colonnes austères et les portes peintes en noir des maisons qui défilaient derrière la fenêtre, Anna songea au vieux lord Cannondale, décédé au printemps dernier. Elle se remémora la façon dont il dévorait Jane du regard, ses mains noueuses à la peau tachetée. Et elle pensa à ce soldat à moitié fou qui, profitant d'un combat lors de la Rébellion, s'était jeté sur elle...

— Je serais incapable de partager mon lit avec ce genre d'individu, déclara-t-elle. Pas même avec la perspective d'être libre un jour.

— Eh bien, que diriez-vous de Grant Dunmore ? Il est jeune et séduisant. Toutes les jeunes filles sont folles de lui, et cependant, il n'a dansé qu'avec vous au bal de lady Overton la semaine dernière. Il y a pire, non ?

C'est vrai, il y avait sir Grant Dunmore. Le plus bel homme de Dublin, de l'avis général, et pas vieux du tout. Si elle devait épouser quelqu'un, pourquoi pas lui ?

— Il n'est pas mal, admit-elle d'un ton neutre.

— Oh, Anna ! Il n'y a donc personne dans tout Dublin qui ait retenu votre attention ?

Anna fronça les sourcils. Si, il y avait eu un homme qui avait retenu son attention. Un siècle plus tôt, lui semblait-il bien que cela ne remontât qu'à deux ans. Lorsqu'elle fermait les yeux, elle revoyait les traits ciselés de son visage austère et l'éclat de ses yeux verts. Elle se souvenait de ce qu'elle avait ressenti lorsque ses mains puissantes s'étaient posées sur elle dans cette écurie en ruine...

Le duc d'Adair. Elle pensait encore à lui, rêvait de lui la nuit, bien qu'ils ne se soient jamais revus. À l'époque – la Rébellion était alors à son pic –, elle fuyait avec sa famille, tandis que lui effectuait une dangereuse mission dont elle ne savait rien. Mais une chose était sûre : il n'avait certainement pas envie de la revoir après ce qu'elle lui avait fait.

Elle secoua la tête pour le chasser de son esprit.

— Non, il n'y a personne, répondit-elle. Je n'ai rencontré personne qui me plaise comme votre Gianni vous plaît.

— Il va falloir remédier à cela. Ah, nous sommes arrivées !

Soulagée, Anna regarda par la fenêtre et découvrit un bâtiment de pierre blanche de style classique sans signe distinctif. La seule lumière provenait d'une fenêtre en éventail au-dessus de la porte bleu foncé. Toutes les autres fenêtres étaient drapées de rideaux sombres.

Anna lissa ses gants, puis inspira à fond tandis que le valet ouvrait la portière.

— Vous êtes sûre que c'est là ? murmura-t-elle. Ça n'a pas du tout l'air scandaleux.

— Je vous avais prévenue que vous risquiez d'être déçue, répliqua Jane en posant le pied sur le trottoir. Cela dit, les endroits les plus délicieusement interdits sont adeptes du déguisement.

Comme elle-même ? Anna avait découvert qu'elle était douée pour se cacher derrière une façade et feindre d'être ce qu'elle n'était pas. Mais peut-être essayait-elle des masques différents afin de découvrir ce qu'elle était vraiment, afin de dissimuler ce terrible vide en elle. Mais l'heure n'était pas à l'introspection.

Elle gravit les marches du perron derrière Jane, et attendit un peu en retrait tandis que son amie tendait son invitation à un majordome revêche.

— Suivez-moi, je vous prie, mesdames, dit-il après les avoir examinées avec attention.

Deux valets masqués s'avancèrent pour prendre leurs capes, et la porte se referma derrière elles avec un bruit menaçant. Anna se demanda si Jane n'avait pas eu raison de lui conseiller de rester chez elle.

Comme elles suivaient le majordome dans l'escalier, elle vit brièvement son reflet dans un miroir et eut du mal à se reconnaître. Avec cette robe rouge si femme, ce masque de satin et ce voile de dentelle noire qui couvrait ses cheveux blonds, elle paraissait plus que ses dix-huit ans.

Tant mieux. Parfois, elle était lasse d'être elle-même, Anna Blacknall, avec tout ce fatras d'obligations, d'attentes implicites, de souvenirs accablants.

Et puis, elle ne tenait pas à ce qu'on la reconnaisse. Car non seulement cela porterait un coup fatal à sa réputation, mais elle décevrait de nouveau sa famille, et de la pire des façons. Pourtant, certains soirs, comme aujourd'hui, c'était comme si une terrible pulsion s'emparait d'elle et la poussait à fuir la maison.

En haut des marches, le majordome emprunta un long couloir. Des torches d'allure médiévale fichées dans des appliques en métal jetaient des ombres sur les murs nus. Seul le bruit de leurs pas sur le sol dallé rompait le silence. Bientôt, cependant, un bourdonnement sourd leur parvint, s'amplifia, jusqu'à devenir une espèce de rugissement étouffé.

Le majordome ouvrit deux grandes portes, et Anna découvrit un spectacle stupéfiant.

C'était une salle de bal, bien sûr, mais fort différente de celles qu'elle connaissait. Les hautes fenêtres étaient drapées de velours noir ; des serpentins de satin rouge et noir tombaient du plafond orné d'une fresque qui représentait les dieux de l'Olympe en train de batifoler. D'autres dieux, de pierre et de marbre, se dressaient dans leur splendide nudité devant les murs tapissés de soie. L'air sentait la cire des chandelles, et le parfum des orchidées et des lys dont les statues étaient enrubannées.

Un orchestre invisible jouait une valse de Vienne, son presque discordant aux oreilles d'Anna habituées aux menuets guindés des bals de la bonne société. Des couples masqués tournoyaient, kaléidoscope enivrant de blancs, de rouges, de noirs, de verts. Une énergie presque primitive émanait de cette scène étonnante.

L'anxiété d'Anna céda la place à l'euphorie. Oui, ce lieu de plaisir était exactement ce dont elle avait besoin ce soir.

Jane prit deux coupes de champagne du plateau que présentait un valet masqué et en tendit une à Anna.

— À vous, Anna, dit-elle en heurtant doucement sa coupe contre celle de son amie. Est-ce conforme à ce que vous espériez ?

Anna avala une gorgée du liquide pétillant et regarda les danseurs.

— Oh oui !

— Alors, passez une bonne soirée. Le salon où l'on peut jouer aux cartes est là-bas, le buffet de l'autre côté. Ils font de délicieuses tartelettes au homard. Quant à moi, je vais me chercher un cavalier.

— Amusez-vous, fit Anna.

Jane disparut dans la foule. Anna finit sa coupe, s'empara d'une autre, puis entreprit de faire le tour de la salle. Ce n'était assurément pas le genre d'endroit que sa mère aurait approuvé. C'était trop étrange, trop sombre – et les danseurs se tenaient beaucoup trop serrés. Un homme s'inclina sur sa partenaire et l'embrassa dans le cou, lui arrachant un éclat de rire. Anna se détourna et jeta un œil dans le salon où l'on jouait à la roulette et aux cartes. Jamais elle n'avait vu autant d'argent sur une table de jeu.

Non, l'*Olympian Club* ne ressemblait ni aux salons du Château, siège du gouvernement anglais, ni à ceux de la bonne société. Et c'était tant mieux. On ne pouvait s'étourdir dans les bals guindés et les parties de cartes aux enjeux mesquins.

Elle saisit une autre coupe. Le champagne et le parfum des fleurs formaient une combinaison entêtante. L'espace d'un instant, la pièce oscilla devant elle, tourbillon rouge et noir de couples qui riaient.

— Vous ne devriez pas être là, *beag peata*, dit derrière elle une voix grave teintée d'accent irlandais.

Anna frissonna et, comme dans un rêve, les couples tournoyèrent plus lentement. Les doigts crispés sur le pied de sa coupe, elle jeta un regard par-dessus son épaule. Et, pour la première fois depuis qu'elle avait mis le pied dans ce lieu étrange, la peur l'éteignit.

L'homme se tenait suffisamment loin d'elle pour qu'elle pût s'éloigner et se fondre dans la foule. Mais quelque chose dans les profondeurs indéchiffrables de son regard vert la cloua sur place.

Grand et solidement bâti, il portait une tenue de soirée noir et blanc. Tout en lui était sombre : sa peau tannée, son masque de satin, ses cheveux coupés très court, sa barbe naissante. Un Hadès remonté des Enfers dont les lèvres apparaissaient cependant étrangement sensuelles et douces.

Des lèvres qui se retroussèrent sur un sourire narquois, comme s'il lisait dans ses pensées.

— Vous n'êtes pas à votre place ici, insista-t-il.

Quelque chose dans la voix rocailleuse – une pointe d'amusement ou peut-être de tension – irrita Anna. Il ne la connaissait pas ; comment osait-il prétendre savoir où était sa place ? Elle-même l'ignorait.

Redressant les épaules, elle rejeta la tête en arrière pour le regarder dans les yeux. Dieu qu'il était grand ! Elle se sentait petite et délicate à côté de lui, ce qui lui déplaisait.

— Au contraire, je trouve tout cela remarquablement amusant.

— Amusant ?

Le regard de l'inconnu balaya la salle avant de revenir sur elle, l'épinglant comme un papillon.

— Vous avez des goûts curieux en matière d'amusement, *beag peata*.

— Ne m'appelez pas ainsi. Je ne suis pas *si* petite.

Un sourcil sombre se haussa au-dessus du masque.

— Vous connaissez le gaélique ?

— Juste assez pour savoir quand on m'insulte.

Il eut un rire bref, un peu grinçant, comme s'il lui arrivait rarement de s'esclaffer.

— Ce n'est pas une insulte, contra-t-il. Juste la vérité – petite.

Avant qu'Anna ait pu deviner ce qu'il allait faire, il lui agrippa le poignet. Il avait beau ne pas le serrer, elle sentit qu'elle ne pourrait pas se dégager aisément. Il émanait de lui quelque chose de fascinant qui enveloppa Anna tel un voile scintillant.

Retenant son souffle, elle le regarda déboutonner son gant, puis tirer dessus, révélant un poignet pâle et fragile.

— Vous voyez, dit-il tranquillement. Vous êtes bel et bien petite et délicate, aussi tremblante qu'un oisillon.

Il porta le poignet d'Anna à ses lèvres et déposa un baiser à l'endroit où le pouls palpitait. La chaleur du baiser la troubla, et plus encore le contact inattendu de sa langue sur sa peau. Elle tenta de se libérer, mais il resserra son étreinte.

— Vous ne devriez pas être ici, parmi ces prédateurs, murmura-t-il en dardant sur elle un regard sévère.

Ces yeux verts…

Un souvenir remonta brutalement à la surface. Un homme aux longs cheveux sur une colline battue par les vents. Un homme qui l'étreignait dans une écurie en ruine, qui l'embrassait alors que le danger rôdait partout…

Un homme aux yeux verts.

— C'est… c'est vous ? articula-t-elle sans réfléchir.

Il étrécit les yeux, un nerf tressauta sur sa joue.

— Je vous le répète, *beag peata*. Ce n'est pas un endroit pour vous.

— Je vais où je veux, rétorqua-t-elle d'un air de défi.

— Dans ce cas, vous êtes stupide. Tout le monde devrait se montrer prudent ces temps-ci. On ne sait jamais si l'on a affaire à un ami ou à un ennemi.

— Encore des insultes ?

À la fois furieuse et déstabilisée, Anna tenta de se libérer, mais au lieu de la lâcher, il enroula son bras libre autour de sa taille et l'attira contre lui. Son grand corps ferme se pressait contre le sien, et elle perçut sa chaleur à travers la soie de sa robe.

— Puisque vous tenez à rester, il faut que vous dansiez.

Et, sans lui laisser le loisir de protester, il la souleva et l'emporta au milieu des danseurs. Lentement, il la reposa sur le sol, puis, la main au-dessus de sa tête, la fit tournoyer sur place.

— Je ne connais pas les pas, l'avertit-elle.

— Nous ne sommes pas dans un bal mondain, répliqua-t-il d'un ton rogue en l'enlaçant.

Et tandis qu'il la faisait tournoyer de nouveau, Anna se rendit compte qu'il avait raison… tout le monde semblait utiliser la danse comme prétexte pour se rapprocher. Les couples étaient plaqués l'un contre l'autre et tourbillonnaient follement.

Elle éclata de rire. Elle se sentait tout étourdie et audacieuse, soudain, la faute sans doute au champagne, à la musique et à ce grand corps dont elle subissait l'emprise. Eh bien, tant mieux. Elle était venue ici pour oublier, non ? Pour laisser la vieille Anna derrière elle et noyer ses angoisses dans les excès nocturnes. Alors autant le faire de manière spectaculaire.

Nouant les bras autour du cou de son partenaire, elle se laissa aller contre son torse musclé et murmura :

— Montrez-moi comment *vous* dansez.

Il crispa la mâchoire, mais son regard demeura rivé au sien.

— Vous feriez mieux de rentrer chez vous, à présent.

— Il est encore tôt. Et vous avez dit que je devais danser.

En guise de réponse, il resserra son étreinte et entreprit de la guider. Aussitôt, la foule se fondit en un brouillard doré d'où lui seul émergeait, net et tranchant, tandis qu'il la faisait tourner, et tourner encore. Rejetant la tête en arrière, elle ferma les yeux et éclata de rire. C'était comme de voler ! Et cela valait la peine de prendre des risques. L'espace d'un instant, elle s'oublia totalement et s'envola librement.

C'est alors qu'il la souleva de nouveau de terre, lui fit franchir une porte sans cesser de tourbillonner. Le silence lui fit rouvrir les yeux et elle découvrit qu'ils étaient dans un jardin d'hiver. Derrière les fenêtres cintrées, la lune se découpait sur le ciel obscur. L'air sentait la terre humide et les fleurs épanouies

Elle entendait à présent les murmures de couples dissimulés derrière les plantes en pot, l'écho lointain de la musique, et surtout le souffle rauque de son partenaire. Elle en sentit la caresse sur la peau nue de sa gorge et son cœur se mit à battre sourdement.

Pour la première fois, elle eut vraiment peur. Peur d'elle-même, de la créature sauvage en elle qui criait qu'on la libère. Peur de lui aussi, de sa force brute, de la fascination qu'il exerçait sur elle. Peur qu'il fût celui qu'elle le soupçonnait d'être. Peur qu'il disparaisse à nouveau de sa vie.

Il la déposa sur le large rebord d'une fenêtre. Anna prit appui sur ses épaules, sûre de tomber s'il la lâchait. Tomber dans ce gouffre noir qui attendait de l'engloutir à jamais…

— Vous devriez m'écouter, *beag peata*, dit-il. Ce n'est pas un endroit pour quelqu'un comme vous.

— Quelqu'un comme moi ? Et que savez-vous de moi ?

— Vous êtes trop jeune et trop innocente pour frayer avec ces gens-là.

— Ces gens-*là* ? Vous n'en êtes pas ?

Les lèvres de l'inconnu s'incurvèrent dans un sourire sans joie, plus inquiétant que tous ses regards sévères.

— Si, bien sûr.

— Eh bien, moi aussi... ce soir. Je ne suis pas si innocente que cela.

Les innocentes ne faisaient pas ce qu'elle avait fait, ne voyaient pas ce qu'elle avait vu. Elles ne commettaient pas de meurtre.

— Oh que si ! chuchota-t-il. Je le vois dans vos yeux bleus. Ici, vous êtes une innocente.

— Mais je peux être une innocente féroce quand il le faut, répliqua-t-elle avec un rire amer.

— Vous êtes très courageuse.

Il prit sa main gantée, la caressa.

Elle tressaillit. La veine à la base de sa gorge se mit à battre follement. Incapable de parler, elle secoua la tête – non, elle n'était pas courageuse du tout.

— Courageuse et très naïve, reprit-il d'une voix rauque. Ne me faites pas ça.

— Que... Vous faire quoi ? balbutia-t-elle.

— Me regarder comme vous le faites.

Il se pencha, appuya le front contre celui d'Anna. Elle ferma les yeux et, subitement, se sentit plus en sécurité qu'elle ne l'avait été depuis longtemps, et en même temps plus effrayée que jamais. Ce devait être un rêve. Il ne pouvait être réel.

Il lui lâcha le poignet, posa les mains sur le rebord de la fenêtre. Lentement, il inclina la tête et sa bouche frôla celle d'Anna. Sa langue lui balaya doucement la lèvre inférieure, et les sensations qui explosèrent en elle la firent suffoquer. Goût de vin et d'homme, chaleur humide, aussi enivrante que du laudanum. Il lui mordilla la lèvre, apaisa la morsure d'une caresse de la langue.

Elle sentit des grandes mains glisser sur ses épaules dénudées, dessiner un ruban de feu sur ses clavicules, le creux à la base de la gorge, et la peau sensible à la naissance de ses seins.

Puis soudain il s'écarta, et ses bras retombèrent. Elle ne put retenir un petit cri tandis que ses yeux se rouvraient brusquement. Il lui tournait le dos, à présent, les épaules rigides.

— Rentrez chez vous, maintenant, gronda-t-il, les poings serrés.

Anna pouvait se montrer stupide, mais elle savait quand battre en retraite. Elle se laissa glisser sur le sol et, les jambes flageolantes, se dirigea vers la porte à pas comptés.

— Et ne revenez jamais ici ! lui cria-t-il.

Elle se mit à courir, ne s'arrêtant pratiquement que pour grimper dans un fiacre. Alors elle arracha son masque et enfouit le visage entre ses mains. Ce qui ne l'aida en rien, car elle sentait son odeur sur ses gants, sur elle-même, et son goût sur les lèvres.

Maudit soit-il ! Comment pouvait-il lui jouer de nouveau un pareil tour ? Ou, plutôt, comment avait-elle pu le laisser faire ? Plus *jamais*, se promit-elle.

2

— *Aigh se*, marmonna Conlan McTeer, duc d'Adair.

Il se frotta la figure vigoureusement et résista à l'envie de décocher un coup de poing sur l'appui de fenêtre qu'elle venait de quitter. Bien qu'elle ait eu le bon sens de fuir, sa présence s'attardait – un parfum de lilas, un reste de douceur dans l'air tiède.

Car c'était bien elle. Anna Blacknall.

Il l'avait reconnue au premier regard. Elle avait beau porter une robe rouge au décolleté osé et un masque de satin noir, elle ne pouvait dissimuler son port de tête aristocratique, ni l'expression émerveillée de son regard bleu.

Malgré tout, il avait eu du mal à y croire. Lady Anna, digne héritière de l'aristocratie protestante et l'une des plus belles jeunes filles de la saison mondaine, s'aventurer ici ? Se promener seule au milieu de débauchés et de roués, vêtue de cette robe scandaleuse ? Un instant, il avait cru que c'était un piège destiné à révéler au grand jour ce qu'il faisait réellement.

Mais il avait aussitôt écarté cette hypothèse. Personne ne savait qu'il était le propriétaire de l'*Olympian Club*. Et surtout personne ne connaissait ses liens avec Anna, ce qui s'était passé entre eux deux ans plus tôt en pleine Rébellion irlandaise.

Parfois, au plus profond de la nuit, le souvenir de son beau visage, de sa colère ardente, de son courage farouche revenait le hanter. Aucune femme n'avait pu la remplacer et aucune dose de whisky la lui faire oublier.

À la lumière du jour, il était relativement facile de ne pas penser à elle, car leurs chemins se croisaient rarement. Il l'apercevait parfois lorsqu'elle montait à cheval dans le parc Saint-Stephen ou lorsqu'elle accompagnait des amis à la galerie des visiteurs du Parlement pour écouter les débats au sujet de l'Union. Et, bien sûr, il entendait parfois parler d'elle. Mais il ne se rendait jamais dans les bals de la bonne société, et elle ne fréquentait pas ceux qu'il organisait. Jusqu'à ce soir.

Conlan plaqua les paumes sur l'appui de la fenêtre. La fête battait son plein de l'autre côté des portes vitrées du jardin d'hiver, mais, comme d'habitude, il demeurait à l'écart des réjouissances.

Il essaya de réfléchir rationnellement. Si Anna n'était pas venue ici à la demande de l'un de ses ennemis, quelle mouche l'avait piquée ? À en croire la rumeur qui courait dans tout Dublin, lady Anna Blacknall était une jeune dame très audacieuse qui jouait aux cartes, dansait jusqu'à l'aube, ne craignait pas de faire la course à cheval dans le parc, et collectionnait les soupirants. S'encanailler à l'*Olympian Club* était peut-être un nouveau défi qu'elle s'était lancé à elle-même.

Mais comment diable avait-elle pu entrer ? Son majordome examinait avec soin les cartons et filtrait les invités. Le caractère exclusif du club était l'une des raisons de son succès. Les gens voulaient toujours être là où d'autres n'avaient pas accès, et ils étaient prêts à payer cher ce privilège.

Quelqu'un l'avait donc amenée en qualité d'invitée. Il devait découvrir qui, et s'assurer qu'Anna n'avait rien découvert. Elle avait beau jouer à l'écervelée, feindre de ne s'intéresser qu'aux fêtes et aux jeux de hasard, il n'était pas dupe.

Il frotta la cicatrice sur sa nuque qui lui rappelait constamment combien Anna Blacknall pouvait se montrer vive et courageuse. C'était la seule personne qui ait réussi à abattre ses défenses durant les jours dangereux de la Rébellion.

Cela ne se reproduirait pas.

Conlan fronça les sourcils. « C'est vous ? » avait-elle murmuré. Elle non plus n'avait pas oublié ?

Un gémissement lui parvint d'un coin du jardin d'hiver, suivi d'un bruissement de soie. Il n'était pas le seul à perdre la tête. Parfait – c'était à cela que servait l'*Olympian Club*, à envelopper les gens de délices diverses, leur faire perdre toute réserve afin qu'ils livrent leurs secrets.

Il se faufila sans bruit entre les rangées de palmiers et de fleurs parfumées. Allongé sur un banc de fer forgé, l'un des couples n'avait pas jugé utile de se cacher. Conlan reconnut les cheveux auburn de lady Cannondale. L'homme qui l'embrassait dans le cou tout en glissant la main sous sa jupe était sir Grant Dunmore, le cousin de Conlan – et son pire ennemi. Des années auparavant, Grant avait essayé d'utiliser à son profit les lois pénales qui autorisaient un protestant à revendiquer la propriété d'un parent catholique. Le titre très ancien de Conlan lui avait permis de garder son domaine, mais au prix d'un dur combat qu'il n'oublierait ni ne pardonnerait.

Conlan sourit. Cela faisait longtemps qu'il essayait d'attirer Grant dans la toile d'araignée qu'était l'*Olympian Club*, mais au bout du compte, il avait suffi que lady Cannondale fasse usage de ses charmes.

— Oh, gémit-elle en repliant une jambe sur la hanche de Grant pour l'attirer contre elle. Vous êtes un très vilain garçon, ce soir, sir Grant.

Il laissa échapper un rire rauque et se redressa pour la regarder.

— Pas aussi vilain que je peux l'être, ma chère Jane.

— Pourquoi vous retenez-vous ? demanda-t-elle en plongeant les doigts dans les cheveux du jeune homme. Racontez-moi de nouveau comment vous avez persuadé lord Ross de voter pour l'Union...

Conlan eut soudain une vision d'Anna soupirant alors qu'il l'embrassait. Qu'aurait-elle fait s'il l'avait allongée sur l'un de ces bancs et avait retroussé sa robe ? Anna avait beau être audacieuse, il doutait qu'elle eût accueilli son initiative avec des gémissements.

Mais on pouvait toujours rêver.

Il recula, laissant lady Cannondale et son amant à leurs affaires, et regagna la salle de bal dont l'atmosphère commençait à virer à la frénésie.

Il jeta un coup d'œil dans la salle de jeu pour s'assurer qu'Anna ne s'y était pas réfugiée, car il avait entendu dire qu'elle aimait un peu trop jouer au whist. Mais non. La roulette tournait sans arrêt et la banque s'enrichissait. Sarah, sa charmante croupière, lui adressa un hochement de tête. Encore une bonne soirée pour l'*Olympian Club*.

Le buffet de la salle à manger venait d'être regarni, et les valets allaient et venaient avec des plateaux chargés de coupes de champagne. On n'aurait pas besoin de lui avant un moment, se dit Conlan en descendant l'escalier de marbre qui menait au vestibule. C'était le domaine réservé de McIntire, le majordome d'Adair Court, qui avait demandé à reprendre du service à Dublin. Installé à côté de la porte d'entrée, il était en train de compter les cartons d'invitation.

— Comment ça se passe ce soir, McIntire ? demanda Conlan en s'accoudant à la balustrade.

— Très bien, Votre Grâce, répondit McIntire.

Conlan lui avait demandé à plusieurs reprises de ne pas l'appeler « Votre Grâce » au club. En vain. Le vieil homme était fidèle à ses habitudes.

— Toutes les invitations envoyées ont été présentées, et la plupart des membres sont venus accompagnés. Vous allez augmenter le nombre de membres ?

— Tout dépend de qui postule. Mais, dites-moi, McIntire, vous souvenez-vous d'une dame en robe rouge et noir ? Avec des cheveux blonds ?

McIntire afficha une expression offensée.

— Je me souviens de *tous* les gens qui entrent ici, Votre Grâce. C'est mon travail.

— Et vous le faites très bien, assura Conlan avec un sourire. Avec qui est-elle arrivée ? Un homme ?

Un individu à qui il administrerait volontiers une bonne raclée pour le punir d'avoir amené Anna dans cet antre douteux.

— Elle est arrivée avec lady Cannondale, Votre Grâce. Du reste, elle lui a laissé un mot avant de partir.

Conlan éclata de rire. Avec lady Cannondale... bien sûr. Il s'était juré de ne pas se comporter stupidement au sujet d'Anna Blacknall, et voilà qu'il avait songé à se bagarrer avec un rival imaginaire.

— Elle est partie ? Seule ?

— Oui, Votre Grâce. Elle est partie si vite qu'elle a oublié ceci.

McIntire désigna la cape de soie noire pliée sur le dossier d'une chaise.

Conlan s'en empara. Elle sentait le lilas, un parfum frais inattendu dans ce lieu.

— Elle a pris la voiture de lady Cannondale ?

Si elle avait décidé de rentrer à pied, il n'aurait plus qu'à voler à son secours.

— Un valet lui a trouvé un fiacre.

McIntire hésita une seconde avant d'ajouter :

— Elle avait l'air plutôt bouleversée, Votre Grâce.

Eh bien, tant mieux ! S'introduire dans un bal masqué, se laisser entraîner dans un endroit obscur et embrasser par un Irlandais barbare. Il espérait que cela lui servirait de leçon.

Ainsi qu'à *lui*.

— Elle n'aurait pas dû venir ici, grommela-t-il. Lady Cannondale devrait choisir ses invités avec plus de soin.

McIntire l'examina pensivement.

— Pardonnez-moi, Votre Grâce, mais vous la connaissez ?

— Je sais que c'est une jeune fille qui n'a rien à faire ici. Si elle revient, prévenez-moi sur-le-champ.

— Bien sûr, Votre Grâce.

— Monsieur ! cria un valet du haut des marches. Sarah m'envoie vous dire que lord Overton demande qu'on augmente son crédit.

— Dis-lui de me retrouver dans mon cabinet de travail.

La cape d'Anna drapée sur le bras, Conlan remonta à l'étage.

Sarah l'attendait, perchée sur le coin de son bureau, ses longues jambes croisées sous sa jupe de soie noire.

— Tu en as mis du temps, Conlan, observa-t-elle.

Conlan ôta son masque et se passa la main dans les cheveux.

— C'est une soirée animée.

— Oh, oui, je sais ! On danse, on danse...

Conlan ignora l'allusion.

— Il y a un problème avec Overton ?

— Ce n'est pas un *problème*. Il veut juste davantage de crédit.

— Hmm.

Overton était l'un des partisans les plus véhéments de l'Union de l'Irlande et de l'Angleterre, et ce, grâce à la générosité de Londres. Aurait-il déjà tout dépensé ? Intéressant.

Mais pas aussi intéressant que l'apparition de lady Anna Blacknall ce soir. En véritable *cailleach* – la sorcière irlandaise –, elle s'était insinuée dans sa tête et refusait de s'en aller. Il entendait sa voix, sentait la douceur de sa peau, son souffle tiède. Quoi qu'il fît.

Il jeta sur un fauteuil la cape soyeuse qui glissa à terre. Si seulement il pouvait rejeter la jeune femme aussi aisément... Hélas, il soupçonnait qu'il était loin d'en avoir fini avec elle !

— *Aigh se.*

Il s'ébroua. Il ne voulait pas qu'elle revienne le hanter ; il ne pouvait se permettre pareille distraction alors que ses efforts étaient sur le point de porter leurs fruits. Il devait la chasser de ses pensées. Ce n'était qu'une femme, après tout, et issue de l'aristocratie anglicane, qui plus est.

Il sourit à Sarah, s'approcha d'elle et lui empoigna hanches. Il émanait d'elle un parfum musqué, très éloigné de celui, printanier, d'Anna Blacknall.

Elle rejeta la tête en arrière tandis qu'il déposait un baiser sur son épaule dénudée. Elle l'enlaça en riant. Sarah était une grande brune solidement bâtie, exactement ce dont il avait besoin pour s'ôter la petite *cailleach* de la tête.

— On a le temps ? murmura-t-elle en s'affairant déjà sur la ceinture de Conlan.

Son désir était contagieux. Leur longue amitié était agréable et sans complication, née des mêmes besoins et de la même haine des Anglais. Mais ce soir, alors même qu'il l'embrassait, c'était le visage d'Anna qu'il voyait. C'était sa voix qu'il entendait. Son souffle qu'il sentait.

— On a toujours le temps pour ça, marmonna-t-il en la poussant sur le bureau.

3

— *Yeou.*

Le cri strident perça le silence qui régnait dans l'aristocratique Henrietta Street. Et fit sursauter Anna si violemment qu'elle trébucha et s'affala sur le trottoir.

— Zut !

Ses genoux lui faisaient mal, mais la douleur n'était rien à côté de la certitude d'avoir été découverte. Prise en flagrant délit, elle pouvait dire adieu à toute liberté.

Agenouillée, le cœur battant furieusement, elle attendit sa condamnation. Au lieu de quoi, elle sentit quelque chose de doux l'effleurer.

— *Yeou.*

Ce cri ne ressemblait plus du tout à une explosion de colère. Des yeux verts la fixèrent un instant, puis s'évanouirent dans l'obscurité.

Anna, qui avait retenu son souffle, vida ses poumons d'un coup et se mit à rire. Ce n'était qu'un chat. Elle l'avait échappé belle, mais elle avait intérêt à rentrer sans tarder.

Les jambes trop tremblantes pour se risquer à se redresser, elle s'assit et examina les dégâts. Ses gants étaient déchirés et ses paumes écorchées, mais la robe était intacte. Elle avait oublié sa cape au club, et ses cheveux dénoués lui tombaient dans le cou.

Au temps pour ses efforts d'élégance ! Un seul baiser, et elle rentrait en courant à la maison, tout échevelée. Un baiser *ardent*, contrairement à ceux qu'elle avait reçus depuis...

Depuis que ce même homme l'avait embrassée, dans une écurie délabrée. Le duc d'Adair – car c'était lui. Elle en était sûre malgré le masque. Bien que deux ans se soient écoulés, elle se rappelait chaque seconde de leurs brèves rencontres. Elle se rappelait surtout combien elle s'était sentie vivante lorsqu'il l'avait touchée, comme si elle avait vécu jusque-là dans une sorte de torpeur et qu'il l'en avait sortie.

Elle ôta ses gants. Elle ignorait quel rôle exact Adair avait tenu dans l'embuscade tendue à l'unité de son beau-frère Will, mais elle n'était pas complètement idiote. Adair était un noble irlandais qui avait failli perdre son domaine à cause des lois pénales. Il ne sortait pas d'une réunion mondaine lorsqu'elle l'avait découvert, se cachant dans cette écurie. Il fallait qu'elle soit bien bête pour se pâmer devant un homme de ce genre. C'était stupide, dangereux... et horriblement exaltant.

— Et flûte ! marmonna-t-elle en roulant en boule ce qui restait de ses gants.

Eh bien, elle veillerait à l'éviter, ce qui ne devrait pas être trop difficile vu qu'ils n'évoluaient pas dans les mêmes cercles. Il ne restait plus qu'à espérer qu'il ne l'avait pas reconnue, ce qui lui semblait peu probable.

Mais le moment était mal choisi pour s'inquiéter de cela. Elle agrippa la grille en fer forgé pour se relever et ses genoux protestèrent. Une fois debout, elle descendit l'escalier de service qui menait à l'entresol.

L'usage était de verrouiller la petite porte lorsque tout le monde était rentré, mais elle s'était fait faire une clef. Dans les couloirs silencieux, l'odeur du rôti et des légumes du dîner flottait encore. Les domestiques devaient dormir à leur étage, mais ils ne tarderaient pas à descendre pour commencer la journée. Elle avait intérêt à se dépêcher.

Osant à peine respirer, Anna gravit l'escalier de service et suivit le couloir sur la pointe des pieds. Sa porte ainsi que celles de sa mère et de sa sœur étaient fermées. Il n'y avait pas un bruit.

Elle s'apprêtait à crier victoire lorsque, pénétrant dans sa chambre, elle découvrit que quelqu'un l'attendait.

Caroline, sa sœur cadette, était allongée à plat ventre sur son lit, un livre entre les mains. La lumière vacillante d'une chandelle faisait scintiller ses lunettes.

— Te voilà enfin, dit-elle calmement en tournant une page de son livre. Tu t'es absentée drôlement longtemps.

— Caroline ! s'écria Anna, affolée.

Elle croisa les bras, et regretta de ne pas avoir sa cape. Caroline avait beau se soucier de mode comme d'une guigne, elle ne pourrait pas ne pas remarquer combien cette robe était scandaleuse.

— Qu'est-ce que tu fais là ? reprit-elle. Tu m'espionnes ?

— Certainement pas. Mais il se trouve que j'étais devant la fenêtre de la bibliothèque lorsque tu es sortie. Ça m'a étonnée parce que tu avais dit que tu avais la migraine.

— Maman m'a vue ?

— Non, elle s'était déjà retirée pour la nuit.

Caroline ferma son livre – *Les Grandes Batailles de l'Irlande antique* – et s'assit sur le lit. Ses yeux bruns brillaient de curiosité.

— Tu vas le lui dire ? demanda Anna prudemment.

— Ça dépend. Où étais-tu ?

Elle ne se voyait pas raconter à Caroline qu'elle était allée danser et jouer aux cartes dans le célèbre *Olympian Club*, et qu'elle avait fini par embrasser un Irlandais barbare dans l'obscurité d'un jardin d'hiver.

Histoire de se donner le temps de la réflexion, elle se glissa derrière le paravent et entreprit de se déshabiller. Heureusement, Jane veillait à ce que ses robes s'ôtent facilement. Pour le plus grand plaisir de son Gianni.

— J'avais juste besoin d'aller respirer un peu d'air frais, répondit-elle enfin. On étouffe tellement dans cette maison par moments.

— C'est vrai, acquiesça Caroline.

Anna entendit sa sœur descendre du lit, puis verser un peu d'eau dans une cuvette.

— Eliza la détestait, continua celle-ci. Mais pourquoi enfiler une robe de bal pour faire ta promenade ?

Anna qui roulait ses bas se figea. Une image lui traversa la tête : Adair retroussant ses jupes, sa main sombre sur sa cuisse pâle.

— Zut, murmura-t-elle en frissonnant.

Elle se hâta de se dévêtir et d'enfiler sa chemise de nuit avant qu'une autre vision de ce genre vienne l'importuner.

— Qu'as-tu dit, Anna ?

— J'ai dit... que voulais-tu que je mette d'autre ?

Caroline passa la tête derrière le paravent, lui tendit une serviette humide.

— Tu as encore du rouge sur les lèvres.

Anna s'empara du linge et frotta énergiquement sa bouche et ses joues fardées. Elle aurait aimé pouvoir se débarrasser aussi aisément d'Adair et des pensées troublantes qu'il lui inspirait.

— Tu avais rendez-vous avec Grant Dunmore ? risqua Caroline.

Anna ne s'attendait pas à cela.

— Grant Dunmore ? répéta-t-elle. Pourquoi ?

— Il t'a envoyé des fleurs, répondit Caroline en désignant un panier de violettes. Tu les as montées ici alors que tu as laissé les autres au salon. Tout le monde dit qu'il te courtise, cela dit, c'est le cas de tous les hommes à Dublin.

— Je les ai apportées ici parce que j'aime les violettes, répliqua Anna en se forçant à rire.

Elle sortit de derrière son paravent et alla s'asseoir devant sa coiffeuse. Avec sa coiffure défaite, son regard trop brillant où l'excitation le disputait à la peur, elle ne risquait pas de berner qui que ce soit. Le mot coupable aurait tout aussi bien pu être gravé sur son front.

Elle attrapa sa brosse et entreprit de se démêler les cheveux sans douceur.

— De tous les hommes de Dublin, pourquoi serais-je allée retrouver Grant Dunmore ? Il ne me courtise pas vraiment – nous n'avons dansé ensemble que quelques fois, et nous n'avons fait qu'une promenade à cheval.

Jane aussi avait pensé qu'il lui faisait la cour, se rappela-t-elle. Était-ce l'opinion générale ?

— Il est très séduisant, observa Caroline en prenant la brosse des mains tremblantes de sa sœur. Laisse-moi faire. Tu vas t'arracher les cheveux à ce rythme-là et plus personne ne voudra t'épouser.

— Et encore moins un homme aussi séduisant que Grant Dunmore ? demanda Anna, intriguée.

Jamais sa sœur ne semblait remarquer les hommes ; elle s'intéressait bien davantage à l'histoire de l'Irlande.

Il fallait que sir Grant soit vraiment bel homme pour avoir retenu l'attention de Caroline. C'était un brillant parti, on ne pouvait le nier, et l'accepter clouerait le bec aux commères que ses demandes en mariage refusées faisaient jaser.

Mais Grant ne faisait pas chanter son sang lorsqu'il lui touchait la main ou lui souriait en dansant. Seul le mystérieux Irlandais en était capable. Pour émouvoir une âme aussi noire que la sienne il fallait le ténébreux duc d'Adair.

— Vous iriez bien ensemble, commenta Caroline en passant doucement la brosse dans les cheveux d'Anna.

— Tu as hâte que je me case afin que ce soit ton tour ! s'esclaffa celle-ci. Sauras-tu te dénicher un aussi beau garçon que sir Grant ?

— Pas du tout. Du reste, j'ai un plan.

— Quel genre de plan ?

— J'épouserai lord Hartley. Ainsi je n'aurai plus à endurer les bals de débutantes au Château ou ailleurs.

— Hartley ! Caroline, c'est une antiquité. Il a été marié deux fois et il a trois enfants. Et très peu de cheveux.

— Je reconnais qu'il n'est pas aussi beau que sir Grant, mais c'est un érudit et il possède une merveilleuse bibliothèque. Il est aussi membre de la Société Hibernian, ce qui me donnera accès à leur bibliothèque, expliqua Caroline. En outre, il n'est pas si vieux que cela, il n'a que quarante-cinq ans. À peine plus que maman.

— Et tu n'as que seize ans. Tu ne devrais pas te précipiter dans un tel mariage.

Caroline, qui avait entrepris de tresser les cheveux à présent démêlés de sa sœur, se mit à rire.

— Tu es mal placée pour me recommander la prudence, Anna. Tu ne m'as toujours pas dit où tu étais ce soir.

— Je n'étais pas avec Grant Dunmore.

— Alors, avec qui ?

— J'étais à une réception avec Jane.

Caroline n'avait pas besoin d'en savoir plus. Anna regrettait de ne pouvoir confier à quiconque ce qu'elle ressentait. Mais sa sœur était trop jeune, et il était hors de question qu'elle en parle à sa mère. Si seulement Eliza était là, et non en Suisse, avec Will, son mari.

— Maman ne sera pas contente, observa Caroline. Elle n'aime pas lady Cannondale.

— C'est pourquoi je ne le lui ai pas dit. Et tu feras de même, n'est-ce pas ?

Dans le miroir, Anna vit Caroline étrécir les yeux d'un air menaçant.

— Possible... si, de ton côté, tu m'apportes ton aide.

— Je te préviens, je n'ai pas un sou à te donner pour que tu ailles le dépenser à la librairie.

— Je n'ai pas besoin d'argent.

— De quoi, alors ? répliqua Anna, vraiment inquiète, à présent.

— Maman reçoit demain des professeurs de dessin. Tu es si persuasive, tu devrais réussir à la convaincre de cesser de m'accabler avec toutes ces leçons assommantes. Danse, musique, bonnes manières – c'est une telle perte de temps !

— Parce que tu comptes éviter les bals et épouser lord Hartley ?

— Parce que c'est du temps pris sur mes études. Persuade-la de ne pas engager de professeur de dessin et je ne lui dirai pas que tu es sortie avec lady Cannondale.

— Je suis sûre qu'elle ne m'écoutera pas.

— Et, moi, je suis sûre que si ! s'écria Caroline. Je t'en prie, Anna chérie, ajouta-t-elle avec un regard suppliant, parle-lui pour moi.

— Juste lui en parler ? fit Anna, dubitative. C'est tout ce que tu veux ?

— C'est tout. Et aussi que tu me prêtes cette robe un jour...

4

C'était l'heure d'affluence au parc Saint-Stephen. Les larges allées bordées de buis bien taillés grouillaient de promeneurs à pied, à cheval et en voiture. Tout ce beau monde venait là, après la séance du Parlement et avant le théâtre ou une réception, pour voir et être vu. Pour entendre les derniers ragots, critiquer les tenues de l'un ou de l'autre et apprendre où en était la saga de l'Union. Le brouhaha était presque assourdissant.

Anna en avait plus qu'assez. Jour après jour, les commérages étaient les mêmes ; personne ne faisait jamais rien de vraiment choquant ou de passionnant. Seuls les partenaires changeaient. Et aucune nouvelle tête n'apparaissait jamais.

Juchée sur Psyché, sa jolie jument, elle marchait au pas à côté de la voiture ouverte de sa mère. Même Psyché semblait s'ennuyer, et s'ébrouait constamment. D'ordinaire, à cette époque de l'année, Anna, sa mère et sa sœur étaient dans leur château de Killinan. Elles se joignaient aux chasses du voisinage et sortaient tous les matins faire une promenade à cheval dans les collines. Anna galopait et sautait des haies, les cheveux au vent, avec l'impression de s'envoler. En ville, il n'y avait pas de grands espaces ouverts, ni de longues allées désertes entre les futaies ni d'obstacles naturels à franchir. Et leur mère refusait de quitter Dublin tant que la question de l'Union ne serait pas résolue d'une façon ou d'une autre. Mais peut-être attendait-elle juste qu'Anna soit mariée.

Serrant les rênes pour obliger Psyché à rester au pas, Anna balaya du regard les visages autour d'elle, amis et relations qu'elle connaissait depuis toujours, et se demanda lesquels se trouvaient à l'*Olympian Club*. Qui s'était à moitié ruiné et qui avait dansé lascivement avec une personne qui n'était pas son conjoint ?

Si cela ajoutait un peu d'intérêt à la promenade, cela lui rappelait aussi la valse qu'elle avait dansée avec le duc.

— Anna, est-ce que tu m'écoutes ?

Anna jeta un coup d'œil à sa mère de dessous la voilette de son chapeau. Vêtue d'une robe bleu sombre bordée de fourrure, son ombrelle noire tranchant sur le velours jaune de la banquette, lady Killinan avait fière allure. Pourquoi n'utilisait-elle pas ses talents de marieuse pour elle-même ? s'interrogea Anna. Avec sa peau ivoire, ses grands yeux bleus et ses cheveux blond doré, elle était encore très jolie. Mais elle prétendait qu'être veuve ne l'empêchait pas d'être heureuse, et qu'elle attendait avec impatience d'avoir des petits-enfants.

Qu'elle compte sur Eliza et Will, car Anna n'était pas prête à renoncer à sa liberté.

— J'écoute, maman, mais je suis un peu fatiguée.

— Tu te couches trop tard. Tu devrais sortir moins souvent.

— Et refuser toutes ces aimables invitations ? En prenant le risque d'offenser l'un ou l'autre de nos amis ?

— En attendant, ces sorties ne semblent pas servir à grand-chose, murmura Katherine.

Elle salua les occupants d'une voiture d'un sourire serein qui masquait son expression soucieuse.

— Mais si, elles servent à quelque chose, répliqua Anna.

Elles lui apportaient l'oubli, ne fût-ce que quelques heures. Lorsqu'elle dansait, jouait aux cartes, flirtait, elle ne pensait qu'à l'instant présent. Certes, les bals de la bonne société ne ressemblaient en rien à l'*Olympian Club*, le seul endroit où elle avait véritablement trouvé l'oubli.

Il était peu probable qu'elle y retourne un jour. Elle n'avait pas eu de nouvelles de Jane et craignait que celle-ci ne lui en veuille de s'être enfuie comme elle l'avait fait. Ou, pire, ne la prenne pour une gourde qu'un rien choquait.

— Ah bon, fit Katherine. Et dis-moi à quoi elles te servent ?

— Elles me permettent de rencontrer de bons partis. N'est-ce pas pour cette raison que nous restons à Dublin ?

— Peu importe le nombre de jeunes gens que tu rencontres, Anna, puisque aucun ne te plaît, remarqua Katherine avec un petit rire de regret.

— Je veux seulement être heureuse en mariage, maman. Comme Eliza l'est avec Will, et comme vous l'avez été avec papa.

— C'est aussi ce que je veux pour toi. Mais bientôt tu auras refusé tous les bons partis de Dublin.

— Dans ce cas, nous irons à Londres, ou à Milan. Ou bien je m'installerai en Suisse, chez Eliza.

Ce ne serait pas si désagréable, songea Anna. La vie d'Eliza lui avait toujours semblé intéressante. Peut-être pourrait-elle lui apprendre à mener une existence moins futile.

— Nous n'en sommes pas encore là, fit sa mère. Lord et lady Connemara nous ont invitées à passer les fêtes de Noël à la campagne. Le grand air te fera du bien – tu as une petite mine ces derniers temps. Et ils ont une belle bibliothèque, qui devrait tenir Caroline occupée.

Il y a des jours où je ne sais quoi faire d'elle. Elle est trop intelligente et n'aime rien de ce que les autres jeunes filles apprécient.

— Je suis trop sociable, et Caroline pas assez ? s'esclaffa Anna.

— Je n'ai pas dit cela.

C'était inutile. Anna était convaincue que ses trois filles avaient déçu la douce et généreuse Katherine, qu'on surnommait l'Ange de Kildare. L'aînée avait été exilée à cause de ses opinions politiques – elle avait apporté son soutien aux Irlandais Unis lors de la Rébellion, deux ans plus tôt. La deuxième était capricieuse et indisciplinée. Et la dernière ne s'intéressait qu'à ses livres et aux vieux messieurs à la bibliothèque bien fournie.

Ce qui rappela à Anna la promesse faite à sa sœur.

— À propos de Caroline, maman...

Katherine soupira, comme si elle devinait que la suite ne lui plairait pas.

— Oui, ma chérie ? Qu'y a-t-il ?

— Elle m'a dit que vous deviez engager un professeur de dessin.

— Dès que nous serons de retour à la maison, en fait. Plusieurs m'ont été chaudement recommandés, dont un Français.

— Caroline a peur que ces leçons ne lui prennent trop de temps. En plus de la musique, de la danse et des bonnes manières qu'elle étudie déjà chaque jour.

— Sans grand succès, je regrette de le dire.

La bouche pincée, Katherine n'en continuait pas moins à saluer ses nombreuses connaissances.

— Je pensais que des leçons de dessin pourraient lui être utiles, ne serait-ce que pour copier les illustrations des vieux bouquins dans lesquels elle est toujours plongée.

— Peut-être que si vous les lui présentiez ainsi, au lieu d'en parler comme d'un talent féminin à acquérir pour briller dans le monde. Je pense qu'elle ne se voit pas en train de peindre des fleurs à l'aquarelle.

— Il y aurait beaucoup à dire en faveur des talents féminins ! protesta Katherine. Une femme doit être gracieuse et élégante si elle souhaite qu'on la remarque en société, et y tenir sa place. Je sais que Caroline m'en veut de l'arracher à ses livres, mais il est temps qu'elle voie la vie comme elle est et non pas comme elle voudrait qu'elle soit. Si des leçons sont nécessaires pour qu'elle y parvienne, elle en prendra.

Le ton de sa mère était inhabituellement sévère, véhément même. Anna la regarda avec surprise, mais Katherine continuait de sourire.

— Je crois que... eh bien, je crois que Caroline a un projet précis, maman.

— Un projet précis ? Oh, oui, mes filles ont toujours des projets. Mais les choses tournent rarement comme elles le devraient. Regarde, enchaîna-t-elle en agitant la main. Voilà lady Connemara. Il faut que j'aille lui dire que nous acceptons son invitation pour Noël.

— Je...

Anna lança un coup d'œil autour d'elle, cherchant un prétexte pour s'éclipser. Elle se sentait soudain très troublée et étrangement triste, sans savoir pourquoi. Elle aperçut Jane Cannondale dans un phaéton jaune.

— Et moi, il faut que j'aille saluer lady Cannondale, déclara-t-elle en faisant signe à son amie qu'entourait un flot d'admirateurs.

— Lady Cannondale, répéta Katherine avec froideur. Tu sembles passer beaucoup de temps avec elle en ce moment, Anna.

— Elle est amusante, et je peux apprendre beaucoup d'elle, j'en suis sûre.

— Apprendre quoi exactement, ma chérie ? Je ne suis pas certaine...

— Elle est parfaitement respectable, coupa Anna. C'est une comtesse, comme vous. Son mari était membre du Parlement.

— Comme moi, murmura Katherine. Bien, va lui parler. Mais dépêche-toi. J'aimerais que tu ailles dire bonjour à lady Connemara.

— Promis, fit sa fille avant de s'éloigner.

La foule qui se pressait de tous côtés riait et discutait bruyamment. On aurait dit du verre tintant dans le vent glacé. Anna avait la migraine à cause du champagne ingurgité la veille et toujours cette envie sauvage, si fréquente chez elle, d'éperonner sa monture et de galoper à bride abattue, hélas, comme d'habitude, l'espace manquait.

Lorsqu'elle atteignit le phaéton de Jane, l'essaim d'admirateurs s'ouvrit devant elle, et tous la saluèrent aimablement. Assis à côté de Jane, le ténébreux Gianni lui entourait les épaules d'un bras protecteur.

— Lady Anna, vous resplendissez, ce matin, commenta Jane en lui adressant un sourire interrogateur.

— Je vais bien, merci. Et j'ai hâte d'être à demain pour assister au bal des Fitzwalter.

— Vraiment ? s'étonna lord James Melton, l'un des plus ardents soupirants de Jane. Pourtant, cela s'annonce sinistre. Depuis que lord Fitzwalter a décidé de faire des économies, on n'y sert plus que du vin coupé d'eau et des gâteaux secs !

— Un péché, en effet, acquiesça Anna, car dans une ville où recevoir sans compter était la règle, c'en était un. Mais il ne lésine pas en ce qui concerne l'orchestre, et la salle de bal de l'Hôtel Fitzwalter est immense. Ce devrait être une belle soirée.

— Ce sera le cas si vous me réservez la danse du souper, déclara lord James.

— Ce n'est pas juste ! protesta l'un de ses amis. Tu as déjà retenu lady Cannondale pour le quadrille d'ouverture. Tu monopolises les plus jolies dames.

Jane éclata de rire.

— Je suis sûre qu'il vous restera nombre de danses !

— J'espère que vous m'en avez réservé chacune une, fit une voix au timbre aristocratique.

Anna se retourna sur sa selle et découvrit Grant Dunmore, qui s'était arrêté à proximité de leur petit groupe. Comme il soulevait son chapeau, elle se souvint de la remarque de Caroline.

Il était très beau effectivement. Anna se souvint d'un livre de la bibliothèque paternelle à Killinan sur la mythologie grecque et songea que sir Grant Dunmore n'avait rien à envier à Apollon. Il montait à cheval avec une aisance nonchalante, sa veste d'équitation admirablement coupée soulignait sa carrure, et sa cravate nouée avec art était retenue par une épingle ornée d'une perle. Ses cheveux, un peu plus longs que ne l'exigeait la mode, étaient d'un brun chaud et ses yeux d'ambre semblaient flamboyer en ce jour brumeux.

Des yeux qui la fixaient avec insistance tandis qu'un léger sourire retroussait ses lèvres au dessin parfait. Anna sentit ses joues s'empourprer, et eut envie de rire et de se détourner. Soutenir le regard de cet homme, c'était comme de regarder le soleil. Aveuglant.

Une image lui traversa l'esprit, effaçant l'homme qui la fixait et les visages rieurs qui l'entouraient. Celle d'un être ténébreux, Hadès plutôt qu'Apollon, au regard vert intense. Elle crut sentir son souffle sur son visage, ses mains sur sa peau nue et l'étincelle d'excitation tout au fond de son corps.

Il l'avait appelée *cailleach*. Sorcière. Mais c'était lui le sorcier, qui l'avait arrachée à son monde fébrile et lumineux pour l'attirer dans les profondeurs obscures du sien. Le pire étant que cela lui plaisait. Beaucoup trop. Quelque chose en lui l'appelait, et elle avait une folle envie de répondre.

Elle secoua la tête. Pas question de revoir Adair ni de retourner dans son club. Elle avait eu son compte de noirceur deux ans plus tôt, ainsi que de nobles idéaux qui s'achevaient dans les cendres et la mort. Elle en avait assez de la violence enfouie en elle. Elle ne voulait plus que la lumière du soleil, désormais, la frivolité et l'oubli. C'était du moins ce qu'elle se disait et se répétait dans l'espoir que cela devienne vrai.

Elle étudia Grant Dunmore. Il riait avec Jane et Gianni, et son visage semblait comme éclairé de l'intérieur. Après tout, peut-être était-ce celui dont elle avait besoin.

— Et vous, lady Anna ? disait-il.

Sa voix était douce comme un miel d'été. Pas rocailleuse comme celle d'Adair. Et sans aucune trace de la sauvagerie de l'Irlande.

— Votre amie dit qu'elle aura le courage de danser avec moi. Et vous ? Mais peut-être vous ai-je marché sur les pieds la dernière fois.

Au souvenir de leur prestation chez les Overton, Anna se mit à rire.

— Oh, sir Grant, vous êtes le meilleur danseur de Dublin, et je suis sûre que vous le savez ! Toutes ces dames m'enviaient.

— Non, lady Anna, répliqua-t-il avec douceur tandis que son regard lui caressait le visage. C'est moi que tous les messieurs enviaient. Plusieurs d'entre eux m'auraient volontiers provoqué en duel pour avoir eu le toupet de vous inviter deux fois de suite.

— Ne voulant pas être la cause de violence, sir Grant, nous ne danserons ensemble qu'une fois chez les Fitzwalter.

— Je vais compter les heures, assura-t-il en la gratifiant d'un sourire si charmeur qu'elle en rougit.

Jane observait la scène avec un amusement non dissimulé.

— Vous pourriez occuper ces heures en nous donnant des nouvelles du comté de la Reine, sir Grant, puisque vous revenez de là-bas. J'ai entendu dire qu'il y avait à nouveau de l'agitation. Allons-nous devoir regagner l'Angleterre, comme il y a deux ans ?

Anna jeta un coup d'œil aigu à Grant. De l'agitation ? Pourtant, hormis quelques stupides bagarres entre partisans et opposants à l'Union, les choses avaient paru se calmer ces deux dernières années. À Killinan, les champs étaient cultivés et la maison bien entretenue. Les plaies laissées dans le paysage par les combats et les incendies cicatrisaient. Le passé se dissimulait sous les rires et les toilettes élégantes. Et si une tension sous-jacente demeurait – une anxiété fébrile, chargée de méfiance –, on pouvait l'ignorer. Parfois.

Mais si la violence jaillissait de nouveau, si les combats reprenaient, si le sang coulait encore, on ne pourrait l'ignorer. Et l'Irlande, craignait Anna, ne s'en remettrait pas.

Grant crispa la mâchoire, mais sourit néanmoins.

— Je ne pense pas que rejoindre l'Angleterre sera nécessaire, lady Cannondale. Il est vrai qu'il y a eu un peu d'agitation dans mon domaine et que j'ai dû aller voir ce qu'il en était. Il s'est finalement avéré qu'il ne s'agissait que des habituelles sottises des Irlandais. Ces individus déguisés en fantômes qu'on appelle les *White Boys* essayaient d'incendier les granges. Quelqu'un a peint en rouge « Non à l'Union » sur mon portique. C'est ennuyeux, bien sûr – le marbre venait de Sienne –, mais cela ne se reproduira pas.

— Fichus Irlandais, marmonna l'un des hommes présents. On aurait pu penser qu'ils avaient appris la leçon après la correction qu'on leur a flanquée il y a deux ans.

— Ils n'apprendront jamais, lança un autre. Ils sont comme les singes – ils continuent à faire la même chose encore et encore, à donner des coups dans les barreaux qui sont pourtant là pour leur bien.

— On aurait dû les pendre tous, déclara le premier. Pitt a été idiot de laisser Robert Emmet et le colonel

O'Callaghan s'enfuir en France où ils continuent à répandre leur poison. Pas étonnant que nos paysans recommencent à s'agiter. J'espère que vous y mettrez bon ordre, Dunmore, avant que cela s'envenime.

Un nerf frémit sur la joue de Grant et son sourire se fit glacial.

— Cela ne recommencera pas, je peux vous l'assurer.

Jane interrompit la conversation d'un claquement de doigts.

— Que vous voilà assoiffés de sang ! Cela me gâche ce bel après-midi. Changeons de sujet, parlez de choses amusantes.

Les messieurs s'excusèrent en riant d'un air penaud, et se mirent à discuter de courses de chevaux. Anna demeura songeuse. Elle éprouvait comme une amertume, un goût de bile dont elle ne pouvait se débarrasser. La cruauté n'avait pas disparu. Elle se dissimulait juste sous un brillant et un enjouement de surface. La violence était toujours sur le point de jaillir, et Anna savait qu'elle ne supporterait pas d'être de nouveau prise à son piège.

Peut-être devrait-elle aller chez Eliza à Lausanne, une jolie ville tranquille, entourée de montagnes et de prairies. D'un autre côté, si les idées subversives des Irlandais Réunis continuaient à se répandre, sa sœur aînée n'y était sûrement pas étrangère. Il n'y aurait donc pas de véritable paix là-bas non plus.

— Je dois aller retrouver ma mère, annonça-t-elle.

— Irez-vous jouer aux cartes ce soir chez les Napier ? s'enquit Jane.

— Bien sûr. Si vous voulez bien m'excuser…

— Permettez-moi de vous accompagner, lady Anna, proposa Grant. Vous êtes toute pâle. Vous ne vous sentez pas bien ?

— Je vais très bien, merci, sir Grant. Mais votre compagnie est la bienvenue.

Ils regagnèrent l'allée principale, laissant Jane avec Gianni et ses autres admirateurs. La lumière virant au rose, la foule s'était éclaircie, mais quelques voitures roulaient encore. Anna ne repéra pas immédiatement l'attelage de sa mère.

— Je suis désolé si je vous ai bouleversée, lady Anna, dit Grant. Je n'aurais pas dû évoquer ce qui s'est passé dans ma propriété. Ce n'était rien du tout, je vous assure. Juste un peu de vandalisme, aisément réglé.

— Un peu de vandalisme ? murmura Anna. N'est-ce pas ainsi que la Rébellion a commencé. Un peu de vandalisme qui a dégénéré.

— Ç'a été une période terrible, admit Grant avec douceur. Et je suis plus désolé que je ne saurais le dire que vous en ayez souffert, lady Anna. Sachez cependant que cela ne peut pas recommencer. L'Angleterre a appris à ne pas sous-estimer la propension des Irlandais à la violence, et les forces armées ont été doublées. Les contrôles ont été renforcés et bientôt nous ferons complètement partie de la Grande-Bretagne.

Anna sourit, mais elle restait sceptique. Certains pensaient que l'Union effacerait leurs problèmes d'un seul coup, mais comment était-ce possible quand ceux-ci étaient si profondément enracinés ? L'Angleterre et l'Irlande n'étaient pas une seule et même nation quels que soient les termes utilisés dans l'Acte de l'Union.

— Je me sens tout à fait en sécurité à Dublin, sir Grant, croyez-moi, répondit-elle.

— Et Dublin ne pourrait se passer de vous, lady Anna, affirma-t-il. Les salles de bal seraient sinistres sans votre présence pour les illuminer.

— Je suis sûre que vous dites cela à toutes les dames, sir Grant ! s'écria Anna en riant.

— Non, je vous assure que non.

Il se pencha pour lui attraper la main et la porta à ses lèvres.

Elle rit de nouveau, bien que, tout au fond d'elle-même, elle ait ressenti un étrange malaise. Ce badinage n'avait rien d'incorrect et Anna avait entendu ces mots des dizaines de fois. Les hommes faisaient souvent de tels compliments ; des propos vains, sans portée aucune. Mais elle avait perçu dans les yeux de sir Grant une lueur difficile à interpréter – une sorte de calcul, de spéculation –, complètement absente du regard de ses autres admirateurs.

Puis le sourire charmeur l'effaça.

Anna se libéra.

— Ma mère dirait qu'aucune autre jeune fille à Dublin ne cause autant de soucis que moi !

L'air chagrin, sir Grant se redressa.

— Ah, mais que serait la vie sans soucis, lady Anna ? Très ennuyeuse, certainement.

Anna chercha des yeux la voiture de sa mère. Elle avait envie de rentrer à la maison, de se retrouver seule, qu'on ne la regarde plus. Tout le monde passait son temps à s'observer, à se scruter. C'était si pesant.

Hélas, son vœu n'était pas près d'être satisfait ! Son regard heurta celui d'un autre cavalier un peu plus loin dans l'allée – un regard vert qu'elle ne risquait pas d'oublier.

Adair. Son cœur s'affola dans sa poitrine, et elle ne put retenir un petit cri étranglé. Que faisait-il dans ce parc, à l'heure où toute la bonne société se promenait ? Jamais encore elle ne l'y avait vu, bien que son nom circulât assez souvent dans les cercles politiques.

Se pouvait-il qu'il soit venu pour elle ? L'avait-il reconnue sous son masque à l'*Olympian Club* ? Avait-il de mauvaises intentions ?

Supposition idiote. S'il voulait la confronter, la menacer de chantage, par exemple, il n'aurait pas choisi un endroit aussi fréquenté. Et du reste, pourquoi un duc la ferait-il chanter, *elle* ? Pourquoi se soucierait-il des faits et gestes d'une débutante sans intérêt ?

Elle inspira à fond et s'obligea à desserrer son étreinte sur les rênes. Il n'empêche qu'il était là, et que c'était l'homme le moins stupide qu'elle ait jamais rencontré. S'il ignorait encore qu'elle était la femme en rouge, ce qui était peu probable, il le saurait sous peu. Surtout s'il continuait à la fixer aussi intensément.

Elle risqua un autre coup d'œil et s'aperçut qu'il la regardait toujours. Son chapeau à large bord projetait des ombres sur son visage, en soulignant les méplats. Une barbe naissante lui assombrissait les joues et les cheveux qui frôlaient son col apparaissaient d'un noir de jais. Vêtu de laine et de cuir noirs, il évoquait Hadès surgissant des Enfers pour arracher l'innocente Perséphone à la lumière du soleil.

Il souleva son chapeau et inclina brièvement la tête. Ses lèvres se retroussèrent sur un sourire, et elle comprit qu'il savait. Il savait et se moquait d'elle.

La colère la saisit. Elle mourait d'envie de presser les flancs de sa jument pour le rejoindre et cravacher sa sombre figure d'Irlandais ! Comment osait-il rire d'elle après… après…

Après ce baiser dans le jardin d'hiver. Ce baiser ardent, qui l'avait laissée pantelante. Et avide. Cet oubli après lequel elle courait, elle l'avait trouvé entre ses bras. Peut-être qu'après l'avoir cravaché, elle enfouirait les doigts dans ses cheveux pour l'attirer à elle et goûter de nouveau à sa bouche.

Elle s'humecta les lèvres et le sourire d'Adair s'évanouit tandis que son regard descendait sur sa bouche. Lentement, délibérément, elle se passa une fois encore la langue sur les lèvres.

— Lady Anna, dit Grant en amenant son cheval près du sien, allons-nous…

Il suivit le regard d'Anna et s'interrompit. Elle le sentit se raidir

Adair aussi s'était raidi, et l'espèce de brume sensuelle qui semblait s'attarder entre eux se dissipa d'un coup. Le duc fixait Grant, à présent, et son poing s'ouvrait et se refermait comme s'il étreignait un poignard. Anna n'aurait pas été étonnée d'apprendre qu'il savait se battre avec un couteau... ou de n'importe quelle autre façon.

— Connaissez-vous mon cousin, lady Anna ? s'enquit Grant d'une voix crispée.

— Votre cousin ? répéta Anna, abasourdie.

Le dandy et l'Irlandais farouche... cousins ? Non. Grant devait parler de quelqu'un d'autre. Sauf que l'allée était presque déserte.

— Le duc d'Adair, précisa Grant d'une voix glaciale. Il vous observe.

Anna regarda de nouveau Adair. Ce n'était pas elle qu'il fixait, mais Grant, ou plutôt Grant et elle ensemble, et malgré la distance, elle voyait la fureur incendier son regard.

Les liens familiaux n'étaient de toute évidence pas de ceux qui rendent heureux.

— Je l'ai rencontré une fois ou deux, admit-elle.

Elle ne risquait pas de lui dire en quelles circonstances alors qu'elle-même s'échinait à oublier ces rencontres.

— Mais nous n'avons pas été présentés en bonne et due forme, crut-elle bon de préciser.

— Voilà une omission qu'il faudrait réparer, car son domaine n'est guère éloigné de Killinan, déclara Grant en passant devant la monture d'Anna pour s'emparer de ses rênes.

Elle tira dessus fermement.

— Que voulez-vous faire ?

— Je croyais que toutes les dames rêvaient de faire la connaissance d'un duc.

— Pas ce duc-là, marmonna Anna. Et je ne vois pas pourquoi vous voudriez lui parler. Il est visible que vous ne vous aimez pas.

Il lâcha ses rênes et se mit à rire comme s'il se rendait soudain compte de ce que sa conduite avait d'étrange.

— Vous avez raison. Les deux branches de la famille ne sont pas ce que l'on appelle proches.

— Dans ce cas ne faites pas attention à lui et aidez-moi à retrouver ma mère. Je suis fatiguée.

— Je vous rendrais volontiers ce service, mais je crains qu'il ne soit trop tard.

Anna tendit le cou et vit Adair avancer vers eux, l'air déterminé.

Elle n'avait plus le temps de fuir, et découvrit qu'elle ne le désirait plus. Cette envie sauvage de frapper Adair et de l'embrasser la saisit de nouveau. Elle ne put toutefois s'empêcher de lui décocher un regard noir, car elle était furieuse contre lui et contre elle-même pour ce qu'il lui faisait éprouver.

Adair fit pivoter son cheval, obstruant le chemin. Les deux hommes s'affrontèrent du regard tels deux gladiateurs dans l'arène.

— Cousin Grant, dit Adair d'une voix affable, mais Anna perçut la pointe d'accent irlandais qui s'accentuait dans les moments de colère ou de passion. C'est un plaisir inattendu que de vous rencontrer ici.

— Inattendu pour moi, en effet, répondit Grant sur le même ton. Mais pas pour vous... cousin. J'habite Dublin, tandis qu'on ne vous a pas vu en ville depuis des mois. Depuis que la Rébellion a dressé sa maudite tête irlandaise pour la dernière fois, en fait.

— Vous vous trompez. Je viens souvent profiter des plaisirs de la ville, assura Adair dont le regard se promena lentement sur le corps d'Anna, qui ne put réprimer un frisson. Vous aussi, à ce que je vois. C'est à Dublin qu'on trouve les plus belles femmes, pas vrai ?

— Je vous interdis de regarder lady Anna de cette façon ! gronda Grant. C'est la fille de lady Killinan, ce que vous sauriez si vous fréquentiez la bonne société au lieu de patauger dans la boue en compagnie de vos péquenauds irlandais.

— Une dame, vraiment ?

Le duc arqua les sourcils tandis qu'il adressait à Anna un sourire entendu. Elle sentit ses joues s'embraser et pria pour que sa voilette cache son embarras.

— Et un parangon de féminité anglaise, j'en suis sûr, enchaîna-t-il. Douce, modeste et docile, surtout lorsque l'homme est celui qui lui convient. Un homme doté d'une poigne ferme.

Il tendit le bras et effleura le col d'Anna du bout de sa cravache.

— Ou qui y mettra le prix, poursuivit-il. Avez-vous déjà découvert ce prix, Grant ? Mais peut-être est-il trop élevé pour les gens de votre espèce…

Grant ne put retenir une sorte de grondement rageur tandis que la cravache d'Adair descendait lentement sur le corsage d'Anna. Elle en avait assez. S'emparant de la cravache, elle la jeta à terre.

— Cela suffit ! Je suis venue ici pour faire une promenade agréable, et non pour que deux individus grossiers se disputent à mon sujet comme deux roquets se disputent un os. Si vous tenez absolument à vous quereller, allez comparer la taille de vos… propriétés ailleurs. Tant que vous ignorerez les bonnes manières, vous ne ferez pas partie des gens civilisés. Et peu m'importe que ces manières soient anglaises ou irlandaises.

Grant lui adressa un regard noir comme s'il allait s'en prendre à elle, mais Adair se contenta de rire.

— Bravo, lady Anna. Bien dit. Vous avez raison, nous ne méritons pas de jouir de la compagnie d'une jolie dame. Je vous présente mes excuses.

— Moi aussi, marmonna Grant à contrecœur. Je n'aurais pas dû vous exposer à une querelle familiale, lady Anna.

— Oh, je suis sûr que lady Anna a été *exposée* à bien pire ! fit Adair.

— Qu'est-ce que c'est censé signifier ? s'écria Grant, exaspéré.

— Rien du tout, cousin, répliqua le duc froidement. Quelles vilaines pensées m'attribuez-vous donc ?

— Assez, messieurs ! intervint Anna.

Elle tira sur les rênes de Psyché, et tenta de contourner Adair. Il ne bougea pas et la regarda.

Elle soutint son regard, et le reste du monde – le parc, sir Grant, les rires au loin – s'estompa autour d'elle tandis que, les yeux soudés à ceux d'Adair, elle se souvenait de son baiser, le contact de ses mains...

Images insistantes qu'elle chassa résolument en même temps qu'elle parvenait à s'arracher à son regard.

— Battez-vous si cela vous chante, ce pourrait être amusant, mais pas aujourd'hui. Je suis lasse de vos histoires.

Une détonation sèche retentit soudain, suivie de deux autres. Une balle l'avait frôlée, découvrit Anna une fraction de seconde plus tard tandis que, terrifié, son cheval se cabrait. Sous le choc, elle n'eut pas le réflexe de se cramponner à sa selle. Elle se sentit tomber, tomber. Son cœur parut se décrocher et la précéder dans sa chute. Le ciel tournoya au-dessus de sa tête et une rafale de vent lui siffla aux oreilles.

Sa tête heurta le sol. Des étoiles tourbillonnèrent devant ses yeux, aussitôt englouties par un brouillard gris. Une douleur lui traversa l'épaule et une autre, plus sourde, lui vrilla la hanche. Des cris fusèrent, lointains et étouffés. Elle ferma les yeux et se retrouva gisant sans défense dans un champ que labouraient les balles des camps adverses, les oreilles emplies du rugissement des explosions. Le soleil l'aveuglait et l'odeur cuivrée du sang lui soulevait le cœur.

Quelqu'un lui toucha le bras. C'était le soldat qui revenait lui écarter les jambes, hisser son corps puant sur le sien. Elle hurla et tenta de se débattre, mais la douleur se répandit en elle avec une force paralysante. En sanglotant, elle tenta malgré tout de le repousser.

— Anna ! cria une voix dont l'accent irlandais chassa l'image du soldat anglais. Anna, bon Dieu de bon Dieu, arrêtez de vous débattre. Restez tranquille, *cailleach*, je vous en supplie.

Anna s'obligea à ouvrir les yeux, le souffle court. Le ciel continuait à tournoyer comme si elle avait trop bu de vin. Fronçant les sourcils, elle se concentra sur le visage au-dessus d'elle. Ce n'était pas le soldat violeur, mais un individu ténébreux aux cheveux en désordre et aux yeux verts qui semblait sorti de quelque ancien champ de bataille celtique.

— Adair ? murmura-t-elle.

— Vous me reconnaissez ?

— Bien sûr. Je ne pourrais vous confondre avec personne. Vous ne devriez pas être ici ? Vous étiez dans l'écurie...

Oui, l'écurie à demi incendiée, se rappela-t-elle. Pas sur un champ de bataille.

— C'est vous qui êtes à terre cette fois, *cailleach*. Est-ce que vous sentez cela ? demanda-t-il en pressant les doigts d'Anna. Pouvez-vous les bouger ?

Elle remua prudemment les doigts, mais cela déclencha une vive douleur dans tout le bras.

— Ça fait très mal !

— C'est mieux que de ne rien sentir.

Il porta sa main inerte à ses lèvres, lui embrassa le poignet juste au-dessus du gant. Sa bouche était chaude et apaisante. Elle eut envie de se blottir dans ses bras. Là, on ne risquait sûrement pas de faire de cauchemar.

— Je suis désolé, chuchota-t-il. Vous n'auriez pas dû être là.

— Non, en effet ! cria un homme. C'est *vous* qu'on visait, espèce de salaud. C'est votre faute.

Grant Dunmore. Il ne figurait nulle part dans les souvenirs d'Anna. Ce qui l'aida à se rappeler où elle était, et ce qui venait de se passer. Le parc, les coups de feu, sa jument qui se cabrait…

— Psyché ! cria-t-elle. Elle n'a rien ?

— Chut… restez tranquille, fit Adair en l'empêchant de se redresser. Elle va bien, tout va bien. Personne ne vous fera de mal, j'y veillerai.

— C'est à cause de vous que c'est arrivé ! tempêtait Grant.

— J'en ai assez de vos querelles, murmura Anna d'une voix faible.

Adair lui sourit, et parut soudain plus jeune, plus libre. Pourquoi diable ne souriait-il pas plus souvent ? se demanda Anna.

— Anna ! cria sa mère. Ô mon Dieu, que s'est-il passé ?

Un bruissement de soie, le parfum de lilas et le visage aimé. Katherine était blanche comme un linge, et ses grands yeux étaient emplis de larmes.

Du plus loin que se rappelait Anna, sa mère s'était toujours montrée calme et sereine. Elle soignait les serviteurs, les métayers, les enfants avec efficacité. Elle parcourait les grands couloirs du château de Killian et les hectares du domaine sans qu'un cheveu s'égare de son chignon. Une seule fois, Anna l'avait vue avoir peur : lorsque fuyant Killinan durant la Rébellion, elles s'étaient retrouvées au beau milieu d'un combat.

Après cela, des mois durant, elle n'avait plus quitté Anna des yeux. Ce n'était que tout récemment que celle-ci avait eu droit à un peu de liberté. Cet incident y mettrait sûrement fin.

— Ma chérie, es-tu blessée ? demanda Katherine en s'emparant de la main de sa fille et en l'examinant d'un regard anxieux.

— Je vais bien, maman, répondit Anna en s'efforçant de sourire. Je suis juste un peu sonnée.

Sans lui lâcher la main, Katherine scruta les visages des badauds qui s'étaient rassemblés.

— Que s'est-il passé ? demanda-t-elle.

Anna chercha Adair du regard. Il se tenait derrière sa mère, l'air encore moins présentable qu'un peu plus tôt. Ses cheveux retombaient en désordre sur son front, sa cravate pendouillait et ses vêtements étaient poussiéreux. Dans le regard inquiet qu'il lui rendit, elle lut un avertissement.

Elle lui adressa un imperceptible hochement de tête.

— Je suis tombée de cheval, maman, c'est tout, dit-elle. Des bruits ont effrayé Psyché qui s'est cabrée. Ce devait être quelques idiots qui s'amusaient à crier pour effrayer les lapins.

— Psyché ? Comment est-ce possible ? Tu l'as si bien dressée, s'étonna Katherine.

— Les chevaux sont imprévisibles, maman. Et je vais bien, je vous le promets. La chute m'a juste coupé le souffle un instant. Heureusement, sir Grant Dunmore et le duc d'Adair se trouvaient à proximité et sont venus à mon secours.

— Adair ? fit Katherine en se retournant vers le duc. Il me semblait bien vous avoir reconnu.

Il s'inclina poliment, le geste tranchant avec son allure dépenaillée.

— Lady Killinan. Cela fait longtemps.

— En effet. C'est une chance que vous ayez choisi ce jour pour faire une apparition à Dublin puisque cela vous a permis de secourir ma fille.

— Je suis heureux de m'être trouvé là, mais je regrette de n'avoir pas pu empêcher… l'accident.

— C'est donc ce qui s'est passé ? insista Katherine.

Adair fronça les sourcils, et Anna lui adressa un regard suppliant.

— Oui.

— Et vous, sir Grant ? Vous avez assisté à la scène ?

— Je… oui, lady Killinan, répondit Grant d'une voix peu convaincante. Un accident malheureux. C'est un soulagement que lady Anna ne soit pas blessée.

— Cela reste à voir, répliqua Katherine. Je vais la ramener à la maison et faire venir un médecin.

— Maman, je n'ai pas besoin d'un médecin, protesta Anna.

— Tu en verras tout de même un. Et plus de réception jusqu'à la semaine prochaine au moins. Ne restez pas planté sur place, Votre Grâce, ajouta Katherine en adressant un regard sévère à Adair. Aidez-moi à emmener ma fille jusqu'à la voiture.

— Lady Killinan, laissez-moi… commença Grant.

Katherine secoua la tête.

— Un seul suffira, je vous remercie, sir Grant. Peut-être seriez-vous assez gentil pour rattraper Psyché et nous la ramener à la maison ? Elle est allée paître un peu plus loin, tout à fait indifférente aux soucis qu'elle a causés.

— Bien sûr, lady Killinan, répondit-il à contrecœur.

Anna l'entendit s'éloigner. D'un regard sa mère dissipa la foule, mais les murmures ne cessèrent pas pour autant. Anna en devinait sans peine la teneur : « Décidément, les ennuis semblent s'accrocher aux filles Blacknall… »

S'accroupissant près d'elle, Adair glissa le bras autour de ses épaules et l'aida à s'asseoir. L'odeur légèrement citronnée de son savon enveloppa la jeune fille. Elle laissa aller sa tête contre son épaule solide.

Comment pouvait-elle avoir envie de nouer les bras autour de son cou, de l'étreindre et de l'embrasser après ce qui venait de se passer ? se morigéna-t-elle. À l'évidence, les ennuis qui s'accrochaient à *elle* n'étaient rien comparés à ceux d'Adair. Club privé, fusillade dans un parc – et ce n'était là que la partie visible. Qui savait quelle noirceur il dissimulait ?

Si elle était maligne, elle le repousserait sur-le-champ et prendrait la fuite sans un regard en arrière. Le problème, c'est qu'elle n'avait jamais été capable de résister à l'attrait d'une énigme.

— Accrochez-vous à moi, lui murmura-t-il à l'oreille, et sa voix chaude lui fit l'effet d'une gorgée de cognac.

Anna obéit. Et laissa échapper un cri lorsqu'il la souleva aussi aisément qu'une plume.

— Votre mère a raison. Vous avez besoin de consulter un médecin.

— Vous ne me connaissez pas, Votre Grâce, protesta Anna tandis qu'il emboîtait le pas à Katherine. Vous ne pouvez savoir ce dont j'ai besoin.

— Oh, vous seriez surprise de tout ce que je sais !

Il la déposa avec précaution sur la banquette de la voiture, lui prit la main et la porta à ses lèvres. Le regard dont il la gratifia était affreusement solennel. Dès qu'il la lâcha, Anna enfouit sa main dans un pli de sa jupe.

— Peut-être devrions-nous sauvegarder le mystère, Votre Grâce, et rester éloignés l'un de l'autre, suggéra-t-elle.

Il éclata de rire et toute trace de solennité disparut.

— Ce serait en effet très prudent, lady Anna, mais j'ai la nette impression que ni vous ni moi ne sommes des gens prudents.

Katherine s'installa dans la voiture à côté de sa fille.

— Merci de votre aide, Votre Grâce, dit-elle. Encore une fois, je suis heureuse que vous vous soyez trouvé là pour venir en aide à ma fille.

— Moi aussi, lady Killinan, répondit-il. M'autorisez-vous à vous rendre visite d'ici un jour ou deux pour m'assurer que lady Anna se remet de sa chute ?

Anna le fixa d'un air stupéfait. L'idée d'une visite de courtoisie à Henrietta Street lui apparaissait si peu conforme au personnage. Un rebelle irlandais prenant le thé dans le salon de sa mère ?

Elle pressa la main sur sa bouche pour retenir un fou rire. Si elle se mettait à pouffer, sa mère croirait qu'elle avait été blessée à la tête et convoquerait une armée de médecins.

Katherine haussa un sourcil interrogateur, puis étudia un instant Adair.

— Je suppose que vous pouvez passer, Votre Grâce. J'aimerais discuter avec vous. Nous sommes quasiment voisins dans le comté de Kildare, n'est-ce pas ?

Elle fit un signe au cocher et la voiture s'ébranla. Jetant un coup d'œil par-dessus son épaule, Anna vit qu'Adair n'avait pas bougé. Il lui adressa un signe de la main, la voiture bifurqua, et il disparut à la vue.

— Mon Dieu, quelle journée ! soupira Katherine.

— En effet, murmura Anna.

5

Et, maintenant, pour couronner le tout, il lui fallait retrouver un assassin, songea Conlan en suivant des yeux la voiture de lady Killinan.

Lady Anna l'avait regardé comme si elle attendait quelque chose de lui. Le front soucieux, mais sans la moindre trace d'effroi dans les yeux. À sa place, n'importe quelle autre jeune fille aurait hurlé de terreur avant de s'évanouir. Anna Blacknall avait eu peur, certes, puis elle s'était reprise et avait paru… intriguée. Exactement comme à l'*Olympian Club*.

Elle n'était pas femme à s'effrayer facilement, c'était évident. Son comportement barbare tandis qu'il s'efforçait de faire sortir son cousin Grant de ses gonds, sa chute de cheval, leur baiser dans le jardin d'hiver. Rien ne l'avait effrayée longtemps. Pourtant, lorsqu'il s'était agenouillé près d'elle, il avait vu de la peur dans ses yeux. Elle n'avait pas l'air d'être présente, mais bien plutôt plongée dans un vieux cauchemar.

Nombre de gens qui avaient vécu les événements sanglants de 1798 souffraient de cauchemars et de peurs récurrentes. Il ne pouvait se permettre d'éprouver de la compassion pour une jeune lady couvée telle qu'Anna Blacknall, pourtant, durant quelques instants, il avait été submergé par un besoin irrépressible de la prendre dans ses bras et de l'y garder jusqu'à ce que sa panique ait reflué. L'envie de la protéger.

C'était sa faute à lui si elle avait couru un danger aujourd'hui. Il devait découvrir qui avait tiré et qui avait ordonné de tirer. Et le leur faire payer, très cher.

Un rire le ramena au présent. Il chassa de sa tête l'image d'Anna, gisant sur le sol, et regarda autour de lui. La foule s'était éclaircie, chacun devant rentrer se préparer pour les réjouissances de la soirée. Toutefois, les quelques personnes qui s'étaient attardées l'observaient avec curiosité. Peut-être se demandaient-elles, comme lady Killinan, si son retour à Dublin était lié aux débats sur la question de l'Union. Sans doute craignaient-elles que sa présence n'envenime la situation.

Conlan aurait pu leur répondre. Sur tous les McTeer, depuis l'époque du roi Brian Boru, pesait la malédiction d'avoir à mener une famille querelleuse, dont les membres n'étaient unis que par la haine. La haine mutuelle et la haine à l'égard du reste du monde. À cela s'ajoutait le devoir de protéger leur peuple et leurs terres dans un pays dominé par une puissance étrangère brutale. Une tâche difficile, dangereuse et solitaire, qui lui revenait en tant que duc d'Adair.

Pour l'heure, la situation était telle qu'il n'avait certes pas besoin de s'encombrer d'un nouveau problème, à savoir lady Anna Blacknall.

Il jeta un regard noir aux curieux qui se dispersèrent aussitôt. Un seul demeura : Grant Dunmore.

Il tenait la bride de la jument d'Anna, mais ne fit pas mine de s'approcher. Sans doute se rappelait-il la correction que lui avait administrée Conlan à l'issue du procès. Le procès qui avait séparé une fois pour toutes la branche irlandaise de la famille de la branche anglaise.

Conlan n'avait pas le temps de s'occuper de Grant, du moins pas comme celui-ci le méritait. D'ici quelques heures, l'*Olympian Club* allait ouvrir, et il devait en outre attraper un meurtrier qui désirait tellement sa mort qu'il se moquait de blesser quelqu'un d'autre.

Mais peut-être que le commanditaire de ce meurtre était l'homme qui se tenait devant lui en cet instant, son propre parent.

Conlan ramassa son chapeau et le secoua.

— Que faites-vous là, Grant ?

— Je pourrais vous poser la même question. Pourquoi n'êtes-vous pas resté à Adair Court ?

Conlan sourit. Cela faisait déjà un certain temps qu'il était à Dublin, mais il avait pris soin de ne pas se montrer en société. Il avait repris de vieux contacts et s'était consacré à l'*Olympian Club*. Maintenant que le vote sur l'Union approchait, il lui fallait être davantage visible. À en juger par les événements dramatiques d'aujourd'hui, il n'avait que trop bien réussi.

Cela dit, il avait beau en avoir l'habitude, il n'aimait pas qu'on lui tire dessus. Et encore moins qu'Anna Blacknall se retrouve sur la trajectoire de la balle. À l'avenir, il devrait se montrer plus prudent et plus impitoyable envers ses ennemis.

Certains ennemis, cependant, avaient l'obligeance de l'affronter directement.

— Je suis peut-être à Dublin pour jouir des agréments que seule la ville peut offrir, répliqua-t-il. Il y a tant de jolies dames dans notre capitale, n'est-ce pas ? Et elles sont si… accommodantes.

La colère embrasa le visage de Grant et son poing se serra sur les rênes de la jument.

— Vous feriez bien de rester à l'écart de lady Anna ! Je ne veux même pas vous entendre prononcer son nom, et encore moins émettre d'ignobles insinuations.

Bien, bien. Il se pourrait bien qu'il y ait quelque chose entre lady Anna et Grant, devina Conlan.

— Je n'insinue rien. La fille de lady Killinan est au-dessus de tout reproche, j'en suis sûr.

Sauf quand elle enfilait une robe rouge très décolletée et se glissait dans un bal masqué. Mais cette contradiction n'était qu'une partie de sa personnalité déconcertante.

— Même si elle est avec vous, conclut-il.

Elle était trop bien pour Grant. Son cousin était incapable d'apprécier – et encore moins de tolérer – tant de complexité et d'indépendance d'esprit. Il ne voyait le monde que d'une seule façon et son étroitesse d'esprit écraserait Anna, si forte et tenace fût-elle.

Une honte.

Lâchant les rênes, Grant fit un pas en avant, l'air menaçant. D'instinct, Conlan se prépara à la bagarre. Les pieds fermement plantés sur le sol, il glissa la main vers le poignard caché sous sa veste. Tout en sachant que c'était inutile. Les méthodes de son cousin étaient moins directes. Jamais il ne se salissait les mains.

— J'ignore ce que vous croyez savoir à mon sujet, Adair, riposta Grant, mais je vous conseille de ne pas vous approcher de lady Anna.

— En voilà un comportement possessif ! Pourtant, je n'ai pas entendu parler de fiançailles.

— Les choses changent, Adair. L'Irlande fera bientôt partie de la Grande-Bretagne, et quand je serai allié aux Killinan, j'aurai autant de pouvoir que vous. Vous aurez intérêt à surveiller vos arrières.

— Comme j'aurais dû le faire aujourd'hui ? répliqua Conlan d'un ton trompeusement neutre.

— Je n'ai rien à voir avec ça ! Mais j'applaudis celui qui en a eu l'audace.

— Quitte à mettre en danger votre future fiancée ? Vous êtes sans pitié, Grant.

— C'était votre faute ! cria Grant.

Sa colère allait croissant, menaçant de fissurer l'élégante façade, alors qu'une couche de glace étanche recouvrait les émotions de Conlan. Flanquer à Grant

Dunmore la raclée qu'il méritait risquait de le détourner de sa mission. L'enjeu était trop important.

Et il ne pouvait à coup sûr pas se laisser distraire par lady Blacknall.

— En dépit de votre titre ronflant, vous n'êtes pas à votre place dans la bonne société, Adair, cracha Grant. Restez à l'écart de lady Anna, sinon…

— Sinon quoi ?

Conlan fit un pas, puis un autre, et encore un autre, ce qui l'amena à moins de cinquante centimètres de son cousin. Un éclair d'inquiétude traversa le regard de ce dernier, mais il ne recula pas.

— Sinon vous me provoquerez en duel ?

— J'aurai grand plaisir à vous défier en bonne et due forme.

— Ne prenez pas cette peine, s'esclaffa Conlan. Je ne suis pas un gentleman, vous vous souvenez ? Je pourrais vous tirer dessus dans une ruelle obscure. Et je sais combien vous aimez traîner dans les quartiers mal famés.

Grant ricana.

— Je suis sûr que vous les connaissez beaucoup mieux que moi… Votre Grâce. Et j'ai trop le sens de l'honneur pour m'occuper de vous comme vous le méritez. Mais si vous osez traiter à la légère ma future épouse…

— À votre place, je ne préjugerais pas des intentions de lady Anna, coupa Conlan en s'écartant pour s'emparer des rênes de sa monture

— Que voulez-vous dire ?

— Juste qu'il semble y avoir dans celle que vous prenez pour une petite poupée des profondeurs cachées qui vous resteront hors d'atteinte. Je doute qu'elle se plie à vos projets.

Sur ce, Conlan se hissa en selle.

— Bonne journée, cousin. Je suis certain que nous nous reverrons bientôt. Je prends goût à Dublin.

Il s'éloigna tranquillement sous le regard furibond de Grant.

Non, Anna ne serait pas la parfaite dame du monde sur laquelle comptait son cousin pour satisfaire ses ambitions. Mais pouvait-elle aider Conlan à contrecœur ?

Idée fascinante qu'il allait devoir étudier.

Conlan franchit les grilles du parc et prit la direction des Liberties, le quartier ouvrier de Dublin. Grant avait raison sur un point : il connaissait bien cette partie de la ville. C'était là, parmi les ruelles puantes, les repaires sordides et les bordels qu'il trouverait celui qu'il cherchait. Qu'il jouisse de l'argent mal gagné tant qu'il le pouvait, car ses heures étaient comptées.

6

— Enfin, te voilà ! Tu en as mis du temps !

Anna leva les yeux comme elle pénétrait dans l'entrée et aperçut Caroline penchée sur la balustrade. Elle avait repoussé ses lunettes sur ses cheveux embroussaillés et une tache d'encre ornait son corsage bleu.

Anna faillit rire. Sa sœur était aussi débraillée qu'elle-même. Qui aurait imaginé qu'une promenade au parc et l'étude de l'histoire irlandaise pouvaient se révéler aussi périlleuses ?

Elle ôta ses gants et son chapeau abîmé. Maintenant que le danger était passé et qu'elle se trouvait hors de la présence troublante du duc d'Adair, elle se sentait affreusement lasse. Lasse et meurtrie. Sa hanche était douloureuse et elle avait la tête lourde. Elle mourait d'envie de se glisser dans son lit avec une tisane et un roman français, et d'oublier cet étrange après-midi.

Sauf que cela ne ferait que convaincre sa mère qu'elle était blessée. Elle se retrouverait consignée dans sa chambre avec visite quotidienne du médecin et bouillons de légumes pendant des jours alors qu'il y avait tant à faire. Tant de mystères à élucider.

Sa mère l'observait du coin de l'œil tout en se débarrassant de son chapeau et de ses gants. La leurrer était loin d'être facile, elle le savait. Cela dit, quand elle le voulait... Elle lui adressa un sourire enjoué.

— Caroline, ta sœur a fait une chute de cheval, expliqua Katherine. Nous avons dû rouler au pas pour lui éviter les cahots.

— Ce qui était tout à fait inutile, dit Anna. Je me sens très bien.

— *Anna* est tombée de cheval ? s'écria Caroline.

Elle dévala l'escalier et, s'emparant des mains de sa sœur, l'examina de la tête aux pieds.

— Comment est-ce possible ? Tu ne tombes jamais. Contrairement à moi – les chevaux me détestent.

— Psyché a eu peur, répondit Anna. Je ne faisais pas attention.

— Tu flirtais ? demanda Caroline.

Anna éclata de rire.

— Bien sûr, voyons ! Pour quelle autre raison se promènerait-on ? Je discutais avec un *duc*.

— Un duc ! C'est fascinant ! s'exclama Caroline. Tu as toujours dit que tu voulais être duchesse. Est-ce qu'il est terriblement beau ? Tu danseras avec lui au bal des Fitzwalter ?

— Anna n'ira pas danser, intervint leur mère. Elle restera à la maison pour se reposer.

— Maman ! protesta Anna.

Elle ne put en dire plus, car Smythe, le majordome, fit son apparition.

— Je vous demande pardon, milady, mais le professeur de dessin vous attend dans la bibliothèque.

— Mon Dieu, avec tous ces événements, j'avais complètement oublié ce rendez-vous, avoua Katherine d'un ton chagrin, car l'Ange de Kildare ne faisait attendre personne, pas même un professeur.

— Dois-je lui demander de revenir demain ? s'enquit Smythe.

— Dites-lui d'aller se faire pendre, marmonna Caroline.

— Caroline, cela suffit ! gronda Katherine, visiblement déchirée entre son rendez-vous et l'envie de s'occuper d'Anna.

Laquelle n'en avait aucune envie.

— Allez-y, maman. Caroline va veiller sur moi. C'est le professeur de dessin *français*, non ? Ne le laissez pas partir.

— Très bien, dit Katherine à contrecœur. Faites servir du thé, Smythe, et dites à M. Courtois que j'arrive tout de suite. Caroline, emmène ta sœur dans sa chambre et veille à ce qu'elle s'allonge.

Avant que Caroline ait le temps de protester, Anna l'entraîna dans l'escalier. Sa servante, Rose, l'attendait déjà avec de l'eau chaude et une robe propre.

Tandis qu'Anna se lavait, Caroline s'allongea en travers du lit. Ses lunettes tombèrent sur la courtepointe.

— J'imagine que tu es tellement occupée à flirter que tu n'as pas eu le temps de parler des leçons à maman, lança-t-elle.

— Détrompe-toi, je l'ai fait, répliqua Anna dont la tête dodelinait sous les coups de brosse énergiques de Rose. Elle a déclaré que ces cours te seraient utiles pour copier des illustrations ou dessiner des sites historiques.

— C'est vrai, je suppose, admit Caroline à contrecœur. Mais cela me prendra tellement de temps. Avec les leçons de danse et de bonnes manières, j'ai déjà du mal à trouver des heures pour lire.

— Peut-être que si tu travaillais sérieusement le dessin, maman accepterait de laisser tomber les autres leçons, suggéra Anna tandis que Rose boutonnait sa robe en mousseline dont les manches longues cachaient ses meurtrissures. Et peut-être que ce Français est beau garçon. Cela ferait passer les leçons plus vite, j'imagine.

— Ne dis pas de bêtises, Anna. À quoi me servirait un Français beau garçon ?

— Oh, oui, j'oubliais ! Tu es quasiment fiancée à lord Hartley et à sa bibliothèque.

Caroline renifla de façon bien peu distinguée.

— Oublie lord Hartley et les Français, et parle-moi de ce duc. Il doit être drôlement séduisant pour que tu en arrives à tomber de cheval. Il est plus beau que Grant Dunmore ?

Anna ferma les yeux et se remémora Adair. Ses cheveux de jais, ses traits virils, l'éclat moqueur de ses yeux verts. Sa colère et sa peur alors qu'il était agenouillé près d'elle.

— Il est loin d'être aussi beau que sir Grant, admit-elle. D'aucuns diraient même qu'il n'est pas beau du tout. Mais il est… complexe

— Complexe ? répéta Caroline en posant le menton sur son poing. Voilà qui me paraît terriblement intéressant. La plupart de tes soupirants ne sont pas plus complexes que leurs chiens de chasse.

— Merci beaucoup, Caroline ! s'esclaffa Anna. Je sais que je suis beaucoup trop frivole pour attirer les hommes que *tu* trouves intéressants, mais ce ne sont pas des imbéciles pour autant. Certains sont même plutôt charmants.

— Ce n'est pas ta faute. Cela vient de la façon dont ils ont été élevés, comme papa. On ne leur a pas appris à penser par eux-mêmes, ou à imaginer un monde différent de celui dans lequel ils ont grandi.

Anna repoussa la poudre de riz que Rose lui tendait et vint à côté de sa sœur.

— Ce duc est irlandais et son titre est très ancien, expliqua-t-elle. Il n'a donc pas dû recevoir la même éducation que nos soupirants issus de l'aristocratie anglaise.

— Un duc irlandais ? Mais c'est très intéressant. D'où tient-il son titre ? Il est catholique ?

Anna s'était posé ces mêmes questions, ainsi que beaucoup d'autres. Adair était une fascinante énigme qu'elle mourait d'envie de déchiffrer.

— J'ignore d'où lui vient son titre, mais j'ai cru comprendre que son domaine était proche de Killinan. Et je suppose qu'il est catholique, sans toutefois en être sûre.

— Comment as-tu fait sa connaissance ?

Anna ne pouvait lui avouer la vérité. Ce serait son secret, et celui d'Adair, à jamais.

— Il s'est précipité quand je suis tombée.

— Comme c'est romantique ! Un duc irlandais fringant mais pas très beau volant à ton secours. Je suis sûre qu'il connaît beaucoup d'histoires qui seraient utiles à mes recherches. Quand pourrais-je l'apercevoir ?

— Bientôt peut-être. Il a demandé s'il pouvait nous rendre visite, et maman a dit oui.

— Maman a accepté ? s'écria Caroline, les yeux écarquillés. Oh, là, là ! J'aurais dû aller me promener avec vous.

On frappa à la porte et une servante entra.

— Lady Cannondale est en bas, lady Anna. Elle est venue prendre de vos nouvelles.

Anna se retint de rire. Le majordome devait être très contrarié par toute cette agitation à une telle heure de la journée.

— Conduis-la dans mon boudoir et demande à Smythe de nous faire préparer des rafraîchissements.

Jane, qui était toujours au courant des derniers ragots, aurait peut-être des choses intéressantes à dire sur Adair. D'autant qu'elle était membre de l'*Olympian Club*.

— Je vais te laisser aux bons soins de lady Cannondale, déclara Caroline en se levant.

Elle récupéra ses lunettes et les remit sur son nez.

— J'ai quelques lectures à faire avant le dîner.

— Tu n'iras pas écouter à la porte de la bibliothèque ?

— Bien sûr que non, se défendit Caroline. Je ne suis pas aussi espiègle que toi, sœurette.

— Personne ne l'est.

Anna se hâta de rejoindre Jane dans son boudoir.

— Oh, Anna, ma chérie ! s'écria-t-elle en se précipitant pour embrasser son amie sur la joue. Je viens tout juste d'apprendre votre accident. Vous êtes blessée ?

— Uniquement mon amour-propre. Ma réputation de bonne cavalière est ruinée.

— Je venais juste de partir, hélas !

Elles furent interrompues par deux valets qui apportaient le thé, et ce ne fut qu'une fois installée près du feu que Jane poursuivit :

— Dites-moi, est-ce vrai que le duc d'Adair est venu à votre secours ?

Anna hocha la tête tout en remuant son thé.

— Il se trouve que je parlais avec lui quand... quand c'est arrivé.

Se rappelant la détonation et le sifflement des balles, elle frissonna. Adair et elle avaient eu beaucoup de chance.

— Vous parliez avec lui ? fit Jane d'un air songeur. Voilà qui ne va pas plaire à Grant Dunmore.

— En effet, cela ne lui a pas plu. J'ai cru qu'ils allaient en venir aux mains au beau milieu du parc.

— Il était donc là ?

Anna confirma d'un signe de tête.

— Mon Dieu ! s'écria Jane en laissant échapper un rire ravi. Et dire que j'ai manqué cela !

— Ils sont cousins, ai-je découvert, mais ils ne s'aiment visiblement pas.

— C'est le moins qu'on puisse dire, fit Jane. Vous ne vous souvenez pas de cette vieille histoire au sujet du domaine ? ajouta-t-elle sur le ton de la confidence. Adair Court n'est pas très éloigné de Killinan, pourtant.

— Si cela remonte à plus de deux ans, je n'en ai sans doute pas entendu parler. Maman n'aimait pas que nous écoutions les commérages quand nous étions enfants.

Elle n'aimait pas davantage cela aujourd'hui, mais ses filles n'étaient plus des enfants.

— Vous ne saviez pas qu'Adair a failli perdre le domaine que sa famille possédait depuis des siècles à cause des Lois Pénales ?

— Si, j'en ai entendu parler, admit Anna.

Les Lois Pénales, révoquées en 1793, permettaient à un protestant de revendiquer le domaine d'un parent catholique, à condition toutefois de pouvoir prouver que ledit catholique était déloyal envers la Couronne, ou faisait mauvais usage de son domaine. Un catholique étant par définition jugé déloyal, revendiquer un domaine était chose aisée, mais en réalité, la loi avait été rarement appliquée. La plupart des familles irlandaises avaient tendance à protéger leurs membres, quels que soient leurs différends.

Le procès Adair avait été spectaculaire. Deux lords titrés se disputant des milliers d'hectares, des centaines de métayers, un magnifique château, et...

« Quelle idiote je suis ! » songea Anna. Elle aurait dû se souvenir de cette histoire lorsqu'elle les avait vus si haineux.

— C'est Grant Dunmore qui a intenté le procès, murmura-t-elle.

— Il n'avait aucune chance, bien sûr, expliqua Jane. Adair a bien des défauts, mais il est duc. Ses ancêtres ont maintenu le titre dans la famille durant des siècles, et il est leur digne héritier. Dunmore a été stupide de se lancer dans cette aventure, mais sa propriété du comté de la Reine n'est rien comparée à Adair Court. Il voulait un territoire à la hauteur de ses ambitions, et s'est laissé aveugler par la jalousie. Résultat : il s'est fait un ennemi impitoyable de son cousin.

— Comment savez-vous tout cela ?

— Tout le monde le sait. En outre, mon mari était l'un des membres du Parlement qui ont eu à juger l'affaire. Il était très bavard, mon Henry. Et maintenant, ces deux hommes vont se battre à votre sujet, Anna. Merveilleux.

— Je ne suis pas un os que deux corniauds se disputent, rétorqua Anna, irritée.

— Je ne pense pas qu'on puisse traiter un duc et un baronnet de corniauds.

— Je ne veux pas être mêlée à cette vieille affaire ! Il y a déjà trop de haine et de divisions dans ce pays. C'est dangereux de jeter de l'huile sur le feu.

— Vous avez raison, bien sûr. Mais oublier et pardonner ne sont pas dans les habitudes des Irlandais. L'inimitié entre ces deux hommes va au-delà d'un procès ou d'une jolie femme. Vous n'avez pas à être leur jouet, en revanche, vous pouvez vous servir d'eux.

— Que voulez-vous dire ? demanda Anna, complètement perdue. Je ne vois pas à quoi ils pourraient bien me servir.

— Vraiment ? fit Jane, un sourire mystérieux aux lèvres. Eh bien, je vous laisse y réfléchir. Je dois rentrer me changer pour cette soirée de jeu. Je suppose que nous ne vous y verrons pas ?

— Non, mais j'essaierai de persuader maman de me laisser aller au bal des Fitzwalter demain.

— J'espère que vous aurez gain de cause. Ne serait-ce que pour assister à un spectacle aussi excitant que celui que j'ai manqué aujourd'hui.

— C'est peu probable. Adair ne sort jamais dans le monde.

— Curieusement, j'ai l'impression qu'il est sur le point de renoncer à ses habitudes d'ermite, commenta Jane en se levant pour embrasser son amie. Je suis heureuse que vous n'ayez pas été blessée, Anna. Vous penserez à tout ce que je vous ai dit ?

— Bien sûr. À demain.

Après le départ de lady Cannondale, Anna s'approcha de la fenêtre. La rue était déserte. C'était l'heure où tout le monde se préparait pour une réception, une soirée au théâtre ou d'autres plaisirs plus corsés. Peut-être même pour aller l'*Olympian Club*.

Adair s'y trouvait-il ? Fermant les yeux, elle l'imagina avec son masque, déambulant dans les salles où résonneraient bientôt des rires, où l'on échangerait des regards brûlants, où les étreintes se feraient de moins en moins furtives à mesure que la soirée avancerait.

Comme elle aurait aimé être là-bas, elle aussi ! Elle avait beau être fatiguée et contusionnée, elle sentait cette impatience en elle qui, tel un lutin maléfique, la poussait encore et toujours à aller au-devant des ennuis.

Elle rouvrit les yeux et fixa sans la voir la rue où s'étiraient les ombres du crépuscule. En matière d'ennuis, inutile d'aller chercher très loin. Adair y pourvoirait. Il incarnait le danger, lui apparaissait mystérieux et en proie à de sombres inimitiés. Il la fascinait, elle ne pouvait le nier, mais quelque part tout au fond d'elle-même, si petit qu'il était à peine visible, un fond de prudence hérité de sa mère tirait la sonnette d'alarme.

Elle ne se faufilerait pas dehors ce soir, bien qu'elle en eût terriblement envie. Elle devait réfléchir. À en croire Jane, elle pouvait se servir des deux cousins. Si Anna ignorait encore ce que son amie entendait par là, elle comptait bien le découvrir.

7

Sur le chemin de la bibliothèque, Katherine fit une pause devant le miroir du couloir. À la lumière faiblissante, elle vit ses cheveux décoiffés et ses joues pâles qui révélaient les tensions de la journée. Autrefois, elle émergeait de chaque crise pleine d'énergie et pressée de se remettre à la tâche. Être la châtelaine de Killinan et la mère de filles pleines de vie avait empli son existence, et elle s'y était consacrée sans ménager sa peine. Encore aujourd'hui.

Mais Dieu qu'elle était lasse ! Elle avait un peu plus de quarante ans et savait qu'elle paraissait moins. Comme beaucoup de jeunes filles de bonne famille, elle s'était mariée tôt et avait eu rapidement des enfants. Six, dont trois seulement avaient survécu. Ce soir, elle avait l'impression d'avoir au moins cent ans. Voir Anna à terre l'avait terrifiée. Cela lui avait rappelé l'époque où elle s'était découverte impuissante à protéger ses filles des affres de la guerre.

— Oh, Anna ! murmura-t-elle.

Sa fille si belle, gentille, audacieuse et vulnérable était en sécurité pour le moment, mais pour combien de temps ?

Sa propre mère lui avait avoué que le plus difficile, c'était de laisser ses enfants quitter le nid. Les laisser commettre des erreurs. Mais elle avait omis de dire à quel point ces erreurs pouvaient être nombreuses.

Katherine lissa ses cheveux blonds à peine striés d'argent, se pinça les joues pour leur donner un peu de couleur et redressa le col de fourrure de sa robe.

— Je ne suis pas prête à renoncer à tout et à me contenter de tricoter au coin du feu, déclara-t-elle résolument.

Le personnage de la veuve attendrait qu'Anna et Caroline soient casées. Et Caroline ne le serait jamais sans quelques raffinements, dont un talent pour le dessin, décréta-t-elle en s'approchant de la porte de la bibliothèque qu'elle poussa.

Les lampes n'avaient pas encore été allumées. Seul le soleil couchant éclairait les boiseries, les hauts rayonnages remplis de livres, les fauteuils et le canapé recouverts de velours brun. Bien que la maison appartienne à Eliza, Katherine avait accroché le portrait de son mari au-dessus de la cheminée. Entouré de ses chiens bien-aimés, le château de Killinan se dressant à l'arrière-plan, lord Killinan souriait pour l'éternité.

Le feu était éteint, et le thé refroidissait sur l'une des consoles. Katherine chercha des yeux le professeur de dessin.

Debout devant les rayonnages, la tête inclinée de côté pour lire les titres, il semblait complètement inconscient de sa présence, ce qui laissa à Katherine le temps de l'examiner.

M. Nicolas Courtois ne correspondait pas exactement à ce qu'elle attendait. Tous les autres professeurs de Caroline étaient de vieux messieurs vêtus de sombre et coiffés de perruque à l'ancienne mode. Le professeur de dessin que Katherine avait eu enfant était un vieil Italien fantasque à qui les efforts dérisoires de son élève donnaient la migraine.

M. Courtois lui avait été chaudement recommandé. Les amies de Katherine le portaient aux nues et leurs filles s'extasiaient dès qu'on prononçait son nom. À présent, elle soupçonnait que son talent en matière artistique n'avait que peu à voir avec cet enthousiasme. M. Courtois était, sans exagérer, sublimement beau. Il se tenait dans un rayon de soleil qui faisait chatoyer ses cheveux blonds. Grand, mince, élégant sans ostentation, il affichait un profil d'une pureté absolue.

Il tendit la main et caressa doucement le dos d'un livre. Seule imperfection visible : quelques taches de peinture sur les doigts. Il était intensément concentré, et Katherine se surprit à imaginer ces doigts sur la peau d'une femme...

Prise d'un soudain vertige, elle s'appuya au dossier d'un fauteuil. Cet homme ressemblait à un rêve, une vision, saisie dans la lumière de ce moment parfait. Ce n'était pas un être de chair et de sang. Il ne pouvait pas l'être, car aucun homme ne lui avait jamais fait pareille impression. Elle avait toujours été indifférente à ces sottises, même lorsqu'elle était adolescente. Jamais elle n'avait gloussé, comme ses amies, à l'évocation de tel ou tel jeune homme.

C'était un effet de la fatigue, se dit-elle, et cependant, elle ne parvenait pas à s'arracher à sa contemplation.

Comme elle chancelait, le bruissement de sa robe brisa le silence. Il fit volte-face, les poings serrés. Non, ce n'était pas un rêve. Il était tout à fait réel, et plus beau encore de face que de profil. Un visage de statue grecque aux traits purs et aux proportions parfaites, avec une peau dorée que le temps n'avait pas encore marquée, remarqua-t-elle en tressaillant.

— Je suis désolée de vous avoir surpris, monsieur, dit-elle, s'efforçant de recouvrer sa sérénité habituelle.

Elle était la maîtresse de maison, se rappela-t-elle. Elle était censée maîtriser la situation.

— Non, madame, c'est *moi* qui suis désolé, répondit-il et, bien sûr, il avait une voix assortie à son physique.

Il s'exprimait parfaitement, avec une pointe d'accent français.

— Je me suis laissé distraire par votre belle bibliothèque.

— Les livres méritent d'être admirés, mais je crains que seule lady Caroline n'en tire profit ces derniers temps. Je vous en prie, monsieur, asseyez-vous. Je vais demander qu'on nous refasse du thé.

— Non, milady, ne prenez pas cette peine. Je n'avais même pas remarqué qu'on m'en avait apporté, avoua-t-il avec un rire contrit.

Katherine ne put s'empêcher de s'étonner que les servantes n'aient pas trouvé un prétexte pour s'attarder. Elle-même ne s'en serait pas privée si elle avait eu quinze ans de moins et n'avait pas été comtesse et mère de famille.

— Mon Dieu, j'en prendrai volontiers une tasse, dit-elle. La journée a été assez éprouvante.

Fronçant les sourcils d'un air inquiet, M. Courtois fit un pas vers elle.

— Milady, vous êtes toute pâle. Asseyez-vous, je vous en prie. Permettez-moi de sonner.

Il tendit la main, et Katherine y glissa spontanément les doigts. Geste étrange et inconvenant, qui lui parut cependant parfaitement naturel. Les doigts tachés de peinture se refermèrent légèrement sur les siens. Elle baissa les yeux et fut frappée par le contraste entre la peau dorée du Français et la sienne, très blanche. Une onde de chaleur déferla en elle. Sensation aussi délicieuse que de paresser au soleil d'été.

Sa gorge se noua, et elle eut peur de fondre en larmes. Pourquoi lui était-il donné de découvrir ce plaisir maintenant, avec ce splendide jeune homme ? Alors qu'elle n'en avait plus l'âge ?

L'expression indéchiffrable, M. Courtois regardait aussi leurs mains jointes. Tous deux demeuraient immobiles, comme pétrifiés. Finalement, il leva les yeux et elle découvrit qu'ils étaient bruns. Un brun profond, presque noir, qui contrastait avec sa blondeur et n'en paraissait que plus insondable.

Lentement, il lui lâcha la main et lui offrit son bras. Katherine s'en empara. Elle avait beau être grande, elle lui arrivait à peine à l'épaule.

Après l'avoir aidée à s'installer, il alla tirer le cordon près de la fenêtre. Elle se risqua à respirer de nouveau. « Ne sois pas stupide ! » se tança-t-elle. Le serait-elle autant que lady Kingsley qui, l'an passé, s'était retrouvée exilée dans un domaine lointain après avoir eu une aventure avec le professeur de danse de ses enfants ? L'histoire avait alimenté les conversations dans tous les salons de Dublin.

« Mais, contrairement à elle, tu n'es pas mariée », murmura une petite voix démoniaque. Elle était libre, du moins autant que pouvait l'être une dame de l'aristocratie. La duchesse de Leinster n'avait-elle pas épousé le précepteur de ses enfants ? Si elle se montrait discrète...

Elle secoua la tête. C'était de la folie. L'Irlande était un petit pays, tout se savait toujours. Elle avait passé sa vie à maintenir sans tache la réputation de l'Ange de Kildare, et de sa famille. Elle ne gâcherait pas tout pour un beau visage et une paire d'épaules solides. Du reste, un jeune homme tel que Nicolas Courtois ne regarderait jamais une femme comme elle.

Pour l'heure, toutefois, c'était ce qu'il était en train de faire. Il s'assit en face d'elle et sourit, ce qui creusa une petite fossette dans sa joue.

Katherine croisa les mains sur ses genoux.

— Je suis lady Killinan, bien sûr, monsieur Courtois, et votre élève serait la plus jeune de mes filles, Caroline. Elle a seize ans et son éducation est loin d'être achevée.

La fossette se creusa et les mains de Katherine se crispèrent.

— Il est rare qu'elle le soit à seize ans, milady, observa-t-il. Mais, étant votre fille, je doute qu'il lui manque grand-chose. Elle aura autant de soupirants qu'elle le souhaitera, j'en suis sûr, même sans éducation artistique.

Ce petit compliment fit rire Katherine, et le sourire de M. Courtois s'élargit comme s'il prenait plaisir à la faire rire.

— Ma fille est jolie, j'ose le dire. Mais elle aime étudier, et je sais qu'elle appréciera d'être initiée à un art. Le dessin et la peinture peuvent nous aider à voir le monde différemment, n'est-ce pas ?

D'une façon inimaginable, songea-t-elle tandis qu'elle plongeait son regard dans le sien.

Se penchant en avant, M. Courtois appuya les coudes sur ses genoux et lui rendit son regard.

— C'est vrai. Pour être honnête, milady, je serais enchanté d'avoir une élève qui s'intéresse réellement à mes leçons.

— Vraiment ? C'est si rare que cela ? Vous m'avez été chaudement recommandé. Mme McGann m'a dit que vous avez fait des merveilles avec sa fille.

Il s'esclaffa et lui avoua sur le ton de la confidence :

— Mlle McGann n'était pas capable de tracer une ligne droite quand j'ai entrepris son instruction. Si, après de longues heures de travail ardu, elle a pu dessiner un arbre reconnaissable… eh bien, c'est davantage dû à mon entêtement qu'à quelque talent de pédagogue dont je pourrais me vanter.

Katherine rit à son tour. Elle était convaincue que Mlle McGann avait été trop distraite par le physique de son professeur pour se soucier de dessiner des arbres qui ressemblaient à des arbres.

— En tout cas, Mme McGann a été très ravie des progrès que vous lui avez fait faire, assura Katherine. De même que vos autres employeurs. Un certain entêtement ne sera pas inutile lorsqu'il s'agira de faire travailler ma fille.

— Peut-être aimeriez-vous jeter un coup d'œil à quelques-uns de mes travaux, milady ? hasarda-t-il. Cela vous permettrait de juger par vous-même de mes capacités.

« Oh, oui ! » murmura le petit démon. Cela signifierait passer un peu plus de temps en sa compagnie, ce qui était fort tentant.

— Volontiers, monsieur, répondit-elle en s'efforçant de ne pas rougir comme une gamine.

Comme il se levait pour aller chercher son portfolio, deux servantes entrèrent avec le plateau du thé. Elles prirent beaucoup plus de temps que nécessaire pour disposer les tasses, les soucoupes, la théière, le sucrier, et ne cessèrent de glisser des regards en coin au Français.

Il parut ne rien remarquer, et un regard sévère de leur maîtresse les fit s'éclipser. M. Courtois tendit son portfolio à Katherine et s'assit pour boire son thé. Elle n'aurait su dire à quoi elle s'attendait. Les professeurs précédemment reçus lui avaient montré des travaux soignés représentant avec précision des fruits ou des fleurs. Ce qu'elle avait sous les yeux était complètement différent.

Il y avait des portraits de ses élèves et de leur famille, des paysages irlandais, des dessins d'architecte de bâtiments tels que le Parlement, les Douanes et le théâtre de Crow Street. Mais c'étaient plus que de simples représentations de la réalité. Il y avait du mouvement, de l'émotion, de la *vie*, et c'était tout à fait extraordinaire. M. Courtois ne voyait pas le monde qui les entourait comme tout un chacun. En véritable artiste, il était capable de percer les façades, d'aller au cœur des choses. Au cœur de la vie même.

À quoi ressemblerait un portrait d'elle fait par lui ?

— Vos travaux sont merveilleux, monsieur, déclara-t-elle. Vous avez beaucoup de talent. Beaucoup trop pour le gaspiller avec des débutantes qui pensent à autre chose, je trouve.

— Ah, milady, il se trouve que j'aime manger, et que les salaires y contribuent ! Ils vous plaisent vraiment ? ne put-il s'empêcher d'ajouter, visiblement heureux du compliment.

— Beaucoup.

Katherine s'arrêta sur un dessin représentant un élégant château au bord d'une rivière. Les portes étaient entrouvertes, on discernait tout juste le visage d'une femme dans l'ombre. Bien que tout soit en blanc, gris et noir, une impression de chaleur et de confort émanait de cette demeure.

— Vous êtes allé en France récemment ? s'enquit-elle. On dirait un château des bords de Loire.

— Vous connaissez la France, milady ?

— Pas vraiment. J'y suis allée en voyage de noces il y a bien longtemps. Mais j'ai trouvé que c'était le plus beau pays que j'aie jamais vu – en dehors de Killinan, bien sûr.

— C'est très beau, en effet. Le paradis sur terre. Mais je n'y suis pas retourné depuis que j'étais enfant.

— Vous l'avez quitté durant la révolution ? risqua Katherine en le dévisageant.

Son expression s'était assombrie ; il paraissait si lointain soudain.

— Oui, lady Killinan. Ma mère était la fille d'un duc. C'était la maison de son père, elle l'aimait plus que tout. Et mon père était l'un de ces prétendus fermiers généraux de Paris que l'on haïssait. Il a été tué, et ma mère s'est enfuie à Londres avec moi.

— Oh…

Katherine regarda de nouveau la maison dans laquelle elle voyait à présent le reflet d'une vie évanouie, le souvenir d'une douceur perdue.

— Je suis vraiment désolée, monsieur Courtois.

— C'était il y a longtemps, milady, dit-il, et il y avait dans son ton quelque chose de définitif.

Regrettait-il ses confidences ? Elle espéra que non, car elle avait envie d'en savoir plus.

Elle rangea avec soin les dessins dans le portfolio et le lui rendit.

— Pourriez-vous commencer la semaine prochaine, monsieur ?

— Je crois, oui, lady Killinan, répondit-il avec un sourire.

— Parfait. Je suis sûre que vous ferez des merveilles avec Caroline.

Il se mit à rire, et l'ombre du passé s'évanouit comme une volute de fumée.

— En tout cas, je m'efforcerai de ne pas vous décevoir, milady.

Tandis qu'elle le contemplait, Katherine devina qu'aucune femme n'était jamais déçue de passer du temps avec lui. Il l'intriguait énormément, et il lui faudrait une volonté de fer pour ne pas chercher à en savoir plus à son sujet.

Nicolas Courtois ferma la porte de sa chambre. Ses voisins se querellaient de nouveau, mais ils n'en avaient plus pour longtemps, il le savait. Ils se disputaient quasiment chaque soir, avant de passer aux réconciliations larmoyantes et aux ébats amoureux tout aussi bruyants.

Il jeta sa veste et son portfolio sur la table et alla ouvrir la fenêtre. S'y accoudant, il offrit son visage à l'air froid. Il était énervé, agité, et craignait de savoir pourquoi.

Lady Killinan.

Il ferma les yeux et revit son doux sourire songeur tandis qu'elle regardait ses dessins. Dieu qu'elle était belle avec ses cheveux dorés qui encadraient son visage en forme de cœur. Sa peau était aussi pâle que l'ivoire, et ses yeux d'un bleu ! Et elle avait de longues mains élégantes.

Il adorerait la peindre. En déesse classique, peut-être, drapée d'une tunique diaphane sur une colline grecque un jour d'été...

Mais comment rendre la tristesse de son regard ? La solitude douloureuse qui se logeait dans ses profondeurs ?

Ils n'avaient discuté que brièvement, pourtant, elle l'avait ému jusqu'au tréfonds. Il avait entendu parler de la comtesse de Killinan, de sa bonté et de ce sens du devoir qui lui avaient valu le nom d'Ange de Kildare, et s'attendait à rencontrer une matrone impassible à l'esprit pratique et à la charité efficace. Charité qui la pousserait à l'embaucher malgré la suspicion qu'inspiraient les Français, surtout depuis leur tentative d'invasion à Bantry Bay en 1797.

Il avait donc été pris de court. Elle avait bel et bien l'air d'un ange, une créature trop délicate pour le monde chaotique dans lequel ils vivaient. Trop douce. Elle lui rappelait les aristocrates françaises si fines, si élégantes, si raffinées. Et lorsqu'elle avait glissé sa main dans la sienne, un brusque accès de désir l'avait traversé, à la fois choquant et bien trop réel. Elle avait écarquillé les yeux comme si elle s'en était aperçue et en avait été surprise.

— Imbécile ! maugréa-t-il en flanquant un coup de poing sur l'appui de la fenêtre.

Une écharde lui rentra dans la chair, et il accueillit la piqûre avec soulagement. Elle le distrayait de ce désir inopportun qui flambait en lui.

Lady Killinan lui avait proposé un salaire supérieur à celui qu'il touchait d'ordinaire. Elle admirait son œuvre. Il avait besoin de ce travail. Pourtant, la sagesse voudrait qu'il le refuse et ne la revoie plus jamais. Elle représentait une complication dont il n'avait nul besoin vu sa position précaire.

Il s'allongea sur son lit étroit et se couvrit le visage des mains. Ses voisins avaient entamé la phase des réconciliations à en juger par les grincements du lit. Il eut un petit rire amer. Voilà ce à quoi il n'aurait jamais droit avec la belle lady Killinan. Il ne put toutefois s'empêcher de se demander ce qu'il éprouverait s'il caressait sa peau, s'il la goûtait. À quoi ressemblait son corps sous les couches de soie et de dentelle. Et s'il saurait la faire gémir de plaisir.

Il avait longtemps soupçonné Dublin d'être un enfer. Il en avait la confirmation.

8

— Anna, ma chérie, il y a un problème avec ton gant ? demanda Katherine.

— Hmm ? fit Anna en jetant un coup d'œil à sa mère.

Elles se tenaient dans le grand escalier en marbre des Fitzwalter, attendant leur tour d'entrer dans la salle de bal. Il avait beau faire un froid glacial dehors, la demeure imposante était aussi chaude qu'une étuve – la faute à la foule agglutinée dans le vestibule et l'escalier. Les voix haut perchées ricochaient sur le sol de marbre et les murs ornés de fresques. Partout ce n'étaient que tulle, plumes et cravates empesées.

Mais Anna n'y prêtait aucune attention. Elle ne s'était même pas rendu compte qu'elle tiraillait sur les minuscules boutons en perles de ses gants.

— Non, tout va bien, dit-elle en enfouissant les mains dans les plis de sa robe.

— Vraiment ? fit Katherine. Je savais que c'était une erreur de venir, ajouta-t-elle en soupirant. Tu devrais être en train de te reposer à la maison.

— Si j'étais restée à la maison plus longtemps, j'aurais fini par étrangler quelqu'un ! Caroline insiste pour me lire d'épouvantables récits de vieilles batailles qui me donnent des cauchemars. Il fallait que je m'échappe, et qu'y a-t-il de mieux qu'un bal ?

Katherine eut un étrange petit sourire.

— Quand elle aura commencé ses leçons de dessin, la semaine prochaine, elle n'aura plus le temps de t'embêter.

— Elle a donc admis le caractère inévitable de la chose ?

— Oh, oui ! Elle a même l'air pressée de commencer. Je suis sûre qu'elle le sera encore plus quand elle aura fait la connaissance de M. Courtois.

— Moi aussi, j'ai hâte de le rencontrer. J'ai parlé de lui à Rose et elle s'est mise à glousser. Toutes les servantes font de même, du reste. Il doit être tout à fait fascinant.

— Il l'est, assurément. Je pense qu'il se révélera très intéressant pour notre maisonnée.

Le sourire de Katherine s'élargit comme si elle détenait un secret.

Anna eut un soupçon. Sa mère trouvait le nouveau professeur « intéressant » ? Qu'est-ce que cela pouvait bien signifier ? Et pourquoi ses joues étaient-elles si colorées ?

— Vivement que je le voie, déclara Anna, et elle était sincère.

Cela la distrairait peut-être d'Adair. Il n'arrêtait pas de surgir dans ses pensées aux moments les moins opportuns. Elle avait même rêvé de lui. Il était allongé près d'elle et lui parlait à l'oreille tandis que sa main remontait lentement sous sa chemise de nuit...

Elle tripota le bouton de son gant, et s'arrêta comme sa mère lui glissait un regard de biais. Serait-il présent ce soir ? Jane avait dit qu'il semblait vouloir renoncer à ses habitudes d'ermite. Mais s'il venait, que ferait-elle ? Jusqu'où irait sa hardiesse ?

Elles avancèrent de quelques pas en s'efforçant de ne pas piétiner la robe de la dame qui les précédait.

— N'oublie pas ce que le médecin a dit, Anna, murmura Katherine. Pas de danse ce soir.

— Je n'oublierai pas. Je resterai assise avec les chaperons le long du mur et me comporterai de manière exemplaire.

— J'aimerais voir cela, fit Katherine.

Si sa mère n'avait été un modèle de décence, elle aurait ricané, comme Caroline, devina Anna.

Sous son plafond en forme de dôme, la salle de bal, pourtant immense, était à peine moins bondée que l'escalier et le hall. Roses et branches de houx se reflétaient dans les miroirs suspendus aux murs tendus de soie crème. La foule scintillait de mille feux à la lumière des lustres en cristal de Waterford. Des valets en livrée circulaient avec des plateaux chargés de boissons diverses. Une double porte était ouverte sur un salon de jeu déjà en pleine activité.

Anna prit un verre de punch et en but une gorgée. Tout, autour d'elle, n'était que splendeur et élégance. Tous ceux qui avaient un nom étaient présents, et on parlerait sans doute de cette réception des jours durant. Et pourtant, Anna la trouvait absurdement ennuyeuse.

Au fond, elle aurait peut-être mieux fait de rester à la maison. L'étrange agitation que les soirées mondaines étaient censées apaiser revint en force.

Elle emboîta le pas à sa mère, leur progression entrecoupée d'arrêts pour saluer amis et relations. On l'interrogea sur sa chute de cheval, on l'invita à danser et, pour une fois, elle fut contente d'avoir une excuse pour refuser. Elle n'était pas d'humeur à danser. Et elle ne voyait Adair nulle part.

Non pas qu'il fût possible de voir grand-chose dans cette foule. Comme elle tendait la main vers une coupe de champagne, sa mère lui fourra un verre de limonade à la place, et précisa :

— Ce n'est pas parce que tu ne peux pas danser que tu pourras passer toute la soirée dans la salle de jeu.

— Pas de danse, pas de cartes, pas de champagne. Quelle joyeuse soirée !

— Je doute que tu t'ennuies, ma chérie. Ta horde d'admirateurs s'apprête à t'enlever.

Et, en effet, un groupe de jeunes gens, conduit par lord Melton, la rejoignit alors qu'elle atteignait l'extrémité de la salle. Lorsqu'elle leur expliqua qu'elle ne pouvait pas danser, tous déclarèrent qu'ils resteraient à ses côtés pour lui tenir compagnie.

— Vous ne pouvez pas faire cela, protesta-t-elle en riant. Trop de jeunes filles seraient déçues.

Très vite, certains de ces jeunes gens furent récupérés par leur mère afin qu'ils accomplissent leur devoir, mais quelques-uns restèrent avec Anna. Ils lui apportèrent des rafraîchissements et discutèrent voitures, courses de chevaux et, bien sûr, de l'Union. Apparemment, il y avait eu un débat houleux au Parlement ce jour même.

Tout cela lui donnait envie de hurler, de lancer son verre contre le mur et de s'enfuir à toutes jambes. Fermant les yeux, elle se remémora l'*Olympian Club*, ses orchidées noires et ses lis blancs, ses valses enivrantes, ses silhouettes masquées qui s'étreignaient sur la piste de danse. Là-bas, personne ne passait de précieux moments à vous assommer de discours sur le cabriolet neuf que l'on venait d'acquérir ou sur les invectives qu'avaient échangées tel et tel membre du Parlement. Là-bas, tout n'était que sentiments, émotions, sensations.

Une main gantée lui effleura le bras à l'endroit où la manche de dentelle laissait place à la peau nue. Anna rouvrit les yeux et pivota pour découvrir Adair, debout derrière elle. Et la soirée tellement sinistre s'illumina d'un coup.

Il portait un habit noir parfaitement coupé, un gilet de soie blanche, une cravate nouée très simplement et retenue par une épingle ornée d'une perle noire. Il s'était rasé, ce qui mettait en valeur l'angle net de sa mâchoire et ses pommettes hautes. Ses cheveux étaient soigneusement brossés en arrière. Il pouvait assurément passer pour un gentleman à la mode.

Si ce n'étaient ses yeux. Ces yeux verts qui observaient Anna avec une lueur railleuse. Comme s'il voyait la femme ardente qui se cachait sous ses dehors de jeune fille bien élevée.

— Lady Anna, la salua-t-il en s'inclinant. Vous êtes ravissante, ce soir. Je suis heureux de constater que vous vous êtes remise de votre chute.

— Je suis tout à fait remise, en effet, merci, Votre Grâce.

Elle fit une révérence, et remarqua que son troupeau d'admirateurs était subitement devenu muet. Ils regardaient Adair d'un air méfiant, mais n'osaient rien dire, car non seulement il était duc, mais il avait la réputation d'être bagarreur. Sans parler du reste.

— Vous ne dansez pas ce soir ? s'enquit-il.

— Hélas, non ! Le docteur me l'a interdit.

— Quel dommage ! Je me suis laissé dire que vous êtes l'une des meilleures danseuses de Dublin.

Elle éclata de rire.

— J'aime danser, c'est vrai. Mais je suis plus enthousiaste que douée.

— Plus enthousiaste que douée, lady Anna ? répéta-t-il en haussant les sourcils. Eh bien, on peut remédier facilement à cela... avec un peu de pratique.

Elle eut l'impression qu'il ne parlait pas seulement de danse.

— Nous tenons compagnie à lady Anna ce soir, déclara Melton d'un ton légèrement combatif.

Adair lui décocha un regard amusé.

— Quelle chance elle a ! Mais il n'est pas bon de piétiner ainsi, lady Anna. Feriez-vous le tour de la salle avec moi ?

Il lui offrit le bras, et Anna glissa la main au creux de son coude. Il lui semblait qu'elle ne pouvait pas plus refuser sa proposition que cesser de respirer.

Se rappelant de nouveau Perséphone et Hadès, elle comprit ce que c'était que d'être subjuguée. Adair était dangereux, aucun doute. Mais il était aussi terriblement *intéressant*. Quand elle était avec lui, cette espèce d'engourdissement qui l'accablait si souvent se dissipait, et elle se sentait de nouveau vivante. Il l'ensorcelait, tout simplement.

Après avoir adressé un sourire d'excuse à ses admirateurs, elle s'éloigna au bras du duc, qui l'entraîna en périphérie de la salle, là où la foule était moins dense. Ce qui ne les empêchait pas de susciter regards curieux et chuchotements.

— Vous allez vraiment bien ? demanda-t-il.

— Mais oui. Juste quelques bleus. Et vous ?

— Moi ?

— Il me semble évident que je n'étais pas la cible du tireur, au parc. On m'envie mes robes, certes, mais je doute qu'on tire sur une dame pour cette raison. Exception faite de lady Forest. J'ai quelques soupçons à son endroit.

— Vous n'avez pas à vous inquiéter pour moi, assura-t-il, la mâchoire crispée. Cela ne se reproduira pas.

Anna se raidit.

— Vous avez trouvé le coupable ?

Il ne répondit pas, et continua de balayer du regard la salle où se pressait tout ce que Dublin comptait d'aristocrates anglais. Il n'était pas davantage à sa place ici qu'une panthère parmi des singes jacassants.

— Voudriez-vous respirer un peu d'air frais, lady Anna ?

— Volontiers.

Peu importait que le temps fût à la neige. Elle préférait être n'importe où ailleurs que dans cette salle de bal sous les regards de tous ces gens avides de ragots.

— Mais où pourrait-on aller ?

Il lui adressa un sourire indéchiffrable.

— Je connais un endroit.

— Je n'en doute pas.

Il l'emmena jusqu'au grand escalier, mais au lieu de descendre, ils rejoignirent l'étage du dessus. Tout était calme, presque silencieux.

— Où allons-nous ? s'enquit Anna. Nous cacher dans le grenier ?

Nouant ses doigts à ceux d'Anna, il emprunta un autre escalier à peine éclairé. Elle se cramponna à sa main.

— Ou dans un jardin d'hiver ? ajouta-t-elle.

— Vous aimeriez cela ?

Elle n'était pas sûre de pouvoir dire qu'elle *aimait* ce qui s'était passé entre eux à l'*Olympian Club*. Elle avait eu le sentiment de ne plus rien contrôler. Mais cela avait aussi éveillé en elle des sensations qu'elle avait envie d'éprouver de nouveau. Sauf qu'elle craignait de ne plus pouvoir s'en passer ensuite. De ne plus pouvoir vivre sans lui.

— Je ne sais pas, répondit-elle, honnêtement.

— Moi non plus.

Il resserra son étreinte sur sa main et ils continuèrent à monter.

— Mais il n'y a pas de jardin d'hiver ici.

— Qu'y a-t-il alors ?

Arrivés au dernier étage, ils suivirent un couloir étroit où s'alignaient des portes closes. Il ouvrit la dernière et s'effaça pour laisser passer Anna. Elle se retrouva sur une passerelle dotée d'une rambarde en fer forgé, au-dessus de la rue.

— Je l'ai remarquée d'en bas, expliqua le duc, et j'ai demandé à l'un des valets comment on y accédait. Cela fait un moment que je n'ai pas mis les pieds dans une salle de bal, et j'ai pensé que j'aurais peut-être besoin d'une issue de secours.

— Que c'est intelligent, Votre Grâce. J'ai moi-même souvent eu envie de fuir ces réceptions guindées, mais je n'aurais pas imaginé passer par les toits.

Émerveillée, elle parcourut du regard la ville qui se déployait à leurs pieds. Les maisons de marbre rose luisaient doucement dans la brume légère, les carrés d'ambre des fenêtres se découpant dans l'obscurité. Les voitures glissaient silencieusement dans les rues tels des jouets. Et la Liffey n'était qu'un ruban bleu sombre à la surface duquel se reflétaient les étoiles.

Anna renversa la tête en arrière pour contempler le firmament et le gros quart de lune suspendu très loin au-dessus d'eux.

— Ici, je respire, souffla-t-elle.

Elle sentit Adair bouger derrière elle ; un instant après, il drapait sa veste sur ses épaules. La laine fine avait conservé sa chaleur et son odeur. Anna ferma les yeux et inhala profondément.

— Je crains qu'il ne fasse un peu froid, ici, dit-il.

Ses mains s'attardèrent sur les épaules d'Anna qui se laissa aller contre lui. Des bras solides l'enlacèrent.

— Je n'ai pas froid du tout, assura-t-elle. Merci de m'avoir amenée ici, Votre Grâce.

Il rit – un rire grave qui résonna dans le corps d'Anna. Elle eut l'impression qu'un lien à la fois délicat et solide s'était enroulé autour d'eux, les ligotant l'un à l'autre.

— Cessez de m'appeler Votre Grâce. Je ne suis pas le genre de duc dont vous avez l'habitude.

En effet, il ne l'était pas. En fait, il ne ressemblait à rien de ce qu'elle connaissait.

— Comment dois-je vous appeler, dans ce cas ?

Il hésita un bref instant.

— Mon prénom est Conlan.

— Conlan, répéta Anna. Cela signifie « héros », non ?

— Je croyais que vous ne parliez pas le gaélique.

— Je le parle à peine. Ma sœur Caroline, en revanche, se débrouille plutôt bien et m'en a appris quelques mots. Autant que ma cervelle d'oiseau peut en retenir, du moins.

— Cela doit être très pratique, cette façade d'écervelée, commenta-t-il.

Anna agrippa la rambarde. Il la perçait à jour trop aisément.

— Que voulez-vous dire ?

— Que vous êtes très intelligente. Pourquoi chercheriez-vous à le cacher si vous n'en tiriez pas parti d'une façon ou d'une autre ?

— Au cas où vous ne l'auriez pas remarqué, dans mon milieu l'intelligence n'est pas très prisée chez les femmes.

— Seriez-vous tellement soucieuse de plaire aux jeunes Anglais stupides et aux matrones jacassantes ? J'en doute, Anna.

Agacée par tant de perspicacité, elle pivota sur ses talons, se dégageant de son étreinte, et s'adossa à la rambarde.

— Qu'en savez-vous ? riposta-t-elle. Vous n'êtes pas obligé de vivre dans ce milieu. Vous n'avez pas mis les pieds dans un bal depuis... une éternité, pour autant que je sache.

Il posa les mains sur la rambarde de chaque côté de son corps.

— J'ai trop à faire dans mon domaine pour gaspiller mon temps à valser dans des salles de bal au décor surchargé, déclara-t-il, son accent irlandais plus marqué soudain. D'ailleurs, pourquoi en aurais-je envie ? C'est mortellement ennuyeux.

— C'est une évidence. Mais dans ce cas, pourquoi êtes-vous ici ce soir ?

— Parce qu'il m'est venu à l'esprit qu'un duc avait parfois d'autres devoirs. Comme de danser de temps en temps.

— Mais pourquoi aujourd'hui ? insista-t-elle.

Il était si près. Elle brûlait d'envie de se presser contre son grand corps musclé.

— Peut-être suis-je venu pour vous voir, Anna, suggéra-t-il avec un sourire amer qui semblait se moquer de lui-même.

— Je n'en crois rien, Conlan. Vous avez une idée derrière la tête et je veux savoir laquelle.

Il eut un rire dur.

— Et pourquoi une cervelle d'oiseau s'en soucierait-elle ?

— Je ne…

— Chut.

Les bras d'Adair se refermèrent sur elle et il l'attira contre lui, comme elle le désirait. Elle se cramponna à ses épaules.

— Pour une fois dans votre vie, taisez-vous.

Sa bouche se posa sur celle d'Anna, non pas brutale, mais insistante. Il força le barrage de ses lèvres, et elle l'accueillit avec impatience.

Oh, oui, c'était ce dont elle rêvait depuis cette nuit à l'*Olympian* ! La disparition de toute pensée rationnelle. Cette chute dans le puits sans fond du désir. Ce goût de vin et de menthe qu'elle ne se rappelait que trop bien.

La main d'Adair glissa le long de son dos tandis que leur baiser s'approfondissait. Sa veste tomba des épaules d'Anna. L'air froid la balaya, aussitôt remplacé par une onde de chaleur. Le duc lui empoigna les fesses, les caressa, les pétrit, jusqu'à ce qu'Anna gémisse dans sa bouche.

Il la souleva et pivota pour l'adosser au mur de pierre. Spontanément, elle enroula les jambes autour de sa taille, l'attirant au creux de son corps. Son sexe durci se pressa contre elle, et elle en fut bouleversée. Il la désirait. *Elle*, et non pas la charmante fille de comte.

Les lèvres d'Adair glissèrent le long de son cou et sa langue caressa la base de la gorge là où son pouls battait frénétiquement. Elle aussi le désirait. Éperdument.

Il prit ses seins en coupe, les caressa à travers le corsage.

— *Diolain*, Anna, j'ai besoin...

— Je sais, souffla-t-elle.

Elle plongea les doigts dans ses cheveux, ramena sa bouche contre son cou. Son souffle chaud lui arracha un frisson et elle laissa échapper un cri lorsque sa main se referma sur l'un de ses seins.

— Je ne veux pas avoir besoin de vous, murmura-t-il, farouche.

— Moi non plus, je ne veux pas avoir besoin de vous, répondit-elle.

Elle appuya la tête contre le mur, et ferma les yeux pour savourer sa caresse.

— Mais je crains que ce ne soit le cas. Bon sang, Conlan, si vous ne me touchez pas, je vais hurler.

Il tira sans douceur sur son corsage et sa chemise, dévoilant sa poitrine. Puis, du pouce, il titilla l'extrémité d'un sein qui se dressa douloureusement.

— Vous êtes si belle, chuchota-t-il.

On le lui avait déjà dit. Mais pour la première fois, sous le regard d'Adair, elle le croyait presque. Fascinée, elle regarda sa tête s'incliner et sa bouche happer un sein. Il en téta la pointe durcie, la caressa de la langue. Avec un cri, elle resserra l'étreinte de ses jambes autour de ses hanches, et se cambra contre lui.

Elle entendait leurs respirations laborieuses, leurs doux gémissements et leurs balbutiements incohérents. Elle avait tout oublié – la ville en dessous d'eux, le risque qu'on remarque sa disparition, sa réputation précaire –, seules demeuraient cette bouche, ces mains. Lui.

Sans cesser de lui sucer le sein, Adair retroussa la robe d'Anna, remonta le long de la cuisse jusqu'à la hanche. Elle frissonna.

Puis sa main glissa plus bas, jusqu'à l'endroit le plus secret, le plus vulnérable de son corps. L'espace d'un instant, elle se pétrifia, mais il lui écarta les cuisses et passa doucement le pouce sur sa fente humide. Elle cessa de respirer, en oublia jusqu'à nom. Il approfondit sa caresse, appuya. Elle cria.

Il plaqua sa bouche sur la sienne pour recueillir son gémissement, et, sans lui laisser aucun répit, inséra deux doigts en elle.

La main d'Anna se posa sur le torse d'Adair, là où son cœur battait à grands coups sourds. Puis elle tâtonna jusqu'à son ventre plat, poursuivit sa progression plus bas encore. Et referma la main sur son érection. Elle le sentit palpiter sous ses doigts et un enivrant sentiment de puissance l'envahit.

— Ah, femme, vous voulez ma mort ? fit-il d'une voix rauque.

Anna s'esclaffa. Resserrant les cuisses, elle chuchota :

— Vous n'aimez pas cela ?

— Au contraire, ça me plaît beaucoup. C'est là, le problème.

À regret, il laissa sa main glisser le long de la cuisse d'Anna, puis reposa la jeune fille sur le sol. Il appuya les paumes sur le mur, de chaque côté de son corps. Il tremblait aussi fort qu'elle.

Haletante, elle appuya le front contre son torse. Le bruit d'une cloche lui parvint, lointain.

— Je... je ferais mieux de rentrer à l'intérieur, murmura-t-elle. Ma mère va me chercher.

Il hocha la tête.

— Je vous ramène dans la salle de bal.

— Non, il vaut mieux que j'y retourne seule. Tâchez de vous... ressaisir, ajouta-t-elle en frôlant de la hanche le renflement de son érection.

— Ça risque de prendre un certain temps, avoua-t-il avec un rire éraillé. Vous m'avez jeté un sort puissant, *cailleach.*

Anna était pour sa part certaine que c'était lui le sorcier. Elle l'embrassa doucement sur la joue, lui caressa les cheveux. Dieu qu'il était beau, son Hadès, son guerrier celtique ! La tentation incarnée.

— Anna, je suis désolé... commença-t-il.

— Non, vous ne l'êtes pas. Et moi non plus. Nous savions que cela recommencerait...

— Je devrais donc vous éviter.

— Essayez seulement, Conlan, lui chuchota-t-elle à l'oreille. Je vous retrouverai. Je suis une sorcière, n'oubliez pas.

Il s'écarta et elle regagna le couloir obscur d'une démarche mal assurée. Une fois là, elle se recoiffa du mieux qu'elle put, lissa sa robe et ajusta son corsage sur ses seins aux pointes érigées.

C'est en proie à une étrange sensation d'euphorie qu'elle retrouva les lumières et le bruit qu'elle avait été si heureuse de fuir un peu plus tôt. Elle avait envie de danser, de bondir, de rire. S'efforçant de se calmer, elle partit à la recherche de sa mère en priant pour que celle-ci ne se soit pas étonnée de son absence.

Apparemment, Katherine ne s'en était même pas aperçue. Debout près de l'orchestre, elle discutait avec un homme en habit de soie bleu pâle très dandy. Il tournait le dos à Anna qui, remarquant la bouche pincée de sa mère et son expression mécontente, sentit sa bonne humeur s'envoler.

Jetant un coup d'œil par-dessus son épaule, elle se demanda s'il était trop tard pour s'éclipser et rejoindre en courant la passerelle enchantée. Mais déjà sa mère l'avait repérée et lui faisait signe d'approcher.

Un sourire plaqué sur le visage, Anna se fraya un chemin jusqu'à elle. Reconnaissant celui avec qui Katherine s'entretenait, elle eut plus que jamais envie de tourner les talons.

Il s'agissait de George Hayes, un cousin éloigné de sa mère et un raseur de première. Anna ne se souvenait, hélas, que trop bien de leur dernière rencontre. C'était tout au début de la Rébellion, lorsqu'elle se terrait dans le château de Killinan avec sa mère et ses sœurs en attendant des nouvelles – ou un assaut. Le régiment de

George était venu déloger les rebelles du comté et ce dernier avait fait un détour par Killinan pour effrayer sa cousine et lui arracher les noms de ceux de ses métayers qui auraient pu rejoindre les Irlandais Unis.

Anna était convaincue qu'il comptait en profiter pour mettre la main sur sa sœur Eliza, ardente partisane de la Rébellion. Arrêter la comtesse de Mount Clare, ce qu'Eliza était à l'époque, aurait donné un bon coup de pouce à sa carrière. Mais il sous-estimait Katherine.

Elles apprirent plus tard qu'il avait participé au saccage d'un village censé abriter des insurgés, incendiant les maisons et terrorisant les vieillards et les femmes enceintes. Un village qui se trouvait sur les terres d'Adair. Nombre de soldats avaient payé cher leurs méfaits, mais pas George. Il avait été affecté dans le Nord, grâce à la famille fortunée de sa malheureuse épouse, et elles ne l'avaient plus revu.

Jusqu'à ce soir.

En s'approchant, elle découvrit qu'Ellen, la petite épouse effacée de George, était présente, ainsi que Grant Dunmore.

Un valet passa avec un plateau. Anna prit une coupe de champagne et la vida avant de rejoindre sa mère.

— Anna, où étais-tu ? s'enquit celle-ci. Je te cherchais.

— Je suis désolée, maman. J'ai retrouvé des amis, et je n'ai pas vu le temps passer.

— Je suis sûr qu'une aussi jolie jeune fille ne manque pas d'amis, s'écria George.

À en juger par son visage très coloré, lui aussi avait fait honneur au champagne.

Anna eut du mal à garder le sourire.

— Tu te souviens de mon cousin, le capitaine Hayes, n'est-ce pas, chérie ? demanda Katherine.

— Bien sûr. Quelle surprise de vous voir ici ce soir, George, dit Anna. Vous êtes très loin de Belfast.

— Dieu merci ! Plus je suis loin de ce trou perdu, mieux je me porte, déclara George en faisant signe à un serveur. C'est à Dublin qu'il faut être en ce moment. C'est là que les choses bougent – et qu'il y a les plus jolies dames.

Ellen, qui était née à Belfast, fixa ses pieds sans broncher. En dépit de sa robe de tulle et de soie à la dernière mode, elle apparaissait sans éclat et fatiguée.

— Vous êtes ravissante ce soir, madame Hayes, la complimenta Anna, qui la plaignait sincèrement d'être l'épouse de George. J'espère que vous appréciez votre séjour à Dublin.

— Oh, oui, je... commença Ellen.

— Elle ne sait pas apprécier la ville, l'interrompit George. Elle reste à la maison sans rien faire, ne court pas les boutiques, ne rencontre pas les épouses de gens importants. Pas la moindre vivacité. Pas comme vous, lady Anna, pas vrai ?

Il parcourut le corps d'Anna, qui éprouva un vrai malaise. Curieux comme rien de ce qu'elle avait fait sur la passerelle avec Adair ne lui avait paru sale, alors qu'un seul regard de George la souillait.

— Je n'ai pas raison, sir Grant ? insista ce dernier. Je suis sûr que vous reconnaîtrez avec moi que les jeunes dames de Dublin ne manquent pas de vivacité.

Grant lui décocha un regard froid.

— Lady Anna est tout ce que doit être une dame, j'en suis sûr, de même que Mme Hayes. Je suis heureux de constater que vous vous êtes remise de... l'incident, lady Anna.

— Merci, sir Grant.

Anna lui adressa un sourire reconnaissant et se rapprocha de lui pour s'éloigner de George.

— Je vais très bien. Et merci d'avoir ramené Psyché.

— J'aurais aimé vous être d'une plus grande aide. Il y a tellement d'éléments indésirables en ville, ces derniers temps. On n'est jamais trop prudent.

— En effet, acquiesça Anna.

Elle pensa à la bouche d'Adair sur la sienne, à sa main sur son sein. S'il était un élément indésirable, alors elle en redemandait.

— J'ai appris que vous ne pouviez pas danser ce soir, reprit Grant. Mais peut-être qu'une partie de whist vous ferait plaisir ?

Certainement, du moment qu'elle se soustrayait au regard avide de George et au spectacle navrant qu'offrait sa femme. Mais laisser sa mère seule avec eux l'ennuyait. Elle jeta un regard hésitant à celle-ci.

— Vas-y, ma chérie, l'encouragea Katherine. J'aperçois lady Connemara là-bas, à qui je dois parler.

Avant de s'éloigner, Anna se tourna vers la femme de George.

— Madame Hayes, même si vous n'aimez pas trop sortir, j'espère que vous viendrez prendre le thé à la maison,

— Merci, lady Anna, murmura Ellen. Cela me ferait grand plaisir.

Anna prit le bras que Grant lui offrait. Ils pivotèrent en direction du salon de jeu… et butèrent sur le regard noir d'Adair.

Debout à l'écart, il les fixait, Grant et elle, avec une telle intensité qu'elle s'étonna de ne pas prendre feu. Il affichait une expression furieuse et… possessive.

Le bras de Grant se raidit sous sa main.

— Je vois qu'Adair est là, marmonna-t-il.

— Ah bon ? fit-elle.

La gorge nouée, le souffle court, elle parvint, Dieu sait comment, à détourner les yeux du duc, mais elle avait le corps en feu sous l'ardeur du regard qu'il continuait de faire peser sur elle. Adair la contemplait comme si lui aussi se remémorait leurs baisers en détail…

Un éclair de désir la traversa. Seigneur, elle n'était assurément pas la digne fille de sa mère ! Cela dit, elle le savait depuis longtemps. Adair ne faisait que le lui confirmer.

— Je ne l'avais pas remarqué.

— Lui semble vous avoir remarquée, grommela Grant.

Elle s'efforça d'ignorer les regards entendus que leur couple suscitait tandis qu'ils se dirigeaient vers le salon de jeu. Ils n'avaient pas atteint la porte qu'un fracas retentit suivi d'un hurlement féminin.

Anna fit volte-face, le cœur battant. La foule, qui se pressait pour tenter de voir ce qui se passait, formait un bloc compact. Il y eut soudain un mouvement, et elle aperçut Adair. Il avait refermé la main autour du cou de George, qu'il avait plaqué contre un mur, renversant un vase au passage. C'était vraisemblablement lady Fitzwalter qui avait crié. La femme de George observait la scène sans manifester la moindre émotion.

Le visage assombri par la fureur, Adair retenait d'une poigne implacable un George qui se débattait en vain. Le duc à l'allure respectable avait laissé la place à un guerrier irlandais qui semblait sur le point d'arracher la tête de son ennemi pour la jeter à travers la pièce. Scène d'une brutalité choquante dans une réunion aussi raffinée.

Mais qui réveilla chez nombre de personnes présentes de vieux instincts belliqueux, à en juger par les regards intéressés et avides que suscitait la scène.

— On peut toujours compter sur Adair pour déclencher ce genre d'esclandre, ricana un homme derrière Anna.

— Lady Fitzwalter devrait interdire sa maison aux Irlandais, ajouta un autre. Ce sont tous de sales bagarreurs, titrés ou pas.

Anna se serait volontiers retournée pour les gifler, mais elle était comme pétrifiée, incapable de quitter George et Adair des yeux.

— Répète ce que tu as dit, Hayes, gronda le duc. Mais à haute et intelligible voix plutôt que dans mon dos.

— Je ne dis que ce que tout le monde dit, protesta George d'une voix étranglée. Salaud de Fenian. Vous ne devriez même pas la regarder.

Le poing d'Adair se serra, et George battit des bras, le visage écarlate.

Anna était incrédule. Où était passé le gentleman qui l'avait saluée un peu plus tôt ? Où était l'homme qui l'avait embrassée sur la passerelle ?

Se rappelant leur rencontre au parc et ses sous-entendus grossiers pour faire sortir Grant de ses gonds, elle ne put s'empêcher de se demander qui était le *vrai* Conlan.

Une main gantée se posa sur l'épaule d'Adair et le tira doucement mais fermement en arrière. Anna découvrit avec surprise qu'il s'agissait de Jane. Voyant qu'il tentait de se libérer, cette dernière se pencha et lui murmura quelques mots à l'oreille. Quoi qu'elle lui ait dit, ses paroles l'atteignirent, car il lâcha George et le repoussa rudement.

Jane lui prit alors le bras et l'entraîna vers la porte. La foule s'écarta, soudain silencieuse. George choisit ce moment pour bondir et frapper Adair à la mâchoire. Une goutte de sang perla sur sa peau. La riposte ne se fit pas attendre. D'un uppercut bien placé, Adair envoya George rouler aux pieds de sa femme.

Ellen recula comme si elle craignait qu'il ne salisse sa robe. Quant à lady Fitzwalter, elle avait l'air sur le point d'exploser.

Adair et Jane disparurent, et tout le monde se remit à parler en même temps.

Anna sentit qu'on lui prenait le bras. Elle pivota et découvrit, étonnée, que sir Grant était toujours là.

Contrairement à la plupart des invités, il était étonnamment calme et posé. Le contraste entre son cousin et lui, entre leurs deux univers, ne lui avait jamais paru aussi frappant.

— Tout va bien, lady Anna ? s'enquit-il avec sollicitude. La scène était on ne peut plus choquante, je dois le reconnaître.

Elle aurait toutefois parié qu'elle ne l'avait pas surpris.

— C'était pour le moins inattendu, répondit-elle prudemment. Qu'a donc dit George pour provoquer une telle réaction ?

Grant serra les mâchoires.

— Ça n'a pas d'importance. Mon cousin possède un tempérament violent et s'échauffe pour un rien. Suivez-moi. Je vais vous trouver une coupe de champagne, puis nous irons faire cette partie de cartes, cela vous va ?

Anna se contenta de hocher la tête.

9

Conlan revoyait Anna au bras de Grant. La tête inclinée vers elle, il lui parlait, et elle souriait, croyait-il se rappeler. Deux beaux jeunes gens, riches et privilégiés, appartenant au même milieu. Le couple anglo-irlandais parfait. Du moins était-ce ce qu'aimait à penser Grant.

Grant n'avait pas caché ce qu'une telle union lui apporterait en termes de pouvoir. Il avait dû aussi se dire que la beauté d'Anna et son succès dans le monde lui seraient utiles. Il avait toujours été ambitieux. Sa mère, sœur du père de Conlan, avait tourné le dos à sa famille irlandaise catholique pour épouser un Anglais. Elle était convaincue que son fils unique, la prunelle de ses yeux, irait loin, non seulement ici, à Dublin, mais aussi à Londres.

Une belle épouse qui était aussi une hôtesse accomplie était essentielle à l'avancement d'une carrière ; une femme dont l'élégance et le raffinement pourraient séduire les Anglais et les convaincre que l'Irlande n'était pas peuplée que de barbares. Conlan était certain que son cousin ne voyait d'Anna Blacknall que son physique et ses relations, et qu'il les trouvait adaptés à ses objectifs. Mais s'il parvenait à la mener à l'autel, il serait désagréablement surpris par la véritable nature de son épouse.

Conlan avait le sentiment qu'Anna ne se laisserait pas utiliser pour favoriser les ambitions d'un homme. Elle se rebifferait contre les contraintes d'une telle vie, si dorée fût-elle, et un jour, elle enverrait tout promener. À quoi ressemblerait alors la vie parfaite de Grant ?

Compte tenu des ennuis qu'il ne cessait de lui causer, Conlan ne serait pas mécontent d'assister à la déconfiture de son cousin. Mais à la tristesse qu'il ressentait à la pensée de la souffrance et de l'amertume d'Anna si elle devait vivre aux côtés d'un homme qui ne s'intéressait qu'à son nom et à son physique s'ajoutait la culpabilité. Car après tout n'avait-il pas lui aussi songé à l'utiliser ? Ne la faisait-il pas souffrir chaque fois qu'il la voyait – y compris avec la scène de ce soir ?

Il prit la coupe de champagne que Jane lui tendait et la vida d'une traite en regrettant que ce ne soit pas un alcool plus fort. À présent, il se rappelait pourquoi il évitait ce genre de réunions. Elles étaient insipides et scandaleuses. L'opulence affichée ne lui rappelait que trop à quel point ses métayers devaient travailler dur pour s'en sortir à peine, combien leur existence était précaire, surtout depuis la Rébellion. L'argent que lady Fitzwalter avait dépensé pour ses fleurs aurait nourri une famille pendant un an.

C'était pour cette raison qu'il était venu à Dublin, qu'il endurait bals, promenades dans le parc, bavardages insignifiants et sombres intrigues. Qu'il se montrait au risque de se faire tirer dessus. Il avait des obligations envers son peuple. L'Union avec l'Angleterre ferait reculer la cause de l'indépendance de l'Irlande de plusieurs décennies, et il la combattrait, quels que soient les gens avec lesquels il lui faudrait s'allier.

Et quitte à ce que certains en souffrent.

Sans forcément s'en rendre compte, Anna Blacknall devait savoir pas mal de choses. Il devait découvrir lesquelles – en particulier ce qui avait trait aux activités de Grant pour soutenir l'Union.

— Asseyez-vous et laissez-moi regarder cette coupure, ordonna Jane.

Elle poussa Adair dans un fauteuil et se pencha pour examiner son menton. Elle avait convaincu lady Fitzwalter de les laisser utiliser cette pièce le temps que ses invités se calment.

— Ce n'est rien, déclara Conlan.

Maintenant que sa colère avait reflué, il se sentait las, et honteux d'avoir déclenché un tel esclandre - devant Anna, qui plus est.

— Laissez-moi en juger, riposta Jane en tapotant l'écorchure de son mouchoir. Qu'est-ce que George Hayes vous a donc dit ?

— C'est sans importance.

— Permettez-moi de ne pas être d'accord. S'il soupçonne quoi que ce soit concernant nos activités...

— Cela ne risque pas. Il est trop bête pour voir plus loin que le bout de son nez. C'était... personnel.

Se rappelant la remarque grossière de Hayes au sujet d'Anna, il sentit la colère revenir en force. Et la refoula en hâte. Jane avait raison. Les risques étaient trop élevés.

— Ah, fit-elle. Il s'agit d'une femme.

— Quelque chose comme ça. Ou peut-être que je n'aime tout simplement pas cet homme.

Jane s'assit près d'Adair en soupirant.

— Je sais ce que vous ressentez. J'ai moi-même souvent envie de frapper quelqu'un dans ces réceptions. Elles sont ennuyeuses, c'est vrai, même lorsqu'une bonne bagarre fait diversion, mais elles peuvent être utiles. Tout le monde y vient et, l'alcool aidant, les gens se montrent souvent bavards. Avez-vous entendu des choses intéressantes avant de vous jeter sur George Hayes ?

— À part quelques tuyaux sur les prochaines courses de chevaux, rien. Vous autres Anglais, vous n'avez pas de conversation.

— Contrairement à vous, les Irlandais, qui adorez papoter.

— À ce propos, j'ai cru comprendre que vous étiez devenue amie avec mon cousin.

— En effet, admit Jane avec un sourire. C'est un homme fort intéressant, bien que pas aussi indiscret que je le souhaiterais. Pas encore.

— Il n'a rien dit de ses comparses ?

— Il n'a rien dit de l'Union. Mais je ne renonce pas. Nous nous retrouvons demain soir. J'essaierai de savoir s'il connaît celui qui vous a tiré dessus dans le parc. À moins que vous ne le sachiez déjà ?

Adair pensa au soldat sur lequel il était tombé dans un pub des Liberties, le quartier mal famé de Dublin, et qui s'enivrait grâce à de l'argent mal acquis.

— Je sais qui a tiré, mais je ne sais pas qui l'a payé. Il a été incapable de me donner un nom même après avoir été cuisiné sérieusement.

— Et où est-il à présent ?

Conlan haussa les épaules.

— Dans la Liffey, j'imagine, risqua Jane.

— Possible, mais ce n'est pas moi qui l'y ai jeté. Ses employeurs n'avaient plus l'utilité d'un pauvre type imbibé de gin.

— Ils réessaieront. Vous êtes trop dangereux pour certains.

— Peut-être.

— Sûrement. L'Union signifie un gros paquet d'argent, de titres et de faveurs royales accordé à des hommes dévorés d'ambition. Si vous vous dressez en travers de leur chemin, ils feront tout ce qu'ils peuvent pour vous éliminer. Vous le savez, Adair.

— Vous aussi, vous vous dressez en travers de leur chemin.

— Mais ils l'ignorent. Votre pouvoir, vous le devez à votre titre et à votre puissance. Le mien, je le tiens de mon talent pour leurrer.

— Je surveillerai mes arrières.

— Je l'espère. Sans vous, nous serons réduits à l'impuissance. Mais la prochaine fois qu'on vous tirera dessus, je préférerais que mon amie Anna Blackall ne soit pas à proximité.

— J'ai détesté autant que vous qu'elle ait couru un tel danger.

Jane inclina la tête pour l'étudier.

— Ou plus, même ?

— C'est une personne charmante. Je veillerai à ce qu'elle ne soit pas blessée.

— Anna n'est pas en porcelaine. Elle est plus forte que les gens ne le pensent, et plus intelligente. Elle passe beaucoup de temps avec Grant Dunmore et ses acolytes, et je suppose qu'ils ne se méfient pas lorsqu'ils discutent devant elle. Elle pourrait nous aider – à condition de lui éviter tout danger.

Conlan avait eu la même idée. Mais lorsque Jane la formula, elle lui parut froide et calculatrice.

— Que suggérez-vous ? dit-il pourtant.

— Nous pourrions la recruter. Sa sœur est Eliza Denton ; je suis sûre qu'elle partage nos opinions.

Conlan revit Anna gisant à terre, les yeux fermés, le visage blême.

— Non.

Jane pinça les lèvres.

— Vous avez raison. Avec certaines personnes, le leurre est plus efficace. Et je dois aller pratiquer cet art sans attendre, Votre Grâce, fit-elle en se levant. J'ai entendu dire que lord Ross est là, et c'est l'un des plus ardents défenseurs de l'Union. Réfléchissez à ce que j'ai dit. Je vous contacterai quand j'aurai d'autres informations.

Elle s'éloigna dans un bruissement de soie, les hanches ondulant doucement. Lord Ross n'avait aucune chance. La porte se referma, et Conlan se retrouva seul.

Le leurre. Personne n'était plus doué pour cela que lady Cannondale. En 1797, elle avait œuvré pour la ligue des Irlandais Unis. Aujourd'hui, elle luttait contre le projet de loi de l'Union afin de garder vivant le rêve d'une Irlande indépendante. Et personne ne le soupçonnait, le pauvre lord Cannondale moins que quiconque lorsqu'il était encore de ce monde.

Adair devait prendre exemple sur Jane, se montrer aussi discret qu'elle. Il ferma les yeux, et songea qu'il devait aller présenter ses excuses à lady Fitzwalter.

Il entendit la porte grincer et rouvrit aussitôt les paupières tandis que sa main cherchait instinctivement un poignard qui n'était pas là.

Mais ce n'était pas un ennemi qui lui faisait face. C'était Anna. Elle referma le battant et s'y appuya en le regardant d'un air méfiant. Que devait-elle penser de lui à présent ?

— Vous avez perdu votre escorte ? s'enquit-il en se levant lentement.

— Oui, à la table de jeu. Je lui ai dit que je devais retrouver ma mère.

— Mais c'est moi que vous avez trouvé à la place.

— J'ai croisé Jane qui m'a dit que vous étiez ici.

— Et vous avez osé affronter le lion dans sa tanière ?

Elle lui sourit, un sourire contraint, mais un sourire quand même.

— Vous n'avez pas l'air si redoutable que cela, même si je pense que mon cousin George ne serait pas d'accord. Il gémissait tandis qu'on l'emmenait.

— Voilà qui ne me semble pas justifié. Ce n'était même pas le début d'une raclée, mais je serai heureux de lui montrer la différence un de ces jours.

Anna se mordit la lèvre, puis :

— Que vous a-t-il dit ?

Conlan haussa les épaules.

— Rien de bien grave. J'ai été idiot de m'emporter.

— Ce devait être suffisamment grave à vos yeux pour que vous le frappiez en plein bal, riposta-t-elle. Vous avez assurément animé la soirée ! Personne n'avait vu pareille excitation depuis une éternité. Cela me ferait presque regretter que vous ne lui ayez pas administré ce que vous appelez une vraie raclée.

Conlan l'étudia attentivement. Une lueur espiègle éclairait le regard de la jeune femme. Il eut soudain une idée folle.

— Aimeriez-vous aller dans un endroit où l'on s'amuse *vraiment* ?

Elle sourit franchement, et il ne put s'empêcher de fixer avec avidité ces lèvres si appétissantes.

— Au club ? hasarda-t-elle.

— Ce n'est pas ce que j'appellerais un endroit où l'on s'amuse vraiment.

— Où alors ? demanda-t-elle, de nouveau méfiante.

— Vous avez confiance en moi ?

— Après le spectacle de tout à l'heure ? s'esclaffa-t-elle. Pas le moins du monde. Hélas, cela ne fait que vous rendre plus attirant.

Il ne put s'empêcher de sourire stupidement. Ainsi, elle le trouvait attirant ?

— Tant mieux, dit-il, car je ne suis absolument pas digne de confiance. Mais je sais où l'on peut s'amuser dans cette ville.

— Je n'en doute pas. Quand ?

— Ce soir. Vous me retrouvez devant l'entrée de service de votre maison à 2 heures ?

— Peut-être, ou peut-être pas, répondit-elle d'un ton badin.

Mais il mettrait sa main à couper qu'elle y serait, la petite diablesse. Jane l'accusait de mettre Anna en danger, mais il s'apercevait que c'était le contraire.

— Si je viens, que dois-je porter ?

— Pas cette jolie chose, dit-il en désignant la robe de mousseline blanche. Ni la robe rouge au décolleté scandaleux. Une tenue simple, si vous en avez.

— J'ai des tenues pour toutes les occasions, Votre Grâce, assura-t-elle. Ne me faites pas attendre.

Elle quitta la pièce, et lorsque son rire léger lui parvint, il sut qu'il était vraiment idiot.

10

Anna pénétra dans la pièce enfumée derrière Adair et faillit éclater de rire tant elle était excitée. Si elle avait eu un tant soit peu de bon sens, elle aurait fait demi-tour et se serait enfuie à toutes jambes. Mieux, elle ne l'aurait pas l'accompagné du tout. Elle ne l'aurait même pas envisagé.

Mais personne ne l'avait jamais accusée d'avoir un tant soit peu de bon sens. Chez elle, la curiosité l'emportait toujours. Et ce soir, elle ne le regrettait pas, car le spectacle était fascinant. Pour la première fois de sa vie, elle mettait les pieds dans une taverne. Et quelle taverne ! Un plafond bas blanchi à la chaux, des poutres encroûtées de fumée et, au sol, des dalles poisseuses et fendillées. Les bougies fumaient et dispensaient un éclairage parcimonieux. Les murs, qui avaient dû être blancs un ou deux siècles auparavant, étaient en partie dissimulés par des miroirs piqués et des peintures représentant des femmes fort peu vêtues ou des scènes historiques. Un petit orchestre avec des tambours, des violons et des cornemuses jouaient un morceau plein d'entrain sur lequel l'assistance chantait en tapant du pied – il s'agissait d'une chanson très morale racontant l'histoire d'un voyou renonçant à ses frasques pour l'amour de sa belle. Quelques danseurs tournoyaient au milieu de la salle.

Anna resserra son châle et vérifia que son bonnet couvrait bien ses cheveux, son objectif étant d'éviter d'attirer l'attention.

Ce qui ne serait peut-être pas possible avec Adair. En effet, lorsqu'il entra, toutes les têtes pivotèrent dans sa direction. Il avait beau ne porter qu'une veste en laine ordinaire et une casquette noire, il ne passait pas inaperçu. Mais peut-être était-il déjà connu de tous.

Il prit la main d'Anna et balaya la salle du regard, l'expression aimablement neutre. Tous les clients détournèrent les yeux. La même chose s'était produite chez les Fitzwalter, se rappela Anna. Les gens l'observaient, s'interrogeaient à son sujet, mais se gardaient bien de l'irriter.

Elle ne doutait pas qu'Adair mettrait la main sur l'homme qui lui avait tiré dessus, et préférait ignorer quel serait son châtiment. Pourtant, bizarrement, elle se sentait en sécurité avec lui. Elle avait sans doute tort. C'était la personne la moins prévisible, la moins rassurante qu'elle ait jamais rencontrée. Cela dit, ils avaient des points communs. Il avait deviné quelle était sa vraie nature, et il la comprenait. Avec lui, elle n'avait pas besoin de feindre.

— Tout va bien ? s'enquit-il calmement.

— Je ne sais pas encore. Où sommes-nous ?

— Dans la taverne d'un ami. L'endroit idéal pour boire un coup, s'amuser ou réfléchir.

Anna lança un coup d'œil ironique à l'individu affalé sur la table la plus proche. Il ronflait au milieu d'un tas de chopes vides.

— Ou pour s'enivrer ? hasarda-t-elle.

— Si cela vous chante. Au moins, ici, vous pouvez être sûre que personne ne vous balancera dans le caniveau quand vous serez complètement pintée.

Le quartier n'était certes pas de ceux qu'elle fréquentait, mais il n'avait rien de sordide. La ruelle qu'ils avaient empruntée était bordée de bicoques et d'auberges bon marché qui devaient héberger des domestiques ou des petits employés. Les clients de la taverne portaient des vêtements grossiers mais propres. Personne ne fixait Anna. Personne n'attendait quoi que ce soit d'elle. Elle se sentait libre de faire ce dont elle avait envie.

Et elle avait envie de boire un verre avec Adair. Si lui aussi se sentait libre, peut-être en apprendrait-elle davantage à son sujet, en particulier ce qui l'avait amené dans cette écurie délabrée deux ans auparavant.

— Vous allez m'offrir un verre, alors ? Je ne suis pas d'humeur à... euh, me pinter, mais notre petit voyage m'a donné soif.

— J'imagine qu'un fiacre manque de confort quand on est habituée à un carrosse.

— J'ai connu pire, répliqua Anna en se rappelant la carriole dans laquelle elles s'étaient enfuies de Killinan en 1798. En outre, ma mère trouverait vulgaire de se pavaner en carrosse.

— Bien sûr. Et nous ne voulons surtout pas être vulgaires.

Il la guida jusqu'au comptoir. Un gros homme barbu au ventre ceint d'un tablier sale était appuyé sur le zinc. Levant les yeux, il sourit à Adair.

— Conlan, mon garçon, ça fait une éternité qu'on ne t'a pas vu, fit-il d'une voix rocailleuse teintée d'un solide accent irlandais.

Son sourire révélait des dents cassées, et au-dessus de sa moustache, son nez était de travers. L'atmosphère de la taverne n'était peut-être pas toujours aussi paisible et bon enfant, en déduisit Anna.

— J'ai été très occupé, répondit Adair.

— C'est ce qu'on m'a dit.

— Ah bon ?

— Les nouvelles circulent.
— Surtout autour de toi, Liam. Tu as l'air en forme. J'espère que Betsy et Amy vont bien.
— Oui, et Amy sera contente de te voir. Enfin peut-être pas, ajouta-t-il en remarquant qu'Adair tenait Anna par la main.
— Je te présente mon amie, Anna, fit Adair. Anna, cet individu peu recommandable est Liam McMasters, jadis le boxeur le plus célèbre d'Irlande du Sud, et aujourd'hui un respectable tavernier.
Liam ricana.
— Pas si respectable que ça, d'après ma Betsy qui voudrait que je sois plus souvent à la maison. C'est un plaisir de faire votre connaissance, mademoiselle Anna. C'est rare de voir un aussi joli minois par ici. Conlan est un chanceux.
— C'est vrai, monsieur McMasters, acquiesça Anna en riant. Il est né sous une bonne étoile.
Lima lui adressa un regard curieux.
— Et, en plus, elle a une jolie voix, lâcha-t-il. Vous prendrez quoi, mademoiselle Anna ? Commandez ce que vous voulez. Je veillerai à ce que ce veinard soit généreux.
S'accoudant au comptoir, Anna examina les bouteilles.
— Une bière, décida-t-elle. La meilleure puisque c'est Conlan qui paie.
— Et un whisky pour moi, Liam, fit ce dernier. Les garçons sont là ce soir ?
— Dans l'arrière-salle, répondit Liam en préparant les boissons.
— Il y a eu des messages récemment ?
Liam jeta un regard soupçonneux à Anna.
— Pas encore. Mais Pete est allé à Cork et devrait revenir bientôt.
Conlan hocha la tête, et afficha un air songeur tandis que Liam allait servir d'autres clients.

— Conlan est un très joli nom, observa Anna après qu'ils se furent installés à une table. Il vous va bien.

— Ma mère était du genre romanesque. Elle aimait les récits d'autrefois. Quand j'étais enfant, je regrettais de ne pas m'appeler William ou Phillip. Un prénom moins... fantasque.

— Ma mère qui n'est ni romanesque ni fantasque m'a donné le nom très ordinaire d'Anna, qui est celui de sa propre mère.

— Je doute qu'on puisse trouver quoi que ce soit d'ordinaire chez vous.

Il porta la main de la jeune femme à sa joue, l'y pressa et sourit.

— Ça vous plaît, ici, Anna-pas-si-ordinaire-que-ça ?

La gorge nouée, elle détourna les yeux et reporta son attention sur la salle. Personne ne s'intéressait à eux et elle avait le sentiment qu'on ne les regarderait pas davantage si elle se glissait sur les genoux d'Adair et l'embrassait à pleine bouche. Et cela, c'était vraiment merveilleux.

— Oui, souffla-t-elle. Ça me plaît beaucoup. Bien que cela me paraisse un peu calme. Ce n'est pas vraiment ce à quoi je m'attendais lorsque vous m'avez parlé d'un endroit où l'on s'amuse vraiment.

— Il est encore tôt, expliqua-t-il en lui reprenant la main. Je pensais que ce ne serait pas assez grandiose pour vous.

— Je suis fatigué du grandiose.

Elle but une gorgée de bière et reposa sa chope sur la table.

— Vous venez souvent ici ? voulut-elle savoir.

— Moins souvent.

— Ah, c'est vrai... vous avez été très occupé.

Elle prit la main d'Adair entre les siennes, la retourna pour l'examiner. C'était une main large et forte, avec des cals et des cicatrices ; une main de travailleur tannée par le soleil. Décidément, cet homme ne ressemblait en rien à un duc.

— Occupé à quoi ? reprit-elle.

Il plissa les yeux.

— J'ai de nombreux devoirs. Vous le savez sûrement ; votre famille aussi possède un grand domaine.

— Je sais quel travail une propriété comme Killinan ou Adair exige. Et je pense que vous vous occupez davantage de vos gens que ne le faisait mon père.

Elle caressa du doigt une cicatrice sur la main d'Adair. Il se crispa mais ne se dégagea pas.

— Pourtant, vous voici à Dublin, remarqua-t-elle.

— Parfois, ces mêmes devoirs m'obligent à venir en ville, hélas.

— Vous préféreriez être à Adair ?

— C'est ma maison, répondit-il simplement. Là où est ma place.

Anna ressentit une bouffée de mélancolie.

— C'est comment, Conlan, de se savoir à sa place ?

Il referma ses doigts sur les siens et les serra.

— Vous ne vous sentez pas à votre place parmi les vôtres ? Dans votre maison ?

— Je m'y sentais quand j'étais enfant. Je n'aimais rien tant que galoper dans les prés autour du château de Killinan. J'allais aussi loin que possible, là où la nature était encore sauvage.

Fermant les yeux, elle se remémora ses refuges d'antan.

— Il y avait un endroit près de la rivière que j'aimais particulièrement. Je m'allongeais dans l'herbe et je regardais le ciel en écoutant le murmure de l'eau. J'avais l'impression que des fées me racontaient l'Irlande d'antan.

— Les fées, murmura-t-il. Oui, vous les entendiez.

— J'aimais ma maison, à l'époque. Je voulais y rester à jamais.

— Que s'est-il passé ?

Elle rouvrit les yeux et vit qu'il l'observait.

— J'ai grandi et appris ce que l'on attendait de moi. Je n'étais pas irlandaise, pas vraiment, et le désirer ne changerait rien. Les fées ne se confieraient pas à moi. Killinan ne m'appartenait pas vraiment. Ma mère y consacrait sa vie, et le domaine reviendrait au fils d'Eliza, si elle en avait un. Je devais faire un bon mariage, autrement dit épouser un Anglais, et mener une vie respectable. Rêver de fées des rivières et de collines, de me rendre utile, d'avoir un but dans la vie, ce n'était pas pour moi.

Conlan ne dit pas un mot, il se contenta de sourire tristement. Anna craignit cependant qu'il ne devine ce qu'elle taisait, ce qu'elle enfouissait au plus profond d'elle-même.

— Ça me plaît ici, reprit-elle. J'ai l'impression de pouvoir être moi-même. C'était gentil de m'y emmener.

— Ah, Anna, petite fille, ce n'était pas par gentillesse !

Glissant la main derrière sa nuque, il la força à se pencher par-dessus la table et l'embrassa. Ses lèvres étaient entrouvertes mais douces, comme s'il lui donnait le choix de s'écarter. Ce qu'elle ne souhaitait pas. Elle voulait tout oublier en s'abandonnant à la passion que son contact faisait naître en elle. Elle l'accueillit dans sa bouche.

Il gronda, et le son rude résonna en elle. Les doigts d'Adair s'enfoncèrent dans ses cheveux, son baiser se fit plus fiévreux tandis qu'il faisait basculer la tête d'Anna avec douceur. Elle encadra son visage de ses mains, comme si elle avait peur de le perdre.

Adair lâcha ses lèvres et lui embrassa la paume.

— Anna, Anna... que me faites-vous ?

— Qu'est-ce que je vous fais ? chuchota-t-elle.

Lui, il lui faisait tourner la tête, il lui donnait envie de rire et de sangloter en même temps, de courir et d'empoigner la vie et toutes ses merveilles interdites.

— Vous êtes une terrible distraction, répondit-il.

— Bien. Revenez ici que nous nous distrayons.

Elle l'attira à elle, mais à peine leurs lèvres s'étaient-elles jointes que les musiciens attaquèrent un morceau tonitruant. Anna se redressa et Conlan s'arracha à ses lèvres en grommelant un juron.

— Vous voulez partir ? demanda-t-il.

Elle hocha la tête. Ils se levèrent, et elle le laissa lui reprendre la main. La taverne était bondée, à présent. Liam ne cessait de remplir des verres.

— Revenez bientôt, mademoiselle Anna ! cria-t-il. Je mettrai votre bière sur le compte de Conlan. Il me doit déjà tellement d'argent qu'il ne s'en apercevra même pas, le vieux sagouin !

Anna s'esclaffa et lui fit un signe de la main. Pas de doute, elle serait heureuse de revenir ici, mais cela semblait hautement improbable. Cette nuit serait unique, de celle dont elle se souviendrait toute sa vie.

Cela dit, elle n'était pas encore finie.

— Marchons un peu, suggéra-t-elle comme Conlan levait le bras pour héler un fiacre. J'ai besoin de m'éclaircir les idées.

— Vous êtes sûre ? Il fait froid.

Après la chaleur de la taverne, le froid paraissait plus perçant que jamais, mais cela ne la dérangeait pas. Elle resserra les pans de son châle.

— Juste quelques pas, insista-t-elle. C'est si calme ici.

Il lui offrit le bras.

— Marchons si vous en avez envie, mais on ne peut pas dire que cette rue soit jolie. Rien à voir avec Henrietta Street.

— Henrietta Street est large, ennuyeuse et trop éclairée. On ne voit pas le ciel.

Anna leva la tête pour contempler le ciel de velours piqueté de diamants.

— Je ne connais rien de plus beau que le ciel irlandais l'hiver, murmura-t-elle.

— Je peux trouver deux ou trois choses encore plus belles. Par exemple, vous... mademoiselle Anna.

Anna laissa échapper un rire joyeux. Le compliment avait beau être tout simple, il ajoutait à l'éclat de la soirée. Curieux comme la compagnie de Conlan la rendait euphorique - heureuse - même s'ils semblaient toujours chercher les ennuis. Sa vie présente et passée s'évanouissait et elle se sentait de nouveau vivante.

— C'est la première fois qu'on me compare à un ciel nocturne, déclara-t-elle.

Ils bifurquèrent pour emprunter une autre rue étroite. La rivière devait être toute proche car on entendait le clapotis de l'eau contre le quai.

— On vous fait sans cesse des compliments, j'en suis sûr.

— Oh, oui, mais bien peu sont sincères !

Elle s'immobilisa soudain et, s'adossant à un mur, leva de nouveau la tête vers le ciel.

— Personne ne pense jamais ce qu'il dit, pas vraiment. Parfois, j'ai l'impression de vivre dans un monde dont je ne comprends qu'à demi la langue. C'est comme un code, que je n'aurais pas entièrement appris.

Conlan appuya les mains sur le mur de part et d'autre de la jeune fille. Son grand corps la protégeait du vent froid, et sa chaleur l'enveloppait. Il sentait la fumée, le whisky et le savon au citron.

Elle agrippa le devant de sa veste.

— Vous êtes très belle, lui murmura-t-il à l'oreille. Mais triste. Et je suis sincère lorsque je vous dis cela.

— Triste ? répéta-t-elle avec un rire tremblant. Je suis la fille la plus chanceuse de Dublin. Qu'est-ce qui pourrait me rendre triste ?

— J'aimerais le savoir.

Il lui caressa doucement la joue du dos de la main.

— Que cachez-vous derrière ces yeux magnifiques ?

— En matière de secrets, c'est vous le maître. Vous devez cacher des tonnes de choses.

— Moi ?

Les doigts d'Adair glissèrent le long de son cou et s'arrêtèrent dans le creux où battait son pouls.

— Je ne suis qu'un simple Irlandais.

— Je ne suis peut-être pas aussi intelligente que mes sœurs, Conlan McTeer, mais je sais quand on me raconte des histoires. Il n'y a rien de simple chez vous.

Glissant les mains sur les épaules d'Adair, Anna l'attira à elle.

— Que faites-vous vraiment à Dublin ? reprit-elle. Et à quoi jouez-vous avec l'*Olympian Club* ?

Il la dévisagea dans la pénombre.

— Un homme doit gagner de l'argent d'une façon ou d'une autre.

— Je n'en crois rien.

— Croyez ce que vous voulez. Mais retenez ceci : il vaudrait mieux pour vous que vous évitiez cet endroit à l'avenir.

— Si je me souciais de ce qui est bon pour moi, je ne serais pas là en ce moment.

— Moi non plus, admit-il avec un petit rire. Nous ne sommes pas bons l'un pour l'autre, Anna.

Elle sourit. Elle se sentait d'humeur coquine, tout à coup.

— Je trouve, quant à moi, que parfois nous nous faisons beaucoup de bien.

Se hissant sur la pointe des pieds, elle déposa un baiser sur la mâchoire d'Adair. Puis un autre, et encore un autre, jusqu'à l'oreille dont elle attrapa le lobe entre ses dents pour le mordiller.

— Anna…

— Vous n'aimez pas cela, Votre Grâce ? souffla-t-elle.

Elle se pressa contre lui, perçut le renflement de son érection.

— Je pense que si, ajouta-t-elle.

— Bien sûr que ça me plaît, *cailleach*. Beaucoup trop.

— Rien ne plaît trop.

Elle sentait ses épaules se tendre sous ses mains.

— Moi aussi, j'aime ça, reprit-elle en enfouissant les doigts dans ses cheveux. Jamais encore je n'avais éprouvé ce que je ressens avec vous, Conlan. Je sais que ça ne durera pas. Je sais que bientôt vous disparaîtrez de ma vie. Mais là, tout de suite... pouvez-vous m'embrasser ?

Il secoua la tête, mais ne put s'empêcher de capturer ses lèvres avec une fougue presque brutale.

Anna accueillit sa langue avec bonheur. Il la plaqua contre le mur, et ils s'embrassèrent à perdre haleine. Elle ne sentait ni le froid ni la pierre rugueuse dans son dos. Comme toujours, il n'y avait plus que lui.

Le sang bouillonnait dans ses veines, lui incendiait le corps tout entier. Elle en voulait davantage. Elle voulait qu'il l'engloutisse, qu'il la désire avec la même force primitive que celle qui la traversait.

À travers le brouillard de la passion, elle sentit qu'il tirait sur son corsage, lui caressait les seins à travers sa chemise. Il les recouvrit de ses mains, en pinça l'extrémité jusqu'à lui arracher un cri de volupté.

— Conlan !

— Chut, murmura-t-il. On va nous entendre.

Il s'empara de nouveau de sa bouche, et la poussa de côté. Rouvrant les yeux, elle s'aperçut qu'ils se trouvaient dans le renfoncement d'une porte. Elle répondit à son baiser avec avidité. Elle avait *faim* de lui, de ce plaisir sauvage qu'il éveillait en elle.

Il s'arracha à ses lèvres, déposa une traînée de baisers le long de son cou, puis, écartant la bretelle de la chemise, lui lécha la peau. Elle se cambra, suppliante, et il lui donna ce qu'elle demandait. Il aspira la pointe d'un sein dans sa bouche et le téta à travers le tissu. Puis il agrippa sa jupe et la retroussa jusqu'à la taille. Prise de vertige, Anna sentit le corps d'Adair glisser le long du sien.

— Qu'est-ce... qu'est-ce que vous faites ? balbutia-t-elle comme il s'agenouillait.

Il leva les yeux et, malgré la pénombre, elle vit qu'il souriait.

— Vous avez beau être déguisée en femme du peuple, ces bas de soie vous auront trahie. Si fins, si doux...

Ses mains remontèrent le long des jambes d'Anna, lui écartèrent les cuisses. Il se pencha, promena la bouche sur son genou, sa jarretière de dentelle, sa chair tremblante.

— Mais pas aussi doux que cela, murmura-t-il en glissant les doigts dans le triangle bouclé. Ni aussi humide...

Puis soudain, sans prévenir, il remplaça sa main par sa bouche, et lécha doucement sa fente.

Choquée, Anna tenta de le repousser.

— Qu'est-ce que vous faites ?

— Je vous embrasse, murmura-t-il tout contre elle. Vous n'aimez pas cela ?

— Je...

La langue d'Adair s'enfonça en elle.

— Oh, si !

Il rit, et le son vibra en elle intimement.

— Je savais que vous aimeriez.

Les doigts habiles d'Adair l'élargissaient, sa langue la fouaillait sans répit. C'était proprement scandaleux, et Anna savait qu'elle aurait dû être dégoûtée. Mais comment l'être alors que ce qu'elle ressentait était si... merveilleux.

Elle y renonça, ferma les yeux, et s'abandonna. Elle avait l'impression que des étincelles dansaient sur sa peau, attisant son plaisir jusqu'à lui couper le souffle.

Elle poussa un cri, le corps tendu comme un arc.

— Conlan, je... Oh !

Un feu ardent la traversa de part en part, une lumière aveuglante explosa derrière ses paupières closes tandis que le plaisir la balayait vague après vague.

Elle sentit ses genoux se dérober sous elle. Conlan l'attrapa par la taille et l'aida à s'asseoir. Elle tremblait de la tête aux pieds. La chaleur de l'orgasme se dissipant, elle sentait de nouveau le vent froid, le bois de la porte dans son dos, la pierre dure sous elle.

C'était donc *cela* dont parlaient les romans d'amour. Ce qui faisait glousser ses amies mariées. Elles sous-estimaient vraiment la chose.

Mais peut-être n'avaient-elles jamais rencontré d'homme comme le duc d'Adair.

Elle se risqua à rouvrir les yeux, et murmura :

— Voilà qui était tout à fait choquant, Votre Grâce. Et merveilleux.

— Je passe pour avoir quantité de talents, dit-il en riant.

— Oh ? Et quels sont les autres ?

Elle s'inclina pour l'embrasser et un spasme de plaisir la secoua lorsque leurs lèvres se joignirent. Il commença à lui rendre son baiser, puis, l'empoignant par les épaules, il l'écarta.

— *Le d'thoil*, je vous en prie, Anna. Ne me touchez plus ou je vais exploser.

— Oh...

Elle comprit. Son désir à elle avait été assouvi, mais pas le sien.

— Ce que vous m'avez fait... les femmes le font aussi aux hommes, je pense.

— Anna, vous voulez vraiment ma mort, gronda-t-il.

Une terrible curiosité s'empara d'elle. Quel goût avait-il ? Était-elle capable de lui donner un plaisir semblable à celui dont il venait de lui faire cadeau ?

Elle tendit la main, mais il lui agrippa vivement le poignet.

— Je voudrais... commença-t-elle.

Elle fut interrompue par des cris venant de l'extrémité de la rue.

Conlan se redressa d'un bond. Il l'aida à se relever, rajusta son corsage. Les cris s'intensifièrent, ils semblaient plus proches, à présent.

— Que se passe-t-il ? chuchota-t-elle.

— Plus un mot, marmonna-t-il en la poussant dans le renfoncement. Restez là et ne bougez pas.

Il s'écarta, scruta la rue. Les cris devinrent audibles. Des gens marchaient au cri de :

— À bas l'Union ! À bas lord Ross !

Conlan la plaqua contre le mur, la protégeant de son corps. Par-dessus son épaule, elle vit passer la vague des protestataires. Peut-être deux douzaines d'hommes portant des torches, criant et frappant sur des tambours de fortune. Plus effrayant, ils brandissaient des caricatures de Ross, un nœud coulant autour du cou.

Anna agrippa les épaules de Conlan. Elle se rappelait les récits de la Révolution à Paris où il était question de têtes plantées sur des piques, de femmes arrachées à leur voiture et mises en pièces par la foule, de sang coulant à flots dans les caniveaux.

Elle se souvenait aussi de ce carnage qu'elle avait vu en 1798, où les cadavres des paysans irlandais se mêlaient à ceux de soldats anglais. Des maisons incendiées, des vaches errantes, des champs laissés à l'abandon, de l'air qui empestait le sang et la fumée. Tout cela allait-il recommencer ?

Elle appuya le front contre l'épaule de Conlan et ferma les yeux. Lui aussi avait participé à cela alors qu'il se cachait dans l'écurie en ruine, durant cette terrible nuit.

— Ils sont partis, annonça-t-il enfin. On peut rentrer sans crainte.

— Vous êtes sûr ? fit Anna. Conlan, un jour, il faudra que vous m'embrassiez dans un endroit plus confortable. Et plus intime.

Il laissa échapper un rire sans joie, puis lui prit la main et l'entraîna à sa suite. Ils se dirigèrent vers la rivière, quittèrent les rues étroites pour des avenues, mais Anna avait beau se retrouver dans un environnement plus familier, elle n'y puisa aucun réconfort. La ville qui, d'ordinaire, était bruyante et animée même aux petites heures du matin apparaissait étrangement silencieuse, sombre et déserte.

Ils approchaient de la rivière lorsque Anna entendit des cris et le crépitement de flammes.

Elle serra la main de Conlan et le regarda. La mâchoire crispée, il avait dressé la tête tel un animal flairant le danger.

— Que se passe-t-il ? chuchota-t-elle.

— Par ici, dit-il en la poussant dans une ruelle.

Celle-ci était si étroite qu'ils durent marcher l'un derrière l'autre. Des caisses vides étaient empilées contre les murs et une odeur de moisi flottait dans l'air. Le bruit allait décroissant.

Ils émergèrent bientôt dans une autre rue qu'Anna reconnut sans peine, car la librairie préférée de Caroline s'y trouvait. Là encore, tout était silencieux et désert. Un nuage de fumée s'élevait au loin, se détachant contre le ciel sombre.

En proie à une peur grandissante, Anna se pressa contre Conlan. Tout allait donc recommencer ! Les incendies, les combats, la terreur... Quels idiots ils avaient été de se croire davantage en sécurité à Dublin qu'à la campagne ! Être pris au piège entre des murs était pire, car ils n'avaient nulle part où s'enfuir.

Elle eut à peine le temps de s'accrocher à la main de Conlan qu'ils se retrouvèrent pris dans le flot de manifestants qui venait de surgir. Des cloches sonnèrent au loin, et l'odeur âcre de la fumée lui irrita la gorge.

Affolée, elle enfonça les ongles dans la main de Conlan. Elle devait à tout prix sortir de là !

— Vous ne risquez rien, Anna, la rassura Conlan en l'attirant contre lui. Pas tant que vous serez avec moi.

Curieusement, elle le crut. Elle leva les yeux vers lui, croisa son regard ferme, et un calme surprenant descendit en elle.

— Mais que se passe-t-il ? demanda-t-elle.

Il n'eut pas le temps de répondre. La foule se déversait sur le quai bordé de vieilles demeures. L'une d'elles était en feu. Des flammes orange jaillissaient des fenêtres brisées et léchaient les murs de brique. Un bateau amarré juste devant était aussi en flammes. Des caisses de lin et de laine flottaient sur le fleuve. Une foule à présent nombreuse contemplait l'incendie, et applaudissait chaque fois qu'une fenêtre explosait sous l'effet de la chaleur.

— Conlan, tu es là ! s'écria un homme de grande taille en se précipitant vers eux.

Il était entièrement vêtu de noir et des traînées de suie souillaient son visage. Conlan lâcha la main d'Anna pour glisser le bras autour de sa taille.

— Qu'est-ce que ça veut dire, McMann ? demanda-t-il.

— Décision du comité, répondit ce dernier avec un sourire sinistre. Lord Ross va regretter d'avoir accepté les pots-de-vin des Anglais.

— Je ne me rappelle pas une telle décision, répliqua Conlan d'un ton crispé, une lueur de colère dans le regard. Où est Foster ? C'est lui le responsable ?

— Il est dans la ruelle derrière la maison. Pour superviser la distribution.

— Je vais voir ça. McMann, ramène cette dame chez elle pendant que je dis un mot à Foster. Il est évident que la situation a dérapé.

Le visage de McMann se pinça de déception, mais il opina du chef.

— Entendu. Je reviens tout de suite après.

— Je ne te le conseille pas, fit Conlan. Les ennuis ne vont pas tarder.

— Non ! protesta Anna comme il la lâchait. Je veux rester avec vous, aider d'une façon ou d'une autre si je peux.

Il lui embrassa la paume et la poussa doucement vers McMann.

— Vous ne pouvez rien faire, Anna ; c'est trop dangereux. Allez avec McMann. Il a beau être un peu trop impulsif parfois, on peut se fier à lui.

— Mais...

— Allez-y, *cailleach*. J'ai à faire.

Les cloches résonnèrent bruyamment, toutes proches, et la foule qui regardait l'incendie se dispersa dans la plus parfaite confusion. Le toit de la maison s'effondra dans un rugissement.

— Allez-y ! cria Conlan.

Il poussa Anna vers McMann, qui lui saisit le bras et la tira à travers la foule paniquée. Jetant un dernier regard par-dessus son épaule, Anna vit la silhouette de Conlan s'éloigner le long du quai.

L'Irlande était de nouveau en feu, et Conlan n'y était pas étranger. Était-elle stupide d'être à ce point attirée par lui ?

— La police anglaise risque de l'arrêter ? demanda-t-elle à McMann tandis qu'ils franchissaient un pont.

— Pas lui, mademoiselle. Nous avons trop besoin de lui.

Anna eut envie de demander qui était ce « nous », mais elle avait trop peur de la réponse. Du reste, il était peu probable que McMann la lui donne.

Elle était si lasse tout à coup. L'excitation était retombée, et elle se sentait perdue et abattue.

— Où habitez-vous, mademoiselle ? s'enquit son compagnon.

— Henrietta Street, répondit-elle machinalement.

L'adresse surprit visiblement McMann. De toute évidence, il devait se demander qui elle était pour vivre dans un tel quartier et être l'amie de Conlan McTeer. Et à vrai dire, elle aussi se demandait souvent qui elle était.

— La porte de service, précisa-t-elle en pressant le pas.

11

— Lord Ross a eu de la chance que personne ne soit là la nuit dernière, et qu'il soit déjà en train de se faire construire cette belle demeure sur Fish Street, commenta Katherine tandis qu'elle passait en voiture avec ses deux filles devant la maison à demi détruite par les flammes.

Anna contempla les murs noircis qui se détachaient sur le ciel gris. C'était donc là le résultat de ce remue-ménage de la nuit dernière, songea-t-elle.

— Heureusement que l'incendie a pu être éteint avant que les entrepôts, un peu plus loin, prennent feu.

Caroline baissa son livre pour jeter un coup d'œil par la fenêtre.

— Ils sont pleins de balles de lin et de laine, sans parler du whisky et de la corde. Ils se seraient embrasés en une minute. On a attrapé les coupables ?

— Certains d'entre eux, répondit Katherine. Mais beaucoup ont profité de l'obscurité pour disparaître.

— C'est surprenant, vu les troupes supplémentaires cantonnées à Dublin ces derniers temps, observa Caroline. J'imagine que les soldats étaient tous très occupés dans les tavernes et les bordels, et qu'ils sont arrivés trop tard.

— Caroline, s'il te plaît, murmura Katherine. Tu ne devrais pas parler de bordel.

— Personne ne peut m'entendre, à part Anna et vous, rétorqua sa fille. Et je suis sûre que je ne vous choque ni l'une ni l'autre. Tout le monde sait ce que cherchent les soldats dans une ville. Des bordels, des bordels...

— Ça suffit, Caroline, coupa Katherine d'un ton sévère, alors qu'elle avait visiblement envie de rire.

Anna pressa la main sur sa bouche pour réprimer un gloussement. Le manque de sommeil la rendait un peu hystérique.

— Je suis contente que nous partions bientôt à la campagne, enchaîna Katherine. Les festivités de Noël vous changeront les idées.

— Le rameau de houx sous lequel on doit s'embrasser aidera peut-être Anna à faire son choix parmi ses soupirants, hasarda Caroline.

— Tu as hâte que je m'en aille afin de pouvoir convoler à ton tour, riposta Anna.

Elle se rappela l'expression furieuse de Conlan la nuit dernière, tandis qu'ils découvraient la demeure en feu. Sir Grant était peut-être le bon choix, finalement. Le moins risqué, en tout cas.

— Pas question qu'elle se marie tant qu'elle n'aura pas fini ses études et fait ses débuts dans le monde, déclara Katherine. À ce propos, nous allons être en retard pour la première leçon de dessin de M. Courtois. Il va nous trouver terriblement désinvoltes.

Elle jeta un coup d'œil à Anna qui regardait fixement par la fenêtre.

— Tout va bien, Anna ? s'enquit-elle. Tu as l'air fatigué.

Anna s'arracha à sa contemplation de la rue pour sourire à sa mère.

— Je vais très bien, maman, la rassura-t-elle.

— Je savais bien que tu n'aurais pas dû assister à ce bal, hier soir, insista Katherine. Cela t'a visiblement épuisée.

Qu'aurait-elle dit si elle avait su pourquoi elle était à moitié endormie ? se demanda Anna. Si elle avait su qu'elle était allée boire dans une taverne, qu'elle avait embrassé un Irlandais sous une porte cochère. L'avait laissé l'embrasser *là*...

Elle frissonna au souvenir de la bouche de Conlan, de ce terrible, et merveilleux plaisir, et des scènes violentes qui avaient suivi. Elle serra les poings dans son manchon de fourrure.

— Je vais bien, répéta-t-elle. C'est juste que le spectacle de cette demeure incendiée m'a mise mal à l'aise. Cela m'a rappelé... cette époque

— Je comprends, murmura Katherine. Mais c'est derrière nous, ma chérie. Cela n'arrivera plus.

Anna acquiesça bien qu'elle en doutât. L'Irlande était depuis toujours comme un baril de poudre posé trop près d'une flamme. Un peu comme Adair lui-même.

Elles arrivèrent enfin Henrietta Street pour découvrir un vestibule très animé. Un valet prit leurs pelisses, un autre leurs emplettes ; Smythe tendit deux grandes boîtes à Anna et un paquet de cartes de visite à Katherine.

— M. Courtois attend lady Caroline dans la bibliothèque, milady. Et lady Anna a eu deux visiteurs pendant son absence, sir Grant Dunmore et Sa Grâce le duc d'Adair. Tous deux ont laissé des fleurs.

Anna lui adressa un regard inquiet.

— Ils n'étaient pas là en même temps, Smyhe ?

— Non, lady Anna.

Non, bien sûr. Sinon le mobilier en porterait la trace. Anna ouvrit les boîtes. L'une contenait les violettes de Grant, et l'autre une gerbe d'orchidées d'un rouge profond, presque noir, de la part de Conlan.

— Sir Grant nous convie à une petite réception, annonça Katherine en parcourant l'une des cartes. Souper et whist avec quelques amis. Est-ce que nous irons, Anna ?

— Bien sûr, si cela vous dit. Je ne crois pas que sir Grant ait jamais ouvert sa maison à des invités.

— Sa tante, lady Thornton, jouera les hôtesses. Ce devrait être intéressant. La dernière fois que je l'ai vue, elle était devenue très sourde et aimait à bavarder avec les tasses à thé.

Jetant un œil à une autre carte, elle pinça les lèvres.

— Smythe ?

— Le capitaine Hayes vous attend dans le petit salon. Il a tenu à rester jusqu'à votre retour.

— Seigneur ! soupira Katherine. Vous lui avez apporté du thé ?

— Il a demandé du cognac, milady. Avec autorité.

— Que peut bien vouloir George ? s'interrogea Katherine. En plus de notre alcool, je veux dire. Bon, j'imagine que je n'ai pas le choix. L'heure du dîner approche, il ne devrait pas s'attarder.

— M. Courtois m'attend, fit Caroline qui battit en retraite vers la bibliothèque.

— Quant à moi, je vais monter me reposer, déclara Anna.

Elle n'avait aucune envie de voir George, de sentir son regard visqueux s'attarder sur elle.

— Je suis assez fatiguée, en fait.

— Lâches, marmonna Katherine.

Redressant les épaules, elle se dirigea vers le salon tel un condamné vers l'échafaud.

Comme Anna gravissait l'escalier en hâte, elle entendit la voix tonitruante de George.

— Katherine ! Vous en avez mis un temps ! Qu'est-ce que cette histoire de professeur de dessin français ? C'est très déraisonnable, à mon avis. Ces bandits se préparent à nous envahir de nouveau. C'est probablement un espion…

Anna courut se réfugier dans sa chambre.

Elle n'avait pas menti ; elle se sentait épuisée soudain. Elle s'allongea sur son lit.

Bientôt, très bientôt, elle allait devoir prendre une décision quant à son avenir. Elle ne pouvait vivre de folles aventures éternellement ni fréquenter des hommes aussi dangereux qu'Adair. Elle devait penser à sa famille, à sa place dans la société, aux obligations qui lui incombaient. Grant Dunmore était un bon parti. Mais comment pourrait-elle épouser Grant maintenant qu'elle savait quelle sorte d'homme c'était ? Un homme qui ignorait tout de la loyauté familiale.

Les tempes battantes, elle ferma les yeux. Pour l'heure, elle n'était pas en état de prendre la moindre décision. Elle tira la courtepointe sur elle et sombra dans un sommeil agité.

Elle était de retour au château de Killinan, et il faisait nuit. Pas une nuit froide et venteuse d'hiver, mais une nuit d'été, moite et étouffante. Les grandes pièces étaient vides et silencieuses. Une menace semblait planer dans l'air.

Debout en haut de l'escalier, Anna fixait le sol en marbre du vestibule, et soudain, elle comprit que son rêve – car elle savait que c'en était un, de même qu'elle savait qu'elle ne pouvait s'en échapper – l'avait catapultée dans le passé, à l'époque de la Rébellion. Leurs voisins avaient fui, sa mère et ses sœurs étaient parties, si bien qu'elle était seule.

Elle courut vers une fenêtre et l'ouvrit en grand. Le jardin qui faisait la fierté de sa mère était à peine éclairé par une lune pusillanime. L'allée de gravillons blancs s'étirait vers la route, comme une illusion d'évasion.

Si elle se jetait par la fenêtre, se retrouverait-elle dans sa chambre à Dublin ? Le danger disparaîtrait-il, ou attendrait-il son retour ?

Elle perçut un bruit de pas, un bruissement de tissu, un gémissement de douleur. Elle jeta un regard affolé sur le perron et la nausée lui souleva l'estomac. Le rêve devenait soudain trop réel.

C'était de nouveau cette nuit-*là*. Des coups à la porte les réveillèrent. Eliza descendit ouvrir en leur demandant de rester cachées, mais elle ignorait qu'Anna regardait à la fenêtre de l'escalier.

Elle vit un homme, ou un démon lui sembla-t-il, déposer Will Denton sur le perron. Un homme de haute taille, vêtu de noir, avec une barbe et de longs cheveux noirs embroussaillés. Entre les pans de sa veste d'uniforme, la chemise blanche de Will était tachée de sang. Penchée à la fenêtre, Anna en percevait l'odeur cuivrée qui se mêlait au parfum des fleurs.

Des bruits étouffés lui parvinrent. Le cri d'Eliza lorsqu'elle se laissa tomber à genoux près de l'homme qu'elle aimait. La voix rocailleuse de l'inconnu qui lui conseillait de fuir avec Will.

Depuis, cet homme n'avait cessé de hanter les cauchemars d'Anna. Elle ne l'avait pas vraiment vu, mais dans ses rêves, il était affublé de cornes et d'yeux rouges.

Mais là, alors qu'il levait les yeux vers elle, un rayon de lune tomba sur son visage, et elle reconnut Conlan. Il la dévisagea un long moment, puis s'évanouit dans les ténèbres. C'était Conlan qui avait déposé Will Denton à Killinan !

Anna se redressa sur le lit, le cœur battant la chamade.

Elle inspira à fond, s'obligea à ouvrir les yeux. Elle était dans sa chambre de Dublin, avec ses rideaux bleu et blanc, sa cape drapée sur son paravent. Le tableau où elle figurait avec ses sœurs était suspendu au-dessus de la cheminée. Le château de Killinan était loin, et ces jours sombres aussi.

La pièce était plongée dans la pénombre. Il ne devait pourtant pas être très tard car Rose n'était pas encore venue allumer les lampes ni l'aider à s'habiller pour le dîner. Anna repoussa la courtepointe et s'approcha de la fenêtre d'un pas chancelant. Des lambeaux de brumes flottaient dans la rue.

— N'était-ce qu'un rêve ? se demanda-t-elle à voix haute.

La fatigue lui avait-elle fait confondre le visage de Conlan avec celui du démon ? Ou était-ce bien lui qu'elle avait vu cette nuit-là et qu'elle s'était efforcée d'oublier ? Se pouvait-il réellement qu'il ait quelque chose à voir avec l'embuscade dans laquelle était tombée la patrouille de Will ?

— Rappelle-toi ! s'exhorta-t-elle en appuyant le front contre la vitre froide.

Mais ses souvenirs lui apparaissaient brumeux, entourés d'un halo de peur et d'incertitude.

Que ferait-elle s'il s'agissait de Conlan ? Elle exigerait probablement des explications. Eliza et Will les méritaient. Et elle-même avait besoin de connaître la vérité. Peut-être alors serait-elle capable de tourner la page et d'aller de l'avant, enfin libre. Libérée de Conlan.

Se détournant de la fenêtre, elle gagna la porte sur la pointe des pieds et l'entrouvrit. Elle tendit l'oreille, mais aucun bruit ne lui parvint. George devait être parti, sa mère allongée avec une compresse froide sur le front, et Caroline occupée à dessiner.

Un peu plus tard, après leur avoir expliqué qu'elle avait la migraine et préférait se coucher tôt, elle exhuma la robe rouge de Jane du fond de sa penderie.

Alors qu'elle se changeait, son regard tomba sur la boîte où reposaient les orchidées noires. Oui, elle devait prendre une décision une bonne fois pour toutes.

12

— Cette histoire d'Union produit d'étranges associations, n'est-ce pas, Adair ?

Conlan tira sur son cigare, puis regarda à travers la fumée gris bleu son ami M. Foster. La réunion n'avait pas encore commencé, aussi l'arrière-salle de la taverne de McMaster n'était-elle qu'à moitié remplie. Les hommes présents discutaient à voix basse, l'air irrité. Le brouillard épais qui tournoyait dehors semblait ajouter à la tension qui régnait à l'intérieur. Le spectre de l'incendie les hantait tous.

— Oui, reconnut Conlan. Je n'aurais jamais imaginé me rallier à des hommes politiques comme Grattan et Ponsonby, mais ils s'opposent à l'Union, donc je suis de leur côté.

— Même s'ils ne sont pas prêts à soutenir ceux qui réclament l'émancipation des catholiques ?

Conlan inhala profondément, savourant la morsure de la fumée dans ses poumons. Un goût moins amer que celui des conflits religieux. Il vivait avec ces derniers depuis toujours, depuis qu'il avait entendu sa mère se plaindre d'avoir dû se marier dans un temple protestant afin de se plier aux exigences de la loi. Ils ne disparaîtraient jamais, il le savait.

— Le Premier ministre Pitt pense que l'Union sera une force d'intégration en faisant de nous une nation rassemblée autour d'une cause commune, fit Conlan. Les catholiques formant une minorité inoffensive engloutie par la majorité. Visiblement, il ne sait rien de ce pays s'il juge une telle chose possible.

— Et les catholiques pro-Union le croient lorsqu'il flirte avec la notion d'émancipation ?

— Je ne peux pas parler au nom de tous les catholiques, répondit Conlan. Pitt pense peut-être qu'il pourra faire voter l'émancipation une fois l'Irlande fermement reliée à l'Angleterre, mais, là encore, il se leurre. Je connais les aristocrates anglais – ils n'accepteront jamais que des catholiques se mêlent de politique, de justice et osent envoyer leurs fils dans leurs précieuses écoles. Mais, pour le moment, ce n'est pas mon souci.

— Ah bon ?

Foster s'empara de son whisky. Sa main tremblait. À mesure que l'heure avançait, il semblait de plus en plus nerveux, ce que Conlan ne s'expliquait pas. La réunion n'avait pour but que d'échanger des informations et non de déclencher une rébellion armée – pas encore, du moins.

— Non, dit Conlan.

— Alors, de quoi vous souciez-vous ?

— De prendre soin de mes gens, bien sûr. Je ne pourrai pas siéger au Parlement, eh bien, tant pis. Mais, en tant que propriétaire, j'ai le pouvoir et le devoir de protéger ceux qui dépendent de moi.

— Vous êtes prêt à vous joindre aux familles fidèles à l'Angleterre qui ne pensent qu'à nous évincer ?

— Tant que cela sert mon objectif, déclara Conlan en écrasant son cigare. Je n'ai pas peur de me salir les mains, Foster. Et vous ne devriez pas en avoir peur non plus. Le vote aura lieu juste après Noël. Nous n'avons plus le temps d'être difficiles dans le choix de nos alliés.

— Ni dans le choix de nos méthodes ! interrompit le jeune McMann. La vieille maison de Ross a été incendiée, mais il aurait mieux valu brûler la nouvelle, avec lui dedans. Histoire qu'on nous écoute enfin !

Conlan secoua la tête.

— Ne dis pas de sottises, McMann. Que nous a valu la violence, il y a deux ans ? La torture, les déportations et la corde pour certains. Le peuple est plus opprimé qu'avant.

— Alors, nous devons nous contenter de parler encore et toujours ? tempêta le jeune Irlandais. Parler ne nous mène nulle part.

— Il ne s'agit pas seulement de parler, rectifia Conlan. N'est-ce pas, Foster ?

Ce dernier déglutit péniblement.

— Que... qu'est-ce que vous voulez dire ?

La sueur lui perlait au front à présent.

Conlan qui, jusque-là, soupçonnait Foster de ne pas jouer franc-jeu en était sûr à présent. Était-ce un espion ? Pour le compte de qui ?

— À votre avis, qu'est-ce que je veux dire, Foster ?

— Rien, bien sûr, répondit celui-ci en évitant le regard de Conlan.

Conlan se leva et alla entrouvrir le rideau pour scruter la nuit. Le brouillard s'était épaissi et formait un mur compact qu'aucune lueur ne perçait. L'*Olympian Club* serait calme ce soir à cause de ce temps, qui se révélait propice à d'autres tâches plus clandestines.

Il pensa à Anna et se demanda où elle était ce soir. Avait-elle bravé le froid et le brouillard pour aller danser avec ses admirateurs ? Devait-elle retrouver son cousin, Grant Dunmore, qui se prétendait son futur époux ? Et *elle*, était-ce ainsi qu'elle le voyait ? Ses escapades scandaleuses n'étaient peut-être qu'une ultime folie avant qu'elle ne s'installe dans la vie en tant que lady Dunmore, reine de la bonne société.

Il avait du mal à le croire, cependant. Elle était téméraire, aucun doute, et impulsive. Il avait l'impression qu'elle ne se connaissait pas vraiment, qu'elle désirait de la vie plus que ce que celle-ci lui offrait, mais ne savait où le trouver. Il y avait en elle quelque chose contre quoi elle luttait, quelque chose qu'il voulait tellement connaître. Il voulait la connaître *elle*, tout savoir à son sujet.

Mais cela signifiait qu'en échange, il devrait se livrer, et cela, il n'en était pas question. Elle prétendait avoir une cervelle d'oiseau, mais c'était faux. C'était l'une des femmes les plus intelligentes qu'il ait jamais rencontrées, plus mûre qu'on ne pouvait s'y attendre compte tenu de son âge. Et si un jour elle se découvrait un objectif... que le ciel leur vienne en aide à tous !

Donc, si Grant paradait avec elle ce soir, il devrait s'incliner. Sauf que Grant ne la méritait pas.

Lui non plus, du reste. Il l'entraînait dans des aventures et des lieux qui ne convenaient pas du tout à une jeune fille du monde.

— Qu'est-ce qui ne va pas chez Foster, ce soir ? lui murmura McMann.

— Je ne sais pas trop, répondit Conlan sur le même ton. Mais je pense que nous devrions faire attention à ce que nous disons devant lui. Peux-tu le faire suivre par tes hommes ces prochains jours ?

— Bien sûr ! s'écria McMann avec une ardeur excessive.

— Discrètement, précisa Conlan. Il ne faut pas que ça se sache. Et je ne veux pas qu'on retrouve son corps dans la Liffey.

— Non, bien sûr. Ils noteront où il se rend, à qui il parle, s'il touche des pots-de-vin des Anglais. Veux-tu des gardes du corps ? ajouta-t-il après réflexion. Vu ce qui s'est passé au parc, ça vaudrait peut-être mieux.

— Non. Ils me gêneront plutôt qu'autre chose. Cela ne se reproduira pas.

— Je l'espère. On ne peut pas se passer de toi, Adair. En ce moment, moins que jamais.

— Une soirée tranquille, je parie, McIntire, fit Conlan en tendant son manteau au majordome de l'*Olympian Club*.

— C'est qu'il fait vilain dehors, Votre Grâce, répondit McIntire en secouant le vêtement humide. Les gens raisonnables sont restés au coin du feu.

— L'*Olympian Club* n'est pas fait pour les gens raisonnables.

— Manifestement. Lord Fitzwalter est là, ainsi que M. Napier. Ils sont déjà en train de se disputer. Et aussi...

McIntire hésita.

— Qui d'autre ? Grant Dunmore peut-être ?

— Non, votre Grâce. Pas sir Grant. Mais vous m'avez dit de vous prévenir si la dame en rouge revenait.

Conlan se figea.

— Elle est là ?

— Oui. Seule, cette fois. Je sais que nous ne devons pas accepter d'invités sans un membre du club, mais je n'ai pas osé la renvoyer dans ce brouillard.

— Tu as bien fait. Je vais aller la voir.

Conlan monta les marches deux à deux. Anna était revenue à l'*Olympian Club* ? À quoi diable jouait-elle ? Apparemment, il s'était trompé en l'imaginant en train de se pavaner au bras de son cousin. S'introduire ici lui ressemblait davantage.

Il remonta le couloir en lissant ses cheveux en bataille d'une main et en rectifiant son habit de l'autre. D'ordinaire, il n'entrait dans le club qu'en tenue de soirée, mais il n'avait pas le temps d'aller se changer. Quand il s'agissait d'Anna, il n'y avait pas une seconde à perdre. S'il ne parvenait pas à suivre son rythme, elle risquait de le semer définitivement.

À côté de la porte, un panier proposait des masques à ceux qui souhaitaient l'anonymat et avaient oublié le leur. Conlan en attrapa un au passage. La salle était sombre et silencieuse, on ne dansait pas ce soir. Mais quelques personnes soupaient à de petites tables, et un bourdonnement de voix provenait de la salle de jeu.

Conlan s'arrêta sur le seuil et parcourut du regard les têtes penchées des amateurs de trictrac et de whist. Il n'y avait là que des habitués qui venaient deux ou trois fois par semaine et jouaient gros. Hormis la femme en robe rouge et noir.

Anna. Deux des orchidées qu'il lui avait fait livrer étaient piquées dans la masse de boucles blondes rassemblées au sommet de son crâne. Son masque de satin noir ne réussissait pas à cacher son sourire rayonnant.

Conlan s'aperçut soudain que la personne qui tenait la table n'était autre que Sarah, son associée et amante occasionnelle. Anna et elle bavardaient comme de vieilles amies. Sarah savait fort bien profiter de l'excitation du jeu pour extirper des confidences. Conlan frémit. Il ne tenait pas à ce qu'elle en arrache à cette joueuse-là.

Croisant son regard, Sarah lui adressa un sourire. Anna leva les yeux, son sourire vacilla, mais elle lui fit cependant un signe.

— Une soirée tranquille, commenta-t-il en les rejoignant.

— Pas pour cette dame, observa Sarah. Elle a une chance de tous les diables. J'ai peur qu'elle ne fasse sauter la banque.

Anna pouffa de rire.

— Pas ce soir, dit-elle en récupérant son verre de vin. Je sais m'arrêter et quitter la table quand il le faut.

Si seulement il possédait le même sang-froid, songea Conlan. Mais il craignait, hélas, de ne jamais savoir à quel moment quitter la table lorsqu'il s'agissait d'Anna Blacknall.

— Tant mieux pour nous, dit Sarah dont le regard perspicace passait de Conlan à Anna. Nous n'allons peut-être pas finir la soirée dans le rouge.

— Cette dame aimerait peut-être aller souper et laisser sa place à quelqu'un de moins chanceux, suggéra Conlan en offrant le bras à Anna.

Celle-ci vida son verre et se leva.

— Merci, monsieur. Et merci, madame, pour la conversation. Elle a été très... instructive.

— Que faites-vous ici, Anna ? chuchota Conlan dès qu'ils se furent éloignés.

Elle le gratifia d'un regard indéchiffrable.

— Vous n'êtes pas heureux de me voir ?

— Je suis toujours heureux de vous voir.

Trop heureux.

Des images, des saveurs, des odeurs s'imposèrent soudain à lui, et son corps, ce traître, réagit aussitôt.

— Je suis juste surpris que vous vous soyez aventurée seule dans ce brouillard. C'est dangereux.

— Il faut que je vous parle.

— Et vous ne pouviez pas m'envoyer un mot ? Je serais passé chez vous demain.

— Ce n'est pas le genre de conversation qu'on peut avoir dans le salon de ma mère.

— Très bien. Suivez-moi.

Il la conduisit dans son cabinet de travail. Sarah avait dû y travailler, car une lampe était allumée sur le bureau à côté des livres de comptes. Le reste de la pièce était plongé dans la pénombre.

Conlan ferma la porte et s'y adossa tandis qu'Anna s'asseyait dans un fauteuil en cuir et ôtait son masque. Sa présence envahissait tout l'espace, se l'appropriait comme elle le faisait partout.

— Qu'y-a-t-il de si urgent ? s'enquit-il.

Elle ne répondit pas tout de suite. Elle enleva lentement ses gants et les posa, pliés, sur ses genoux tout en examinant la pièce.

— Votre croupière est tout à fait charmante, et j'aime beaucoup sa robe. Si c'est l'uniforme des employées de l'*Olympian Club*, je vais peut-être postuler pour un emploi.

— Vous seriez très efficace pour distraire les joueurs et les pousser à miser gros. Mais je pense que votre situation n'est pas dramatique au point de chercher un emploi dans un club de jeu.

— Elle pourrait l'être si l'on me découvrait ici, dans ce repaire du vice.

— Alors, pourquoi prendre un tel risque ?

— Parce que j'aime les lieux de débauche. Ils sont beaucoup plus amusants que les réceptions au Château.

— Tout doit être préférable au Château, j'en suis sûr.

— En effet. C'est un endroit sinistre et plein de courants d'air.

— Dans ce cas, je suis content qu'on ne m'y invite jamais.

Conlan s'assit sur le bord du bureau et ôta son masque. La proximité d'Anna le déstabilisait.

— Mais vous n'êtes pas venue ici pour me parler du Château, j'espère.

— Non, répondit-elle. Vous connaissez ma sœur, Mme Denton, je pense ?

Conlan plissa le front, plus dérouté que jamais.

— Bien sûr. Tout le monde connaît la célèbre lady Mount Clare.

— Et son mari, le major Denton ?

— Je n'ai pas eu le plaisir de le rencontrer.

— Pas même pendant la Rébellion ? Son unité était stationnée dans le comté Kildare, près d'Adair Court.

— Qu'êtes-vous en train de me demander, Anna ?

Elle se leva lentement, s'approcha de lui et posa les mains sur le bureau de chaque côté de lui. Elle était si près qu'il dut faire un effort pour ne pas l'empoigner et la hisser sur ses genoux.

— Une nuit, à Killinan, on a frappé à la porte, commença-t-elle. Caroline et moi étions terrifiées. Dieu sait pourquoi, nous avions toujours pensé qu'un jour nous brûlerions vives. Maman gardait le vieux pistolet de son père chargé près de son lit. Eliza est descendue ouvrir en nous recommandant de rester cachées, et de nous enfuir s'il le fallait. Elle a découvert Will sur le seuil, en sang et inconscient.

Conlan la regardait sans mot dire.

— Nous avons cru qu'il allait mourir et Eliza était inconsolable. Will était son grand amour depuis l'enfance. Mais finalement, nous l'avons soigné, et nous avons réussi à le sauver. Il nous a emmenées à Dublin, où nous pensions être plus en sécurité. Je pensais avoir tout oublié de cette nuit. Pourtant, j'étais allée à la fenêtre pour regarder qui avait frappé.

Conlan, lui, n'avait rien oublié de cette nuit. Refermant les bras autour d'Anna, il l'attira à lui. Elle se laissa faire, mais son regard demeura lointain.

— Et, aujourd'hui, vous vous souvenez ? murmura-t-il.

— Je ne sais pas si c'est un souvenir ou un rêve. Était-ce vous ? demanda-t-elle en le regardant droit dans les yeux. C'est vous qui avez déposé Will Denton à Killinan ?

Le passé le rattrapait, comprit Conlan. Pourquoi nier ? Ils étaient tous morts, sauf Will Denton qui serrait sur son cœur une miniature d'Eliza Blacknall tandis qu'il se vidait de son sang sur la terre irlandaise.

— Oui. C'était moi.

— Et c'était vous... qui lui aviez tiré dessus ?

— Non. Je le jure sur la tombe de ma mère, Anna. Je n'ai pas fait de mal à votre beau-frère ni à aucun de ses hommes. L'un de mes métayers m'a prévenu de l'embuscade, mais je suis arrivé trop tard pour faire quoi que ce soit, en dehors de ramasser Denton.

Elle le scruta un long moment, puis prit son visage entre les mains.

— Durant la Rébellion, est-ce que vous avez tué ? Même si ce n'était pas ce jour-là, avez-vous tué ?

Il ne pouvait pas lui mentir, pas lorsqu'elle le regardait ainsi.

— Oui.

— Moi aussi. J'ai du sang sur les mains, Conlan, comme vous... Je voulais tellement oublier tout cela, reprit-elle d'une voix étranglée. J'ai tout essayé – les soirées, le jeu, la boisson. Mais c'est incrusté en moi. Ce que j'ai vu, ce que j'ai fait. C'est la même chose pour vous ?

Bouleversé, Conlan lui prit les mains et les tint serrées dans les siennes.

— Dans la vie, nous sommes parfois contraints de faire des choses terribles, *mo chuisle*. Quoi que vous ayez fait, c'est uniquement parce que vous le deviez.

— Il essayait de me violer, ce soldat anglais, expliqua-t-elle d'un ton monocorde. J'ai paniqué, je voulais juste... qu'il ôte ses mains de moi. Il me pressait sur le sol, m'écartait les jambes. J'ai senti son... son *truc* contre moi. Alors, je l'ai poignardé avec son propre couteau. J'ai frappé encore et encore. J'étais couverte de son sang.

L'horrible vision que ces mots évoquaient emplit Conlan d'une fureur sans nom. Quelqu'un avait osé toucher, tenté de violer sa belle Anna. Si le *tudan* n'était pas déjà mort, il l'aurait scalpé et aurait fait cuire son cœur sur un feu de camp comme le faisaient ses ancêtres celtes.

Il étreignit Anna, déposa un tendre baiser sur sa tempe. Son pouls battait frénétiquement sous la peau.

— Vous avez fait ce qu'il fallait, la seule chose possible. N'y pensez plus.

— Je sais, mais... Vous vous êtes confessé, Conlan ? demanda-t-elle en levant les yeux vers lui. J'ai entendu dire que les catholiques se confessaient régulièrement.

— Hélas, cela fait des années que je n'ai pas mis les pieds dans une église, *cailleach*. J'y allais parfois quand j'étais enfant, et ma mère recevait régulièrement un prêtre français.

— Et vous vous sentiez purifié après ? Pardonné ?

— Vu qu'à l'époque mes péchés se limitaient à voler un gâteau à la cuisine et à répondre à ma mère quand elle me reprochait ce larcin, je n'avais pas vraiment besoin d'être purifié. Aujourd'hui, c'est une autre histoire. Il me faudrait un siècle de confessions.

— J'aimerais juste oublier, être de nouveau comme avant.

Elle plaqua les mains sur la poitrine de Conlan, ôta le premier bouton de son gilet tout en lui embrassant la gorge.

— Vous m'aidez à oublier, Conlan, souffla-t-elle.

Et, que Dieu lui vienne en aide, elle aussi l'aidait à oublier.

— Anna, laissez-moi vous raccompagner chez vous.

— Non, je veux rester ici, avec vous.

Elle déposa un baiser sur sa joue, sa mâchoire. Un deuxième bouton se libéra, suivi d'un autre. Se hissant sur la pointe des pieds, elle lui murmura à l'oreille :

— Vous n'aimez pas quand je suis avec vous ?

— Oh que si !

— Alors, embrassez-moi, Conlan. S'il vous plaît.

Cédant à la passion, il s'empara de ses lèvres. Leurs souffles se mêlèrent, erratiques, reflets d'un désir plus vif que jamais.

Anna écarta les pans de son gilet, tira sa chemise hors de son pantalon. Les mains tremblantes, elle caressa sa peau nue. Flancs, épaules, torse... Conlan laissa échapper un gémissement.

— Anna... vous devriez vraiment vous en aller, murmura-t-il contre ses lèvres.

— Je ne peux pas, dit-elle avec un sanglot dans la voix. Je vous veux.

Lui aussi la voulait, si violemment qu'il n'arrivait plus à penser. Cela n'avait rien à voir avec sa mission, l'Irlande, ce que la famille d'Anna pourrait faire pour les aider, ou même son cousin Grant. Il ne s'agissait que d'Anna elle-même. Cette beauté, cette douceur dont il avait toujours rêvé tout en doutant qu'elles existent.

En réponse, il l'embrassa de nouveau, sans douceur, sans seulement tenter de tenir son désir en bride. Elle enfonça les ongles dans la chair de son dos et lui rendit son baiser avec fièvre.

Il descendit du bureau, la fit reculer jusqu'au sofa sur lequel ils se laissèrent tomber. Tremblant d'impatience, elle le débarrassa de son gilet et de sa chemise. Il les jeta sur le sol, puis se pencha pour tracer de sa bouche un chemin de feu le long de son cou, sur son épaule.

— Vous êtes magnifique, murmura-t-elle, les yeux fermés. Mon dieu des Enfers.

— Si vous restez avec moi, il se peut que vous ne revoyiez jamais la lumière du soleil.

— J'aime l'obscurité.

Avec une audace étonnante, Anna glissa les mains jusqu'aux boutons qui fermaient son pantalon. Un instant après, son sexe jaillissait, dur comme l'acier. Conlan retint son souffle lorsque les doigts légers l'effleurèrent.

— Vous aimez cela ?

— *Diolain*, oui, répondit-il d'une voix enrouée.

Encouragée, Anna resserra les doigts, les fit aller et venir le long de sa virilité, faisant naître un plaisir crucifiant dans son sillage. Si elle continuait ainsi, ce serait terminé avant d'avoir commencé. Il se dégagea, se leva pour se débarrasser de ses bottes et de son pantalon, puis se tint devant elle, son sexe glorieusement érigé.

Renversée sur les coussins, sa petite sorcière le contemplait, un sourire aux lèvres.

— Je me sens trop habillée, à présent.

— Je peux vous aider à remédier à cela, *cailleach*.

— Je n'en doute pas.

Elle se redressa et se tourna pour qu'il déboutonne sa robe. Au fur et à mesure qu'il dévoilait son dos mince – sans corset ni chemise –, Conlan y pressait les lèvres. Sa peau était d'une douceur enivrante, et sentait délicieusement bon.

Elle tremblait à chacun de ses baisers, d'autant qu'il ne se gênait pas pour la goûter de la langue. La robe glissa jusqu'au sol dans un froissement soyeux, et Anna s'en débarrassa d'un mouvement gracieux. Déjà Conlan s'attaquait aux épingles qui retenaient ce fragile édifice qu'on appelle un chignon, libérant la masse dorée qui se répandit sur les épaules fines.

À présent nue, Anna se laissa tomber sur le sofa, son corps pâle tranchant sur le brun des coussins, et regarda Conlan, les lèvres entrouvertes. Il embrassa d'un regard avide les seins hauts et fermes, la taille mince, la courbe douce des hanches. Et le V de boucles blondes humides de désir.

Elle portait encore ses bas de soie noirs retenus par des jarretières rouges. Il se souvint du goût musqué de son sexe, de sa délicieuse odeur salée. Avec précaution, il l'attira au bord du sofa et lui écarta les cuisses. Il voulait effacer tous ces horribles souvenirs de sa mémoire. Les remplacer par du plaisir.

S'agenouillant entre ses cuisses, il embrassa la peau fragile au-dessus de la jarretière. Anna plongea les doigts dans ses cheveux pour l'attirer plus près, et il ne se fit pas prier pour lui complaire. Il caressa de la langue les replis veloutés de son sexe avant de plonger en elle, dans le fourreau brûlant de son intimité.

13

À coup sûr elle devait rêver, mais ce n'était pas un cauchemar, cette fois, car elle flottait sur un nuage où le plaisir le disputait à l'euphorie.

Lorsqu'elle avait quitté Henrietta Street, un peu plus tôt, elle était bouleversée. Tiraillée entre le désir de connaître la vérité, et celui d'enfouir cette histoire dans un recoin de son cerveau et de l'oublier. Elle savait que Conlan pouvait l'aider à oublier. Parce qu'il était partie prenante, il était peut-être le seul à en être capable. Le seul susceptible de comprendre et de voir au-delà de la jolie façade.

Mais plus encore que d'oublier, elle avait besoin de savoir la vérité. Impossible autrement de tourner la page. Conlan avait juré qu'il n'avait pas tiré sur Will ce jour-là, et Anna savait que pour un Irlandais un serment sur la tombe de sa mère était sacré. Mais cela ne signifiait pas pour autant qu'il était innocent de tous les méfaits commis lors de ces journées noires. Il avait reconnu avoir tué – comme elle.

Lorsqu'elle lui avait avoué son crime, qu'elle avait prononcé à voix haute des mots qui ne l'avaient jamais été, il ne l'avait pas regardée avec dégoût ou mépris. Non. Dans son regard, elle n'avait vu que compréhension et tristesse.

Cette compassion avait libéré quelque chose en elle, et le désir l'avait submergée, plus puissant que jamais.

Elle tira sur les cheveux de Conlan pour l'inciter à venir sur elle. Il se redressa, la fit doucement basculer sur le côté et l'allongea sur le sofa. Lorsqu'il la couvrit de son corps, il prit soin de ne pas l'écraser sous son poids.

Elle n'avait plus peur, désormais, et redécouvrait le bonheur de ne plus se sentir seule.

Doucement, elle promena les mains sur son dos, sur ses fesses, s'enchanta de leur fermeté, de la force vitale qui émanait de lui. Elle avait besoin de cette vie comme elle avait besoin de soleil et d'air. Elle avait besoin de *lui*.

— Anna...

Il enfouit le visage au creux de son cou, respira très fort tout contre sa peau. Le désir qu'il éprouvait faisait écho au sien, et cela la bouleversait.

— J'ai essayé de lutter contre cela... ce qu'il y a entre nous.

— Je sais, souffla-t-elle. Moi aussi. Mais je n'y arrive plus. Je sais que c'est une erreur, que notre histoire est condamnée d'avance, mais...

Elle prit une inspiration en tremblant.

— ... je ne veux plus me battre. Je n'en ai plus la force.

— Anna, répéta-t-il.

Il l'embrassa dans le cou, bouche ouverte, repoussa ses cheveux pour caresser de la pointe de la langue la zone sensible juste sous l'oreille. Toute frémissante de désir, elle creusa les reins et se frotta contre son sexe érigé.

— Tu aimes ça ? demanda-t-il, son accent irlandais plus prononcé que jamais.

— J'ai... j'ai l'impression de tomber, souffla-t-elle.

La pièce tournait, elle se cramponna à Conlan pour rester sur terre.

— Laisse-toi tomber, murmura-t-il. Je te rattraperai.

Il glissa la main entre eux, écarta doucement les replis de son intimité pour caresser sa fente humide. Son souffle se fit plus bruyant tandis qu'il se positionnait à l'orée de son corps, et lorsqu'il s'enfonça lentement en elle, elle sentit comme une brûlure, eut l'impression qu'on l'écartelait.

Était-ce la pratique intensive de l'équitation et d'autres activités physiques, elle se découvrit moins étroite qu'elle ne le craignait. Sa chair dut cependant s'ajuster à la virilité de Conlan, et elle ne put retenir un cri étranglé.

— Je suis désolé, *mo chuisle*, murmura-t-il en cessant aussitôt sa progression.

Comme il se raidissait, Anna crut qu'il allait renoncer et enroula les jambes autour de ses hanches pour le retenir.

— Non ! protesta-t-elle. Ça va mieux à présent.

Et en effet, la douleur s'estompait tandis que son corps s'accoutumait à sa présence. Elle sentait même naître en elle l'amorce de quelque chose qu'elle n'aurait su nommer. Quelque chose de très… agréable.

Conlan se retira presque complètement dans un lent mouvement avant de plonger de nouveau en elle. Profondément.

— Seigneur, soupira-t-elle.

Il recommença encore et encore, et le plaisir grandit et se déploya dans tout son corps. Émerveillée, elle s'arquait à sa rencontre, ondulait à son rythme qui de sensuel devint très vite frénétique. Plus rien n'existait que le sexe de Conlan enfoui en elle, que leurs deux corps intimement unis, que les gémissements voluptueux qui s'échappaient de leurs bouches entre deux baisers brûlants.

Derrière ses paupières closes, elle vit des étincelles d'or et d'argent, un bourdonnement lui emplit les oreilles. Et soudain ses pensées, son être même volèrent en éclats. Elle eut l'impression de s'élancer vers le soleil, d'émerger de son vieux moi en flammes pour renaître à la vie tel le légendaire phénix.

Au-dessus d'elle, Conlan se raidit et lâcha un torrent de mots en gaélique avant de se retirer et de déverser sa semence à longs jets brûlants sur son ventre encore frémissant.

Il s'effondra à côté d'elle, le corps secoué de spasmes, le souffle rauque.

Anna retomba doucement sur terre. Jamais elle ne s'était sentie aussi détendue. Si fatiguée, si légère, l'esprit aussi confus. Et en même temps si sûre d'elle. Peu importait ce qui se passerait le lendemain, ou dans une heure. Pour l'instant, elle était là où elle devait être.

Elle ouvrit les yeux, roula sur le flanc et contempla Conlan à la lumière vacillante de la lampe. Les yeux mi-clos, il lui adressa un sourire paresseux qui lui fit battre le cœur.

— Ça va, *cailleach* ? murmura-t-il.

— Oh oui.

Elle allait mieux que bien. Elle se sentait en paix. Même si ce n'était que provisoire, c'était un merveilleux cadeau. Elle déposa un baiser à la commissure des lèvres de Conlan en remerciement.

— Il faudrait que je te ramène chez toi, dit-il. Il se fait tard.

— Pas tout de suite. Il nous reste un peu de temps.

Elle détestait l'idée de quitter cette pièce. Ici, ils étaient en sécurité. Ils étaient ensemble et rien ne pouvait les atteindre.

Elle se redressa, dénoua les rubans de ses jarretières et ôta ses bas, offrant ainsi à Conlan un délicieux aperçu de ses longues jambes. Puis elle ramassa sa chemise et l'enfila.

— Elle te va mieux qu'à moi, commenta-t-il en l'attirant de nouveau dans ses bras.

Le sourire aux lèvres, Anna se blottit contre lui, le dos pressé contre sa poitrine, et ferma les yeux. Ils étaient aussi proches que pouvaient l'être un homme et une femme, du moins pour cette nuit.

14

Katherine ne pouvait se débarrasser de l'impression que quelque chose n'allait pas. L'heure d'aller se coucher était passée, mais elle ne se résignait pas à regagner sa chambre.

Posant son livre, elle s'approcha de la fenêtre de son boudoir. La grande maison de l'autre côté de la rue, dont les colonnes et le portique faisaient écho aux siens dans une charmante symétrie, avait disparu, engloutie par le brouillard. Même la lumière des réverbères avait du mal à percer la brume. Katherine frissonna, et le froid humide n'était pas seul en cause.

Resserrant son châle autour des épaules, elle entreprit de tirer les rideaux. La soirée avait été calme, ce qui était inhabituel à Dublin à cette époque de l'année. La leçon de Caroline s'éternisant et Anna s'étant mise au lit avec une migraine, elle avait pris son souper sur un plateau devant le feu. Elle qui pensait que le calme de la campagne lui manquait se demandait à présent si les mondanités ne valaient pas mieux que d'endurer ces longs moments de solitude où les pensées pouvaient se déployer à leur aise.

On ne gagnait pas toujours à sonder son propre cœur, avait-elle découvert des années auparavant. Tant qu'elle assumait ses devoirs et se consacrait aux autres, elle parvenait aisément à écarter les doutes, la peur ou la tristesse.

Mais ce soir, elle n'avait rien à faire. Et les doutes se rassemblaient à la lisière de son esprit.

— Qu'est-ce qui ne va pas chez moi ? marmonna-t-elle.

Sa main se crispa sur le satin du rideau, et son regard se perdit dans la nuit brumeuse. Rien ne *devrait* aller mal. Anna était sur le point de se fiancer à Grant Dunmore, un beau parti, et Caroline semblait accepter ses leçons. Sa tâche en tant que mère était presque achevée. Elle aurait dû être fière et heureuse, faire des projets.

Et non pas être inquiète et fébrile. Elle avait l'impression d'être au bord d'un précipice, que des événements incontrôlables et même incompréhensibles la menaçaient.

— Ne sois pas ridicule, se morigéna-t-elle.

Sa famille et elle avaient survécu à la première insurrection, et elle avait travaillé dur pour remettre leur univers d'aplomb. Tout allait bien, à présent. Ce devait être les discussions sur l'Union qui la mettaient mal à l'aise.

Elle finit de tirer les rideaux et se détourna de la fenêtre. Si seulement elle pouvait goûter de nouveau au bonheur et à l'insouciance de l'enfance, cette époque bénie d'avant le mariage et ses devoirs.

Réprimant un soupir, elle saisit un bougeoir et monta à l'étage. Peut-être que ses mauvais pressentiments s'évanouiraient si elle voyait son petit monde en sécurité.

Caroline dormait, les couvertures repoussées n'importe comment et un livre ouvert à côté d'elle. Katherine lui enleva ses lunettes avec précaution, puis redressa ses couvertures avant de souffler la lampe.

La chambre d'Anna était sombre, les rideaux tirés, aussi n'entra-t-elle pas. Sa fille semblait fatiguée ces derniers temps, soucieuse même. Katherine espérait que l'air de la campagne lui ferait du bien, et que la demande officielle de Dunmore apaiserait ses tourments.

Elle redescendit au rez-de-chaussée. Les fiançailles avec Dunmore semblaient moins assurées maintenant que le duc d'Adair avait fait irruption dans leurs vies. Les attentions qu'il témoignait à Anna intriguaient Katherine sans la rassurer. Il était séduisant, certes, et possédait un splendide domaine. Mais il était aussi fort mystérieux, et sa vie était pleine de zones d'ombre. Anna était une jeune personne sensible, souvent en proie à une grande tristesse. Un homme aussi complexe ne lui ferait pas de bien.

Mais depuis quand les jeunes filles désiraient-elles ce qui était bon pour elles ? Surtout lorsqu'elles étaient aussi passionnées et têtues que les siennes.

Katherine se dirigea vers la bibliothèque. Un roman ou de la poésie la distrairaient peut-être de cette étrange humeur. Elle poussa la porte et se figea.

Assis au bureau, Nicolas Courtois était penché sur un cahier de dessin. À la lumière de la lampe, sa peau et ses cheveux semblaient d'or fondu. Des mèches en désordre retombaient sur son front, et n'importe quelle femme aurait eu envie de les repousser en arrière et de caresser son beau visage du bout des doigts.

Finalement, peut-être qu'elle comprenait qu'on puisse se pâmer devant un beau visage. C'était d'autant plus étrange que cela ne lui était jamais arrivé auparavant. Pourquoi maintenant, avec un jeune Français, professeur de sa fille qui plus est ?

Cette impression de se tenir en équilibre instable au bord d'un précipice qu'elle avait ressentie ce soir venait-elle de là ?

Prenant soudain conscience de sa présence, Nicolas bondit sur ses pieds et se passa les doigts dans les cheveux.

— Pardonnez-moi, lady Killinan.

Son accent français semblait plus marqué, ce soir. Plus exotique.

Katherine redressa les épaules et tenta de se ressaisir.

— Je n'avais pas pensé qu'il y aurait quelqu'un, avoua-t-elle.

— J'attendais que le brouillard se lève. Il était très épais quand la leçon de lady Caroline s'est terminée.

Dans la semi-pénombre, ses yeux semblaient presque noirs. Lui aussi paraissait troublé. Uniquement parce qu'il ne s'attendait pas à la voir ?

— Je suis désolé, ajouta-t-il.

— Ne le soyez pas, monsieur Courtois.

Elle s'avança dans la pièce, posa son bougeoir sur une console. Sa main s'était mise à trembler, et elle craignait de le lâcher.

— Vous avez eu raison de rester. Ce n'est pas prudent de traverser la ville avec un temps pareil. Je regrette juste de ne pas l'avoir su ; vous auriez pu dîner avec moi.

— C'est très aimable à vous, milady. Une domestique m'a apporté une collation, dit-il en indiquant le plateau sur lequel il restait du pain et du fromage.

— Bien sûr, murmura-t-elle.

Les servantes étaient toutes entichées de lui. Et Katherine craignait d'être aussi sotte qu'elles. Il faut dire qu'en plus de son physique avantageux, il n'était pas ennuyeux, contrairement à ces messieurs de la haute société qui ne faisaient que regretter on ne savait quel âge d'or mystérieux. Lui était capable de voir de la beauté et de la bonté dans le monde actuel.

Elle aurait dû s'en aller, elle le savait, mais n'avait nulle envie de retourner à sa solitude.

— Peut-être vous plairait-il de boire un verre de brandy avec moi, hasarda-t-elle en s'approchant de la console sur laquelle la carafe et les verres étaient disposés. Par une nuit aussi sinistre, il nous faut quelque chose de revigorant.

— C'est très gentil à vous, lady Killinan, dit-il un ton prudent.

Elle aussi aurait dû être prudente, songea-t-elle.

— Je vous en prie, répondit-elle en remplissant généreusement les verres.

Elle le rejoignit, lui en tendit un, puis leva le sien.

— *À votre santé, monsieur,* dit-elle en français.

— *À votre santé, madame.*

Katherine désigna le cahier de croquis.

— Ce sont d'autres travaux à vous ?

— Non, ce sont ceux de lady Caroline.

Comme il faisait pivoter le cahier vers elle, sa main frôla la sienne.

— Elle dit que c'est votre maison dans le comté de Kildare.

— Oh, mais oui !

Katherine reconnut la vieille tour médiévale du château de Killinan. Le trait était mal assuré, mais la demeure était reconnaissable.

— Elle se moquait de moi quand elle prétendait n'avoir aucun talent artistique, remarqua-t-elle.

— Elle a de l'instinct, le sens des proportions. Elle a juste besoin d'un peu de...

— Raffinement ? suggéra Katherine en riant. Je crains que ce ne soit le cas de toutes mes filles.

— Je ne peux pas le croire, lady Killinan. Ce sont vos filles, non ? Telle mère, telle fille, dit-on en français.

Telle mère, telle fille. Elle commençait à se demander s'il n'y avait pas du vrai dans ce proverbe. Elle-même n'était pas si *raffinée* que cela, songea-t-elle en sentant frémir en elle un désir qu'elle ne se serait pas imaginée capable d'éprouver. C'était très déconcertant.

Elle avala une longue gorgée de brandy, en savoura la douce brûlure.

— Lady Caroline a demandé si je pouvais lui apprendre un peu de français, reprit-il après avoir goûté à son brandy. Elle pense que cela pourrait être... utile.

— Vous êtes un faiseur de miracles, monsieur. Jusqu'à présent, Caroline a toujours refusé de prendre des leçons de français. Seul le gaélique l'intéressait. Je serais ravie que vous lui donniez des leçons.

— Dans ce cas, je lui dirai que je suis d'accord.

Katherine remplit de nouveau son verre, puis alla s'asseoir sur le canapé près de la cheminée.

— Avez-vous été marié, monsieur ? s'enquit-elle tout à trac.

— Hélas, non !

Il s'assit en face d'elle et elle remarqua que son expression prudente avait disparu - le brandy, sans doute. Il lui adressa un demi-sourire indéchiffrable, et ajouta :

— J'ai entendu dire que c'était un état... comment dites-vous ? Des plus agréables.

Katherine éclata de rire. La réserve dont elle faisait preuve d'ordinaire se délita. Elle n'était plus qu'une femme jouissant de la compagnie d'un séduisant jeune homme.

— Je n'en suis pas si sûre, répondit-elle. Parfois, peut-être.

— Votre mari apparaît fort gentil, observa Nicolas en tournant les yeux vers le portrait de lord Killinan suspendu au-dessus de la cheminée. Sans être excellent, l'artiste a su saisir quelque chose de bon enfant dans le regard.

— Les défaillances de l'artiste sont peut-être dues à la précipitation, avança Katherine. Mon mari était toujours pressé d'aller à la chasse, et poser lui coûtait. Mais il était *en effet* plutôt gentil.

Il n'avait jamais de mots durs envers quiconque, et il lui avait donné des enfants et un foyer. Ce qui faisait de leur union un succès, surtout aux yeux de la bonne société. Mais il n'y avait eu entre eux ni passion ni véritable compréhension mutuelle.

— Je suis surprise que vous ne soyez pas marié, reprit-elle.

— Ma vie est trop instable pour qu'une femme la supporte.

— Oh, je pense qu'une femme supporterait beaucoup plus qu'une vie instable pour vous avoir comme mari !

Il inclina la tête, puis éclata de rire. Lorsqu'il riait, il s'illuminait littéralement, et semblait encore plus beau, si une telle chose était possible.

— Vous croyez ? fit-il.

— Bien sûr.

— Eh bien, je n'ai pas encore rencontré cette femme-là. Et je n'ai jamais été amoureux, condition *sine qua non* pour se marier selon moi.

— Moi non plus. Je n'ai jamais été amoureuse, je veux dire, précisa-t-elle sans réfléchir.

Paroles qu'elle regretta aussitôt en voyant le regard du Français s'assombrir.

— Comment est-ce possible ? fit-il d'une voix sourde. Vous êtes tellement…

— Tellement quoi ?

— Belle. En France, vous auriez été amoureuse à de nombreuses reprises. Les hommes se seraient jetés à vos pieds pour un sourire.

Katherine se retrouva soudain incapable de respirer. Les mots charmants de M. Courtois, le regard intense dont il la couvait lui donnaient envie de pleurer.

— Les Irlandais doivent être différents des Français.

— Alors, ce sont des sots, répliqua-t-il avec ardeur. S'ils sont si occupés à chasser, à jouer aux cartes et à boire qu'ils ne voient pas une femme aussi merveilleuse que vous, ce sont des imbéciles.

Elle laissa échapper un rire tremblant.

— Je crois, monsieur, que nous avons tous deux un peu trop bu.

— Non, je ne fais que dire la vérité.

Il vint s'asseoir à côté d'elle sur le canapé, si près qu'elle percevait son odeur et sa chaleur. Seigneur, il était beau, songea-t-elle, si glorieusement jeune et ardent. Si tentant. Elle avait passé des années à être sage et dévouée. Et jusqu'à aujourd'hui, elle ne s'était jamais rendu compte combien ç'avait été épuisant et frustrant.

— À Paris, vous seriez vénérée, poursuivit-il. Vous régneriez sur la ville entière. Je n'ai jamais rencontré quelqu'un comme vous. Si je n'étais pas qui je suis…

— Alors, ne le soyez pas.

Katherine fit quelque chose dont jamais elle ne se serait crue capable : elle céda à la tentation. Levant la main, elle caressa du bout des doigts le beau visage qui lui faisait face. Elle n'imaginait pas qu'un tel homme pût exister.

— Ne soyez pas vous-même, Nicolas, juste un instant, murmura-t-elle. Et je ne serai pas lady Killinan. Je suis lasse d'elle, lasse de tout.

— Quel est votre prénom ? demanda-t-il doucement en refermant les doigts autour de son poignet.

— Katherine.

— Katherine, répéta-t-il.

Il lui embrassa la paume, caressa des lèvres chaque doigt. Les yeux fermés, il la savourait, inhalait son parfum. En cet instant, elle avait l'impression d'être une déesse, avec Paris – et le monde entier – à ses pieds.

Son baiser éveillait en elle un désir fulgurant. Les histoires de liaisons passionnées que certaines de ses amies racontaient en murmurant l'avaient toujours intriguée. Mais Dieu qu'elle les comprenait à présent ! La glace dans laquelle elle avait été emprisonnée toute sa vie était en train de fondre, la laissant vulnérable, en proie à toutes sortes d'émotions.

Nicolas lui embrassa le poignet, effleura de la langue l'endroit où son pouls battait follement. Elle enfouit sa main libre dans les cheveux d'or du jeune homme. De son jeune dieu splendide.

Il tourna le visage vers elle, et leurs bouches se rencontrèrent en un baiser passionné qui n'avait rien d'hésitant ni de maladroit. C'était comme s'ils s'étaient déjà embrassés des centaines de fois dans une douzaine d'autres vies. C'était comme de revenir à la maison après un long, un très long voyage.

Katherine entrouvrit les lèvres, mêla sa langue à la sienne avec bonheur. Cela faisait si longtemps qu'elle n'avait pas été embrassée, et jamais ainsi.

Nicolas gémit contre sa bouche, et la fit basculer sur les coussins. Elle savoura le poids de son corps sur le sien tandis qu'elle lui caressait les épaules, le débarrassait de sa veste avec une impatience proche du désespoir.

Il promena les lèvres sur sa joue, le long de son cou, lui embrassa les seins par-dessus la soie de sa robe.

Katherine sentit quelque chose de vital et de désespéré naître en elle. Sa jeunesse perdue, tout entière consacrée à ses devoirs de mère et d'épouse, sa féminité si longtemps niée reprenaient vie.

Elle agrippa les épaules du jeune homme, en proie à un tel vertige qu'elle craignait de s'évanouir. Elle ouvrit les yeux… et rencontra le regard peint de son mari. Son raseur de mari, impassible et gentil, avec son château en arrière-plan. « Kate, mon ange personnel, la taquinait-il. C'est ainsi qu'ils vous appellent, vous savez – l'Ange de Kildare. Et ils ont raison. »

Un désespoir amer la traversa, plus froid que le plus glacial des brouillards. Sa folle, sa merveilleuse passion convenait à une jeune fille, et non pas à une veuve respectable. L'amour appartenait à la jeunesse.

Elle repoussa Nicolas frénétiquement. Elle n'avait plus qu'une envie : fuir, courir se réfugier dans sa chambre pour pleurer.

— Non, murmura-t-elle en le poussant plus fort.

Il la lâcha aussitôt, et se releva. Il la fixait, le souffle court, comme s'il n'arrivait pas à croire à ce qui venait de se passer. Pivotant sur ses talons, il ramassa sa veste froissée.

Katherine se redressa lentement et rectifia sa tenue. Ses cheveux retombaient sur ses épaules comme ceux d'une gamine, et elle se sentit encore plus stupide. Elle ne pouvait prétendre être ce qu'elle n'était pas. Elle ne pouvait céder à la tentation comme une enfant impulsive et gâcher tout ce qui faisait la vie qu'elle s'était construite.

— Je suis désolé, articula Nicolas. Je... je vais partir. Vous n'aurez pas à me revoir.

— Non, non, murmura Katherine.

Elle posa les pieds sur le sol et s'aperçut qu'elle tremblait tellement qu'elle ne pourrait se tenir sur ses jambes.

— C'est ma faute. Je me sentais mélancolique, et nous avons un peu trop bu. Je vous en prie, monsieur, ne renoncez pas à vos leçons. Caroline a besoin de votre aide, et moi...

Et elle ne supportait pas l'idée de ne pas le revoir. Malgré leur conduite idiote, malgré la tentation, elle ne voulait pas qu'il disparaisse de sa vie.

— Moi aussi, j'ai besoin de votre aide, reprit-elle. Je ne vous importunerai plus, je vous le promets.

— M'importuner ? répéta-t-il avec un rire rauque. Madame, c'est *moi* qui vous ai importunée. Vous êtes si belle, et je suis... Mon comportement est inexcusable.

Il était... quoi ? Katherine brûlait de le savoir. Plus que tout, elle désirait qu'il s'asseye de nouveau près d'elle, qu'il la laisse poser la tête sur son épaule pendant qu'il lui confierait les secrets de son cœur. Peut-être qu'alors cette solitude douloureuse qui leur pesait à l'un comme à l'autre s'effacerait.

Mais cela ne se produirait pas. Elle avait sa place dans la vie, et lui la sienne. Tenter de franchir le gouffre qui les séparait serait source de souffrances pour tous deux.

— Je vous en prie, monsieur, revenez demain comme prévu, insista-t-elle. J'ai des courses à faire, je ne serai donc pas là.

— Si vous le souhaitez, je viendrai.

— Je le souhaite, oui. S'il vous plaît.

Katherine ferma les yeux et guetta le bruit de la porte qui se refermait derrière le jeune homme. Puis elle relâcha son souffle. Il reviendrait – mais elle devrait l'éviter.

Lorsqu'elle fut certaine que ses jambes ne se déroberaient pas sous elle, elle se leva, ramassa leurs verres vides et alla les poser sur la console. Elle s'approcha ensuite de la fenêtre, et jeta un coup d'œil dehors. Elle crut voir une silhouette s'éloigner en hâte de la maison. Un fantôme, ou quelqu'un d'assez sot pour mettre le nez dehors une nuit pareille ?

Elle se moqua d'elle-même.

— Ma fille, tu as besoin de te ressaisir.

Des gens dépendaient d'elle, elle ne pouvait se permettre de l'oublier. Plus jamais.

15

— Vous mettrez vos perles, lady Anna ?

— Pardon ? murmura Anna.

Rose la coiffait en silence, la laissant libre de rêvasser. De se rappeler la nuit dernière. Le petit cabinet de travail de Conlan semblait être le monde réel et cette chambre un rêve parmi d'autres.

— Vous mettrez vos perles ? répéta Rose en plantant la dernière épingle dans le chignon d'Anna. Elles vont si bien avec cette robe.

Anna regarda dans le miroir la robe de soie blanche ornée de dentelle suspendue à la porte de sa penderie.

Elle songea à la rouge, cachée tout au fond de ladite penderie. Elle était froissée à présent, et l'ourlet était déchiré à cause de sa course folle dans le brouillard.

Elle ferma les yeux et vit le regard vert de Conlan rivé sur elle après que sa robe eut glissé à terre. Il l'avait vue nue, et pas seulement physiquement. Elle s'était tenue devant lui, dépouillée de ses vêtements, de ses secrets, de la honte de son passé. Il lui avait paru tellement évident de chercher l'oubli en se réfugiant dans ses bras. Et elle l'avait trouvé, et bien plus encore.

À présent, à la lumière du jour, dans son environnement familier, le doute la taraudait. Pouvait-elle se fier à lui ? Car elle savait fort bien qu'elle ne pouvait se fier à elle-même.

— Oui, les perles, dit-elle.

Ainsi, pour la soirée de Grant Dunmore, elle aurait l'air de la parfaite débutante. Personne n'imaginerait que, quelques heures plus tôt, elle avait joué à être la catin d'Adair.

La porte s'ouvrit à la volée, et Caroline fit irruption dans la chambre. Elle portait sa robe de soirée en mousseline bleu pâle, mais sa ceinture de satin blanc n'était pas attachée et ses cheveux n'étaient pas coiffés.

— Caroline, tu vas être en retard, l'avertit Anna.

— Je sais, et nous ne voudrions pas faire mauvaise impression à ton soupirant favori. Je voulais juste t'emprunter ton châle bleu.

— D'accord, mais laisse-moi d'abord m'habiller.

Anna se leva pour enfiler sa robe. Caroline se laissa tomber sur le lit comme si elle avait la vie devant elle. Anna ne protesta pas. Un peu de compagnie l'empêcherait de ressasser.

— Est-ce vrai que sir Grant a une bibliothèque de vieux manuscrits ? s'enquit sa sœur.

— Je n'en ai aucune idée, répondit Anna en lissant la dentelle de ses manches. Il n'a pas l'air d'un érudit. D'où tiens-tu ça ?

— J'ai rencontré lord Hartley dans une librairie il y a quelques jours, et il m'a dit que le père de sir Grant était un grand collectionneur de livres anciens. Je n'ai pas entendu parler de ventes, je pense donc qu'ils se trouvent toujours dans la bibliothèque familiale.

— Ah, oui, lord Hartley, ton futur mari, la taquina Anna. Eh bien, il faudra que tu poses la question à sir Grant.

— S'il possède effectivement une telle collection, ton mariage avec lui pourrait m'être très utile.

— C'est pour cela que je vis, Caroline, murmura Anna. Pour t'être utile.

Tout le monde semblait croire que ses fiançailles étaient un fait accompli, et cela commençait à l'agacer. On en était loin, surtout depuis qu'elle avait fait l'amour avec Conlan, le cousin de Grant et son grand ennemi. Elle ne pouvait toutefois oublier que Grant représentait la sécurité.

— Il n'a pas encore fait sa demande, je te rappelle.

— Il la fera, j'en suis sûre, assura Caroline en la dévisageant. Enfin... si tu veux de lui.

— Tout le monde a l'air convaincu que je le devrais.

— Que tu devrais faire quoi ? demanda Katherine en pénétrant dans la pièce toute de satin bronze et de dentelle vêtue, un coffret en cuir dans les mains. Mon Dieu, c'est ici que mes filles tiennent salon !

Anna étudia sa mère pendant que Rose attachait son collier de perles. Elle était pâle et son sourire était crispé. Elle n'affichait pas sa sérénité habituelle, mais peut-être était-ce dû à la situation politiquement incertaine de ces derniers jours.

— Caroline pense que je devrais épouser sir Grant, expliqua Anna. Elle a appris qu'il possédait une belle collection de manuscrits.

— Je suis sûre que ce n'est pas sa seule qualité, dit Katherine.

— Pour Caroline, si, s'esclaffa Anna.

Katherine posa sa boîte et obligea sa cadette à se lever. Elle lui attacha rapidement sa ceinture, lissa ses manches froissées.

— Va te faire coiffer, ma chérie. Nous partons bientôt. J'ai demandé la voiture pour 20 heures.

Caroline sortit en grommelant, et Katherine demanda à Rose d'aller l'aider.

— Il y a un problème, maman ? s'enquit Anna tandis que sa mère fermait la porte.

— Pas du tout. Je t'ai juste apporté un petit cadeau.

Katherine s'empara du coffret et le tendit à sa fille. Anna souleva le couvercle et retint son souffle.

— Maman ! s'écria-t-elle. La tiare de grand-mère ?

— Tu as eu l'air de l'aimer lorsque tu l'as portée lors du bal pour l'anniversaire de la reine, il y a deux ans. J'ai pensé que le temps était venu que tu la gardes dans ta boîte à bijoux.

Anna se rappelait ce bal. Ç'avait été le dernier grand événement au Château avant la Rébellion. Un étalage de la toute-puissance de l'Angleterre et de sa noblesse.

— C'est beaucoup trop précieux pour m'être confié, souffla-t-elle.

— Tu l'apprécieras davantage qu'Eliza ou Caroline, je le sais. Du reste, tu seras bientôt une épouse et une hôtesse. Tu en auras besoin.

Anna baissa les yeux sur les joyaux étincelants. Plus que des diamants et des perles, ils représentaient un nom, et tout ce dont ce nom était le symbole. Le pouvoir et une position sociale considérée comme un dû – à tort. Ce qu'elle avait fui était en train de la rattraper. Bientôt, elle chancellerait, tomberait et cette vie l'engloutirait.

— Maman, vous voulez que j'épouse Grant Dunmore s'il me fait sa demande ?

Katherine caressa la joue de sa fille. Sa main était douce et sentait le lilas. Ce parfum rappelait à Anna son enfance et cette certitude – erronée – qu'elle avait alors que rien de mal ne pourrait lui arriver tant que sa mère veillerait sur elle.

Une fois de plus, elle trouva sa mère pâle, et il lui vint à l'esprit que c'était peut-être son tour de veiller sur elle et sur sa sœur, désormais.

— Je veux que tu sois heureuse et en sécurité, murmura Katherine.

— Est-ce qu'Eliza est heureuse et en sécurité ?

Katherine rit et secoua la tête.

— Heureuse, elle l'est sûrement. Mais je doute qu'elle soit jamais en sécurité.

— Et vous vous inquiéterez toujours à son sujet ?

— Bien sûr. C'est ma fille. Et je m'inquiète aussi pour toi.

Anna lui prit la main.

— Vous n'avez pas à vous inquiéter, maman. Je prendrai la bonne décision, et vous serez fière de moi.

— Chérie, je suis déjà fière de toi ! Comment ne le serais-je pas ? Seulement, je m'inquiète parfois à cause de... de ce qui est arrivé...

Anna se figea.

— Avec ce soldat, vous voulez dire ?

— Oui. Cela pourrait te faire redouter le mariage.

— Non. C'était il y a longtemps. Et je sais que le mariage est... très différent. Je sais combien papa et vous étiez heureux, et combien Eliza et Will le sont aussi.

Elle ne s'imaginait pas avouer à sa mère que la découverte du plaisir physique dans les bras d'Adair lui avait permis de reléguer la scène sordide d'autrefois à la place qui était la sienne : dans le passé. Elle referma la boîte et la lui rendit.

— Je vous en prie, maman, ne vous inquiétez pas pour moi. Je vous promets de faire ce que vous désirez.

— Anna, je crains que tu ne m'aies mal comprise...

— Pas du tout, maman. Je me marierai, j'aurai des enfants, et je porterai cette tiare dans les bals afin que tout le monde voie en moi votre digne fille. Je vous aiderai même à vous occuper de Caroline. Je ne vous ai pas été d'une grande aide jusqu'à présent, mais je le serai désormais, je vous le promets.

— Je veux seulement que tu sois heureuse.

— Je le serai.

— Alors, je le serai aussi, murmura Katherine en l'embrassant. Tu es prête ?

— Je suis prête

Oui, elle l'était à affronter, enfin, l'avenir.

Jetant un coup d'œil à la fenêtre pour voir si la voiture était là, Katherine aperçut une silhouette qui quittait la maison. C'était Nicolas Courtois qui s'était attardé après sa leçon avec Caroline. Il avait remonté le col de sa veste, mais ne portait pas de chapeau. Il s'arrêta un instant sur le trottoir et son profil parfait se découpa dans la lumière que projetait le réverbère. Puis il traversa la rue et disparut.

Katherine se risqua à respirer de nouveau et serra les poings, comme pour repousser physiquement les sentiments qui s'emparaient d'elle chaque fois qu'elle voyait le jeune homme. Des émotions puissantes, inhabituelles – désir, tendresse, admiration –, affolantes.

Depuis l'interlude de folie dans la bibliothèque, ils manifestaient une politesse froide très pénible vis-à-vis l'un de l'autre. Il lui rendait compte des progrès de Caroline et elle commentait le temps qu'il faisait. Ils se séparaient au bout de quelques minutes en ayant à peine échangé un regard.

Tout ce temps, pourtant, elle n'avait de cesse de se rappeler la douceur de ses lèvres sur les siennes. Oui, elle le désirait, elle se languissait de lui. Lorsqu'elle était très jeune, avant son mariage, elle rêvait de rencontrer un homme tel que Nicolas Courtois : beau, tendre, artiste et passionné.

Cela ne s'était pas fait, et elle en avait conclu que ce genre d'homme n'existait pas dans la vraie vie.

Pourquoi, oh, pourquoi ce rêve se réalisait-il maintenant, alors qu'il était beaucoup trop tard ?

Elle frappa le cadre de la fenêtre et la douleur la fit tressaillir.

— Maman ? Il y a un problème ?

Plaquant un sourire sur ses lèvres, Katherine se retourna pour voir sa fille accourir, la ceinture de nouveau défaite.

— Non, tout va bien.

— J'ai cru que vous aviez vu quelque chose qui vous déplaisait.

Qui lui déplaisait ? Loin de là, hélas !

— Je regardais le temps qu'il faisait.

— Il y a encore du brouillard ?

— Non, fort heureusement.

Elle entreprit de renouer la ceinture récalcitrante de sa fille.

— Ma chérie, est-ce que tes leçons de dessin te plaisent ?

— Beaucoup, maman. M. Courtois m'enseigne la meilleure façon de recopier fidèlement les illustrations de vieux parchemins et nous allons étudier les pigments d'autrefois, expliqua Caroline avec enthousiasme. Il sait tant de choses. C'est fascinant.

— Alors, finalement, tu veux continuer le dessin ?

Caroline éclata de rire.

— Bien sûr. C'est très utile, contrairement à la danse et à la broderie. Et j'aime bien M. Courtois. Il ne passe pas son temps à crier comme mon horrible vieux maître à danser. Pourquoi cette question, maman ? M. Courtois nous quitte ?

— Pas si tu souhaites qu'il reste.

Elle-même le désirait si désespérément que c'en était une souffrance. À défaut d'autre chose, elle voulait le voir, s'assurer qu'il allait bien.

— Maman, est-ce qu'Anna va épouser sir Grant ? lâcha Caroline à brûle-pourpoint.

— Je ne sais pas, chérie. C'est à elle de décider – et à lui. Je ne crois pas qu'il lui ait déjà demandé sa main. En tout cas, il n'est pas venu me voir.

— Il le fera. Mais est-ce qu'elle a *envie* de dire oui ?

Katherine soupira.

— Je ne sais pas, répéta-t-elle.

Apparemment, elle ne savait plus grand-chose. Pas même en ce qui la concernait.

16

S'il existait une maison qui exigeait de porter une tiare en diamants, c'était bien celle-ci, songea Anna en examinant la salle à manger de Grant Dunmore. Elle ignorait ce qui avait poussé ce dernier à revendiquer le domaine d'Adair, mais ce n'était à coup sûr pas le besoin d'argent.

La salle à manger et le salon étaient de vastes pièces ornées de moulures, de plafonds peints de scènes de la mythologie grecque, de statues logées dans des niches et de tableaux de prix. Des rideaux de brocart jaune encadraient les fenêtres. Les fauteuils de bois doré étaient recouverts du même tissu. Des tapis moelleux recouvraient les parquets.

Les convives – aristocrates, politiciens, hommes d'Église et beautés célèbres – étaient assis autour d'une immense table en acajou, sous un splendide lustre de Waterford. Les verres de cristal et la lourde argenterie scintillaient à la lumière des chandelles. Des vases remplis de roses de serre étaient disposés sur des consoles le long des murs.

Dans ce décor élégant, Grant Dunmore, qui présidait à un bout de la table, était dans son élément. Sa tante, lady Thornton, assise à l'autre extrémité, son cornet acoustique à portée de main, était l'hôtesse de nom, mais la gaieté et la perfection de la soirée ne lui devaient rien. C'était uniquement l'œuvre de Grant.

Que ne ferait-elle dans une pareille demeure ? se demandait Anna. Elle avait été élevée pour être une excellente hôtesse, organiser des réceptions et faire qu'une invitation chez elle soit la chose la plus recherchée d'Irlande.

C'était ce que sa mère voulait pour elle, ce qu'elle-même pensait vouloir. Mais était-ce vraiment le cas ?

Tandis qu'elle piquait sa fourchette dans un morceau de viande, elle remarqua que les motifs gravés sur le manche étaient les mêmes que ceux de l'assiette en porcelaine. Ce raffinement lui parut prévisible, si factice – inutile.

Soudain, elle revit le visage sombre de Conlan, elle entendit son rire lorsqu'ils étaient dans la taverne. Elle avait envie d'être *là-bas*, avec lui. Même lorsqu'ils étaient en danger, ou lorsqu'elle ne le comprenait pas du tout, elle se sentait dix fois plus vivante, plus euphorique, plus nécessaire qu'ici, ce soir.

Où était-il ? Que faisait-il ?

Elle pria pour que, où qu'il soit, il soit en sécurité et prenne soin de lui. Mais peut-être que la jolie croupière de l'*Olympian Club* s'en chargeait ?

— Doux Jésus ! Anna, murmura Jane de l'autre côté de la table. J'espère que cette fricassée de poulet ne t'a pas mortellement offensée. À voir comment tu la traites, je m'interroge.

Anna leva les yeux. Dans sa robe de satin vert, avec ses peignes d'émeraudes qui retenaient sa chevelure rousse et ses boucles d'oreilles en diamants, son amie brillait de mille feux.

— C'est délicieux, répondit-elle. Mais je n'ai pas très faim ce soir.

— Il te faut boire davantage de vin, décréta Jane qui fit signe à un valet en livrée jaune et perruque poudrée, lequel s'empressa de remplir le verre d'Anna.

— Il est très bon, dit Anna.

Elle avala une gorgée du liquide doré, avec l'espoir de noyer sa mélancolie.

— Il n'y a que le meilleur chez sir Grant, commenta Jane. Cette maison est merveilleusement décorée, tu ne trouves pas ?

— Elle a besoin d'une maîtresse, s'écria soudain lady Thornton, son cornet acoustique tremblotant à la main. Quelqu'un pour s'en occuper.

— Quelqu'un pour payer les factures ? chuchota lord Melton, le voisin de gauche d'Anna.

Elle glissa un regard à leur hôte, se demandant s'il avait entendu. Apparemment pas, car il lui sourit et leva son verre à son intention.

— Il a des problèmes ? s'enquit-elle à mi-voix. Il a pourtant l'air très à l'aise.

Lord Melton, qui avait déjà bu une grande quantité de ce très bon vin, en prit une autre lampée.

— Les apparences sont primordiales dans notre jolie ville, lady Anna. Et sir Grant est meilleur que la plupart pour les maintenir. Il a des ambitions politiques, vous savez, ce qui n'est pas bon marché.

— Il a assurément choisi le bon moment pour avoir de telles ambitions, observa Anna, qui pensait aux rumeurs selon lesquelles le gouvernement anglais ne lésinait pas sur les pots-de-vin en échange de votes en faveur de l'Union.

— À condition de ne pas se tromper de camp, précisa lord Melton. Nous vivons des temps incertains, lady Anna. Qui peut prédire comment les choses vont tourner ?

Ne sachant que répondre, Anna se contenta de boire une gorgée de vin.

— Une épouse, déclara lady Thornton. C'est exactement ce dont mon neveu a besoin. Une épouse fortunée.

Fuyant les rires factices et les conversations sans intérêt, Caroline se réfugia dans la bibliothèque. Contrairement à sa sœur et à sa mère, qui étaient tellement à l'aise dans les mondanités, Caroline n'y voyait que d'affreuses corvées.

Remontant ses lunettes sur son nez, elle balaya la pièce du regard. Elle n'était pas aussi grande que la bibliothèque d'Henrietta Street, mais les murs étaient couverts du sol au plafond de livres. Sous les hautes fenêtres étroites, des vitrines recélaient toutes sortes d'objets. S'il y avait peu de meubles, les fauteuils au velours vert élimé semblaient confortables. Et pour ne rien gâcher, un feu pétillait dans l'âtre.

Séduite, Caroline s'approcha d'un rayonnage et examina les volumes reliés de cuir. Platon, Pétrarque, Shakespeare.

— Sir Grant s'intéresserait-il à autre chose que le cricket, la chasse et les courses de chevaux ? murmura-t-elle en remarquant un livre d'Hérodote en grec ancien.

Il y avait aussi des œuvres de philosophes français et de savants anglais, des traités d'agronomie et d'élevage.

Une rangée de livres sur la mythologie irlandaise retint son attention. Caroline en sortit un et se mit à le feuilleter. Les pages étaient coupées et le livre semblait avoir été lu et relu.

Sir Grant prétendait ne pas s'intéresser à l'Irlande, comme ces stupides aristocrates qui étaient ses amis. Il semblait ne s'intéresser aux terres que pour les loyers qu'elles représentaient et le pouvoir qui allait de pair avec. Jouait-il la comédie ? Dans quel but ?

Caroline remit le livre en place. Étudier l'Histoire était plus facile qu'essayer de comprendre les hommes. Surtout les hommes comme Grant Dunmore.

Elle alla examiner les vitrines. Il y avait des morceaux d'antiquités grecques et romaines, de petites statues d'albâtre, des pièces de monnaie, des bijoux d'or et d'ambre, ainsi qu'un magnifique livre de prières illustré. Elle remarqua aussi une croix ancienne ornée de rubis et de perles, ainsi que des objets irlandais. Une broche en forme de serpent avec des yeux verts. Un gobelet en or gravé d'un motif compliqué. Et un petit livre ouvert.

Caroline se pencha pour déchiffrer les mots qu'entourait la queue d'un dragon bleu-vert. C'était du gaélique, à moitié effacé, mais elle y parvint : « *Ne ceart go cur...* » puis « *Giniuint Mhuire gan Smal 923* ».

— Bon sang ! murmura-t-elle, incrédule. *La Chronique de Kildare.* Ce n'est pas possible.

— Ainsi, vous avez trouvé mon trésor, fit la voix de Grant Dunmore.

Caroline pivota sur ses talons, le cœur battant. Son hôte se tenait sur le seuil de la pièce, tout de grâce désinvolte dans sa tenue de soirée, les bras croisés sur la poitrine. Mais il l'observait attentivement.

— Je suis désolée si ma présence ici vous ennuie, dit-elle, la bouche subitement sèche.

D'ordinaire, parler aux hommes ne la troublait pas ; la plupart d'entre eux n'attendaient d'elle que des sourires et des hochements de tête dociles en réponse à leurs monologues. Ce qui la laissait libre de penser à autre chose.

Grant avait beau feindre le contraire, elle le soupçonnait de n'être pas comme eux. Cette collection le prouvait.

— J'avais besoin d'un peu de calme, ajouta-t-elle.

— Je ne vous le reproche pas, lady Caroline, dit-il aimablement. Ces réunions sont parfois pénibles. Toujours les mêmes gens disant les mêmes choses.

— Mais c'est votre réception !

— Ce qui est pire. J'ai honte d'encourager l'ennui.

Caroline se retourna pour examiner de nouveau le splendide petit livre. Il était moins déconcertant que cet étrange regard d'ambre fixé sur elle.

— Vous êtes l'hôte. Vous pourriez sûrement les faire parler de choses plus amusantes, non ?

Elle entendit sir Grant fouler le tapis épais derrière elle. Il lui rappelait ce tigre qu'elle avait vu une fois dans une ménagerie, beau et élégant, d'une nonchalance trompeuse, capable de se transformer en tueur en un clin d'œil.

Anna n'aurait pas la vie facile si elle l'épousait.

— Avez-vous essayé d'empêcher lady Thornton de parler de la mode des turbans ? demanda-t-il en se plantant devant la vitrine, à côté d'elle.

Il lui adressa un demi-sourire. Et elle ne comprit que trop bien pourquoi la moitié des dames de Dublin étaient amoureuses de lui. Et en même temps, elle ne pouvait s'empêcher de penser que tout cela n'était que façade.

Dublin était une ville de façade, de codes, de mensonges et d'alliances secrètes. Peut-être était-ce pour cette raison qu'elle préférait le passé lointain, lorsque l'Irlande était une terre de clans et de chefs de guerre, de batailles et d'amours condamnées d'avance. D'alliances claires.

— Je vois ce que vous voulez dire. Empêcher lady Thornton de parler turbans est humainement impossible. Même Cuchulain aurait fui devant ses incessantes digressions.

— Vous avez eu raison de vous réfugier ici, approuva-t-il. Moi-même éprouve souvent le besoin de fuir.

— C'est votre faute, sir Grant, vous savez. Vous n'auriez pas dû aménager un pareil sanctuaire.

— Je suis d'autant plus flatté, lady Caroline, que vous êtes une experte en matière de bibliothèque.

— Vous avez une collection fascinante. Surtout ceci, ajouta-t-elle en désignant *La Chronique de Kildare*.

— C'est mon trésor le plus précieux. Vous avez l'œil.

— *La Chronique de Kildare*, écrite par un moine, le frère Michael, en neuf cents et quelques, emportée et cachée avec les autres trésors du monastère pour les mettre à l'abri des Vikings. Je croyais qu'il n'en existait qu'un exemplaire, celui de Trinity College. Et jamais on ne laisserait une simple femme le consulter. J'ai dû me contenter de vieilles traductions peu fiables.

— Il existe à ma connaissance trois originaux, dit Grant.

Il avait renoncé à ce ton ennuyé très à la mode et s'exprimait avec une fierté un peu timide. Que Caroline trouva dangereusement séduisante.

— Celui de Trinity College, continua-t-il, et c'est là que j'en ai entendu parler la première fois alors que j'y faisais mes études. Un autre était la propriété d'un marquis français, qui a disparu pendant la Révolution. Et celui-ci.

— D'où le tenez-vous ?

— Je crains que cela ne doive rester mon secret, lady Caroline.

Il ouvrit une petite boîte posée sur la cheminée et en sortit une clef avec laquelle il ouvrit la vitrine. Émerveillée, Caroline le regarda prendre le livre et le lui tendre.

— Vous avez envie de l'examiner plus attentivement ?

De sa vie, elle n'avait rien désiré autant. Ses mains en tremblaient d'impatience.

— Je peux vraiment ?

— Bien sûr.

Il déposa le petit livre dans sa paume.

La reliure de cuir vert était douce au toucher. Caroline tourna une page avec précaution et déchiffra laborieusement quelques mots. C'était le récit d'une bataille dans le comté de Kildare, durant laquelle les forces assiégées du valeureux roi Connor furent sauvées par l'intervention opportune d'un dragon. Mythes et faits historiques étaient étroitement imbriqués.

Les lettres étaient d'un brun passé, mais les illustrations, rehaussées d'or et de lapis, et fourmillant de détails, avaient gardé leurs couleurs.

— C'est la chose la plus belle que j'aie jamais vue, souffla Caroline.

— Je ne crois pas avoir jamais vu de femme aussi heureuse que vous en ce moment, s'écria sir Grant en riant. Même après qu'on lui eut offert des diamants.

— C'est beaucoup mieux que des diamants.

— Je suis d'accord. Mais rares sont les gens qui seraient de cet avis. Ils n'y verraient qu'un livre. Pis, un livre irlandais.

— Eh bien, ce sont des imbéciles.

— Peut-être. À moins que ce ne soit nous, les imbéciles, qui accordons tant à un peu de cuir et de papier.

Il alla tirer un fauteuil derrière une table.

— Asseyez-vous. Prenez le temps de le regarder.

Caroline obéit avec joie. Elle posa délicatement le livre et continua de lire quelques lignes de la bataille du dragon tandis que Grant prenait place à côté d'elle.

— C'est tellement plus que du papier et du cuir, n'est-ce pas ? murmura-t-elle. C'est l'Histoire et la vie. Quand je songe à l'homme qui a écrit ces mots il y a des centaines d'années, je me sens proche de lui et de son époque. Proche de tous ceux qui ont lu ce récit et en ont été touchés. C'est la preuve que nous sommes une partie de quelque chose de plus vaste que nous-même et que l'instant présent.

— En effet. Peut-être est-ce pour cela que je désirais tant ce livre. Pour me prouver que je fais partie de cette terre, tout comme le roi Connor et le frère Michael. Que j'ai peut-être quelque chose à lui offrir.

Stupéfaite, Caroline tourna la tête et le dévisagea.

— Qui êtes-vous, et qu'avez-vous fait de Grant Dunmore ?

Il secoua la tête en riant. Lorsqu'il lui rendit son regard, la fierté timide qu'elle avait trouvée si séduisante avait disparu. Le sir Grant cynique, sophistiqué et insouciant était de retour. Elle en éprouva de la déception. Le lien qui les avait unis, brièvement mais indubitablement, s'était rompu.

— Peut-être que je suis simplement avide, comme tout le monde à Dublin, hasarda-t-il. Peut-être que j'aime juste posséder les choses.

— Ça ne me déplairait pas de posséder *ceci*, murmura Caroline.

Elle caressa les bords dorés des pages, referma le livre et le rendit à son propriétaire. Il referma la main sur la sienne. Caroline eut envie de nouer ses doigts aux siens, de sentir leur chaleur et leur force. En dépit de sa personnalité changeante et de ses secrets – ou peut-être à cause d'eux – il la fascinait.

— Peut-être serons-nous bientôt parents, ce qui vous permettra de lire *La Chronique*, et n'importe lequel de mes livres, aussi souvent que vous le souhaiterez.

Ce rappel brutal qu'il était quasiment fiancé à sa sœur fit à Caroline l'effet d'une douche froide. Elle libéra sa main.

— Merci de m'avoir laissée regarder cet ouvrage.

Sous le regard attristé de Caroline, Grant remit le livre dans la vitrine qu'il verrouilla.

— Je le montrerais volontiers à votre sœur si je pensais que cela l'impressionnerait.

Caroline se mit à rire.

— Anna lit de la poésie et des romans, mais elle ne s'intéresse ni à l'Histoire ni à la mythologie. Elle se moque de mes études.

— Oh ! fit-il en s'appuyant à la vitrine avec nonchalance. Et à votre avis, qu'est-ce qui l'impressionnerait ?

— Sir Grant, vous êtes l'un des hommes les plus recherchés de Dublin, lâcha-t-elle tout à trac, agacée par son petit jeu et furieuse d'avoir été émue par sa fierté d'érudit. Toutes les femmes sont amoureuses de vous. Elle est sûrement *déjà* impressionnée.

Il haussa un sourcil, ce qui le fit ressembler à un jeune guerrier celtique issu de la *Chronique*.

— Toutes les femmes ?

— Disons, au moins la moitié.

— Mais pas les sœurs Blacknall si difficiles à impressionner ?

Manifestement, l'une des sœurs Blacknall n'était pas difficile à impressionner. La vue d'un livre rare suffisait à la bouleverser.

— Si elle ne vous aimait pas, elle le dirait. Anna est très honnête.

D'ordinaire. Sauf qu'elle aussi était devenue secrète et réservée ces derniers temps. Tout le monde était touché par les incertitudes de l'époque.

— Alors, je suis content de savoir que j'ai peut-être une chance.

— Je pourrais parler en votre faveur, le taquina Caroline. On me soudoie sans peine avec de vieux livres.

— Je m'en souviendrai, promit-il en riant.

Elle mourait d'envie de lui demander ce qu'il éprouvait vraiment pour sa sœur. Avait-il un peu d'affection pour elle, ou se souciait-il uniquement de sa dot, de ses relations et de sa beauté ? La connaissait-il seulement ? Serait-il un bon mari, ou mèneraient-ils des vies séparées, comme nombre de couples dans leur milieu ?

Sa sœur méritait un mariage heureux, un époux qui la connaîtrait et l'apprécierait. Et Caroline était d'avis que tout homme possédant une bibliothèque comme celle-ci en méritait autant.

— Vous devriez retourner auprès de vos invités, lui conseilla-t-elle. Je vous ai monopolisé suffisamment longtemps.

— Oui, je vais y aller, mais il y a une éternité que je n'avais pas pris tant de plaisir à être… monopolisé. Je vous raccompagne au salon ?

— Non, merci. J'ai la chance de n'avoir pour l'heure aucun devoir mondain. Je vais m'attarder encore un peu ici si cela ne vous ennuie pas.

— Vous avez de la chance, en effet. Restez aussi longtemps que vous le souhaiterez, fit-il avant de quitter la pièce.

Caroline soupira. Quel dommage qu'elle ne puisse rester éternellement au milieu des livres ! Avec eux, il suffisait d'y mettre du sien et n'importe quelle énigme pouvait être élucidée. Les gens, elle n'y parvenait pas, quel que soit le temps qu'elle leur consacrait.

Il y a peu, elle ne voyait en Grant Dunmore qu'un séduisant gentleman oisif. Et si elle ne savait à présent plus ce qu'il était, elle était certaine qu'il n'était pas oisif.

Grant Dunmore était certes le problème d'Anna, mais elle avait bien l'intention de garder un œil sur lui à l'avenir.

Elle lissa ses jupes, toujours froissées, et ses cheveux perpétuellement indociles, puis quitta la bibliothèque.

Comme elle se dirigeait vers le salon, des murmures lui parvinrent de derrière une colonne. Craignant d'interrompre un intermède galant, elle hâta le pas.

Mais alors qu'elle traversait le vestibule sur la pointe des pieds, elle s'aperçut qu'il s'agissait bien d'un couple. Grant Dunmore, la tête inclinée, parlait à l'oreille d'une femme tout en l'attirant à lui.

Cette femme n'était pas Anna, mais lady Cannondale. Elle écoutait sir Grant avec attention, un sourire entendu aux lèvres. Et sous le regard ahuri de Caroline, elle lui caressa la joue, puis se mit à jouer avec sa cravate. Petit geste qui trahissait une familiarité évidente.

Caroline se mordit la lèvre pour retenir un cri. Elle avait beau être plongée dans ses livres la moitié du temps, elle n'était pas complètement ignorante. Cette rencontre n'avait rien d'imprévu. Le presque fiancé d'Anna et sa meilleure amie étaient visiblement fort intimes.

Le salaud, songea Caroline amèrement en s'éloignant discrètement. Ils étaient si occupés l'un de l'autre qu'ils ne s'étaient pas rendu compte de sa présence. Et Anna était dans la pièce voisine !

Elle avait envie de hurler et taper sur la tête de Grant Dunmore avec l'un de ses gros livres. Un tel scélérat ne méritait pas de posséder *La Chronique de Kildare*, et certainement pas d'épouser sa sœur. Mais un acte impulsif attirerait l'attention et ne ferait qu'embarrasser Anna, qui n'avait pas besoin de cela.

En revanche, elle pouvait s'assurer que celle-ci n'épouse pas Grant Dunmore. Même si cela signifiait qu'elle-même n'aurait plus jamais l'occasion de parcourir *La Chronique de Kildare*.

Elle préféra ne pas s'attarder sur la déception aiguë qu'elle éprouvait vis-à-vis de l'homme lui-même. Celui en qui, l'espace d'un instant, elle avait vu un érudit et un collectionneur plein de sensibilité, alors même qu'il jouait de la comédie.

Tout dans leurs vies était de la comédie. Seul le monde des livres était authentique. Elle avait intérêt à ne plus l'oublier.

Elle pénétra dans le salon en affichant un sourire forcé. À quoi bon laisser voir son désarroi ? Anna, qui jouait au piquet avec lord Melton, la héla.

— Caroline, enfin te voilà ! Tu te cachais dans la bibliothèque ?

— Oui. Et elle est sans intérêt.

— Cela ne me surprend pas, vu qu'elle appartient à sir Grant, commenta Melton d'une voix pâteuse. Je doute qu'il lise autre chose que la presse sportive.

— Eh bien, moi, je passe une très bonne soirée, déclara Anna joyeusement. La chance est avec moi, si bien que je vais pouvoir t'acheter des livres pour te faire oublier ta déception.

— Sois prudente, Anna, conseilla Caroline. Il arrive que la chance tourne.

— Pas ce soir !

Caroline sourit et alla rejoindre sa mère qui discutait avec lord Hartley près de la cheminée. Dieu qu'elle appréciait cet homme ! Il était gentil, attentionné, un peu ennuyeux certes, mais incapable de blesser qui que ce soit. Leur vie ensemble serait agréable, elle en était sûre.

Et s'il ne lui faisait pas battre le cœur comme Grant Dunmore – eh bien, tant mieux.

17

Anna rabattit la capuche de sa cape et pressa le pas. Il n'y avait pas de brouillard, mais le vent était cinglant. Elle s'était fait déposer par le fiacre au coin de la rue afin de se laisser le temps de réfléchir.

De retour du dîner chez Grant Dunmore, elle était allée se coucher directement, mais n'avait pas réussi à trouver le sommeil. Allongée dans l'obscurité, elle s'était interrogée sur ce qu'elle *devrait* faire, ce qu'elle *ferait* probablement – et ce qu'elle désirait réellement.

Sa mère, elle le savait, serait heureuse qu'elle épouse Grant Dunmore et devienne la maîtresse de maison la plus en vue de la bonne société. Entre l'exil d'Eliza et le projet de Caroline d'épouser le vieux lord Hartley afin de se consacrer à ses chères études, on ne pouvait pas dire que ses filles avaient répondu à ses attentes. Après deux années passées à jour les têtes brûlées et à susciter les commérages, peut-être était-il temps qu'elle songe à faire plaisir à sa mère, qui le méritait bien.

La réception de ce soir lui avait donné un aperçu de ce que serait sa vie en tant que lady Dunmore : des réceptions, des papotages, une maison élégante, un beau et charmant mari. Un mari qui, derrière sa façade aimable, s'était révélé assez impitoyable pour user des lois pénales afin de tenter de s'emparer du domaine de son cousin.

Mais Adair était-il moins impitoyable lorsqu'il voulait quelque chose ? Lui aussi avait sa part de secrets.

Elle possédait un bien piètre jugement en matière d'hommes, aucun doute. Ces deux-là étaient des choix peu raisonnables, Adair étant le pire. Pourtant quelque chose continuait à la ramener à lui.

D'où sa fuite au milieu de la nuit. Elle voulait être encore une fois avec lui dans l'espoir fou d'y voir enfin clair. De découvrir, comme par magie, ce qu'elle devait faire.

C'était hautement improbable, bien sûr, se disait-elle tandis qu'elle se dirigeait vers l'*Olympian Club*.

Lequel avait l'air fermé, découvrit-elle.

Les fenêtres étaient sombres. Tout était silencieux, personne n'entrait ni ne sortait, et le marteau était assourdi par un manchon.

— Zut de zut ! marmonna-t-elle.

Elle gravit les marches du perron et frappa à la porte. En vain. Elle n'avait pas envie de rentrer chez elle et ignorait où habitait Conlan. Resserrant sa cape autour d'elle, elle se faufila derrière le bâtiment. Il y avait un petit jardin, une terrasse, et une porte de service, elle aussi verrouillée.

— Au temps pour tes talents d'espionne, se félicita-t-elle.

Honteuse de sa sottise, elle rebroussa chemin.

Elle contournait la maison lorsque la porte d'entrée s'ouvrit. Conlan sortit. Il portait une grande cape et un chapeau à large bord, et une écharpe recouvrait le bas de son visage, mais c'était lui, elle en était sûre. Personne n'avait des épaules aussi larges, ni un port aussi assuré. Il jeta un coup d'œil dans la rue, puis s'éloigna à grands pas.

Cédant à une impulsion, Anna s'élança à sa suite. Maudissant sa curiosité, elle le suivit à distance, s'efforçant de demeurer dans l'ombre.

Par deux fois, il regarda par-dessus son épaule, et poursuivit son chemin sans ralentir. Quittant les avenues paisibles et élégantes, il s'enfonça dans le quartier où se trouvait la taverne de McMaster. Les rues devinrent plus étroites et plus sombres, et les pavés irréguliers et glissants.

Dédaignant la ruelle de la taverne, il en emprunta une autre. Anna s'arrêta à l'entrée et se contenta de passer la tête. Impossible de le suivre sans qu'il la remarque. Il frappa à une porte. Un homme ouvrit, une bougie à la main.

Anna réprima un cri. C'était M. Courtois, le professeur de dessin de Caroline ! Comment diable connaissait-il Adair ? Et pourquoi se rencontraient-ils ?

— On vous a suivi ? s'enquit Courtois d'une voix basse qui ricocha sur les murs de la ruelle.

— Rien de méchant.

— Entrez.

La porte se referma, et Anna se retrouva seule dans l'obscurité. Elle tendit l'oreille, puis, n'entendant pas un bruit, s'approcha pour examiner la maison. Une petite fenêtre près de la porte était munie de barreaux, et des rideaux épais voilaient les vitres.

Elle mourait d'envie de secouer les barreaux, de cogner à la porte, de hurler, d'exiger des explications. Ils étaient en train de conspirer, elle en était sûre. Et elle craignait qu'à nouveau un danger ne menace sa famille.

Elle retourna à l'entrée de la ruelle et décida d'attendre Conlan. Elle le suivrait jusqu'à l'*Olympian Club* et l'obligerait à parler, d'une façon ou d'une autre.

Au bout d'une petite heure, qui parut à Anna aussi longue qu'une année, Conlan ressortit mais, au lieu de prendre la direction du club, il obliqua vers la rivière et suivit le quai.

Elle le fixait si obstinément qu'elle ne s'aperçut pas que d'autres le suivaient. Jusqu'à ce que leurs silhouettes jaillissent de derrière la coque d'une barque retournée. Ils étaient deux et ils se déplacèrent avec la fluidité d'une vague de brume montant de la rivière. L'un sauta sur Conlan tandis que l'autre brandissait un poignard.

— Conlan ! hurla Anna en s'élançant à la rescousse sans se soucier du danger.

Conlan enfonça le coude dans le ventre de l'individu qui le maintenait, l'envoyant rouler au sol. Il leva simultanément le pied, visant l'autre au bas-ventre.

Celui-ci esquiva et le coup l'atteignit à la jambe. L'homme chancela brièvement, puis se rua sur Conlan, et lui enfonça sa lame dans l'épaule.

— Bon Dieu ! cria-t-il.

Il plaqua la main sur la plaie, luttant pour rester debout tandis que son assaillant brandissait une nouvelle fois son arme.

Anna se jeta de tout son poids sur le scélérat qui, surpris, s'affala sur les pavés. Le poignard lui échappa, et, d'un coup de pied, elle l'envoya dans le fleuve. Le temps qu'elle se tourne vers Conlan, le premier assaillant s'était remis debout. Lui aussi avait un couteau à la main et son visage couturé était crispé par la haine.

— Conlan, derrière toi ! hurla-t-elle.

Conlan sortit un petit pistolet, pivota d'un mouvement preste et tira. L'homme s'affaissa lourdement sur le sol, une tache sombre s'élargissant sur la poitrine. Son complice n'attendit pas pour prendre ses jambes à son cou.

Folle de rage, Anna fit mine de le poursuivre, mais Conlan la retint.

— Anna, marmonna-t-il d'une voix sourde. Ma sorcière vengeresse.

Elle fit volte-face à temps pour le voir s'effondrer à genoux.

— Conlan !

Elle s'accroupit près de lui et, les mains tremblantes, repoussa sa cape. Sa chemise était déchirée et souillée de sang, et elle fut prise de vertige tandis que l'odeur âcre et cuivrée réveillait d'affreux souvenirs. La main de Conlan se referma sur son poignet, la ramenant immédiatement au présent.

Elle lui ôta en hâte sa cravate et la pressa sur la plaie. Le sang continua à couler.

— Il faut que nous trouvions un médecin, déclara-t-elle.

— Non, pas de médecin. Rentrons au club.

— Tu ne pourras pas marcher jusque-là !

— Mais si. Ce n'est qu'une écorchure. J'ai connu bien pire.

Anna se souvint alors qu'il portait un pansement à la jambe dans l'écurie en ruine où elle avait cherché refuge, deux ans plus tôt.

— Tu n'es qu'une fichue bourrique d'Irlandais, Conlan.

— Et toi une doublement fichue bourrique d'Irlandaise. Que fais-tu là, du reste ?

Elle déchira son jupon pour confectionner un bandage de fortune dont elle entoura l'épaule de Conlan. L'hémorragie semblait s'atténuer, mais son teint blême n'était guère rassurant.

— Je voulais te parler.

— Et du coup, tu m'as suivi à travers la ville au beau milieu de la nuit ?

— Oui. Tu ignorais que j'étais là ?

Il secoua la tête.

— Je pensais que c'était ces deux types.

— Parce que tu savais qu'ils te suivaient ? s'écria-t-elle. Pourquoi n'as-tu rien fait ?

— J'étais curieux de voir ce qu'ils avaient en tête. Tu n'aurais pas dû être là.

— Si je n'avais pas été là, tu te serais retrouvé à deux contre un, et nous ne serions pas en train de parler en ce moment même.

— C'est vrai, admit-il à contrecœur. Merci.

— Je t'en prie.

— Il n'empêche qu'il faut être stupide pour traîner dehors en pleine nuit.

— Je ne suis pas la seule à être stupide, riposta Anna avant de prendre le visage de Conlan entre ses mains. À quel jeu joues-tu, Conlan McTeer ?

Il tenta de se détourner, mais elle le retint. Elle en avait assez de tous ces secrets.

— À quoi s'occupent les hommes par une froide nuit d'hiver, *cailleach* ? répliqua-t-il. Les cartes, les catins, la boisson…

— Je ne suis pas stupide à ce point. Si c'était ce que tu voulais, tu pouvais l'avoir sans sortir de ton club. Tu ne cherchais rien de tout cela. Pas cette nuit, en tout cas. Tu es allé chez un Français.

— Un ami, rectifia-t-il, buté.

Il avait beau s'efforcer de le cacher, elle voyait qu'il souffrait. Elle devait l'emmener au plus vite.

— Tu joues un jeu dangereux, Conlan, et je découvrirai lequel.

Il lui agrippa les poignets.

— Non, Anna. Reste à l'écart. Tu ne dois pas être mêlée à cela.

Sauf qu'elle l'était déjà, que ça leur plaise ou non.

— Viens, il faut regagner le club. Il fait froid et tu saignes toujours.

Elle glissa le bras autour des épaules de Conlan et l'aida à se relever. Il s'appuya sur elle un instant, puis alla s'agenouiller près du corps. Il lui fouilla rapidement les poches, vides. Après quoi, il le poussa dans le fleuve.

— Que se passe-t-il ? cria une femme du haut de l'escalier de l'*Olympian Club*.

Levant les yeux, Anna reconnut la croupière, les cheveux dénoués et vêtue d'une robe de chambre en velours.

Elle était très jolie et déambulait dans le club en déshabillé. Anna ne s'accorda qu'une seconde de jalousie, car Conlan se faisait de plus en plus lourd.

Au début de leur périple à travers la ville, il avait refusé son aide. Puis, comme il continuait à perdre du sang, il avait accepté de s'appuyer sur elle. Un bras autour de la taille, elle le soutenait du mieux qu'elle pouvait.

— Il a été agressé dans la rue, expliqua-t-elle. Et il refuse de voir un médecin.

— Agressé par qui ? s'écria Sarah en dévalant l'escalier.

Elle glissa le bras libre de Conlan sur ses épaules et, à elles deux, elles parvinrent à l'emmener à l'étage.

— Je ne sais pas, répondit Anna. Et le scélérat ne peut plus se présenter vu qu'il est mort.

— Vous étiez là ? Vous avez tout vu ?

Une fois en haut des marches, Sarah les guida vers une porte ouverte.

— Elle m'a sauvé, marmonna Conlan, émergeant de la stupeur.

La femme écarquilla les yeux tandis qu'elle croisait le regard d'Anna.

— Vraiment ? Quel héroïsme !

— L'héroïsme sera inutile si nous ne pouvons pas arrêter cette hémorragie, riposta Anna. Je maintiens qu'il faut un médecin...

— Pas de médecin ! coupa Conlan.

— Inutile de crier, fit Anna qui s'efforçait de garder son calme.

Elles aidèrent Conlan à s'allonger sur le lit. La petite chambre était froide car aucun feu ne brûlait dans l'âtre, mais une lampe était allumée sur la table de chevet.

— J'ai une trousse de secours, fit Sarah. Je vais la chercher.

Elle sortit en hâte, et Anna entreprit d'installer Conlan confortablement. Elle lui ôta ses bottes, puis, très doucement, le débarrassa de sa cape et de sa chemise. Le pansement de fortune était déjà trempé de sang. Elle le remplaça en utilisant un autre morceau de jupon. Comme il frissonnait, elle étendit sa propre cape sur lui.

Elle s'assit au bord du lit, lui prit la main et l'étreignit. Maintenant que le danger était passé, elle se sentait épuisée et avait froid. La peur, qu'elle n'avait pas eu le temps de ressentir là-bas, près du fleuve, la submergeait. Conlan courait de graves dangers. Elle avait été témoin de deux agressions, sans parler de celles dont elle ignorait tout. Quelles que soient ses activités secrètes, elles constituaient une menace telle pour certains qu'on voulait le tuer.

Elle ne connaissait pas très bien Conlan McTeer, et ce qu'elle savait de lui pousserait n'importe quelle femme un tant soit peu raisonnable à s'enfuir à toutes jambes. Pourtant, tout au fond de son cœur, elle avait non seulement le sentiment de le connaître intimement, mais que cette connaissance était réciproque. Le perdre maintenant serait… terrible.

— Anna, murmura-t-il en refermant les doigts sur ceux de la jeune femme.

— Je suis là.

Elle repoussa ses cheveux de son front. Sa peau était anormalement chaude.

— Tu ne devrais pas être là.

— Mais si, voyons. Je veux m'assurer que tu guériras.

— Je te l'ai dit, ce n'est qu'une écorchure.

— C'était aussi une « écorchure », ce qui a failli t'arriver au parc Saint-Stephen ? Tu te souviens de cet épisode, n'est-ce pas ?

— Trop bien, hélas ! Anna, tu dois partir, et pas seulement de cette pièce. Tu dois quitter Dublin, aller à la campagne et ne plus jamais me revoir.

Elle secoua la tête. Elle ne le quitterait pas. Pas maintenant. Pas avant d'avoir mis un nom sur les sentiments intenses qu'elle éprouvait à son égard.

— Je ne sais pas ce qui se passe, Conlan, mais je peux sûrement t'aider. Si tu acceptais de me dire...

— Non.

La voix était dure, le regard glacial, et il avait beau lui tenir la main, elle le sentait s'éloigner.

— Je n'ai pas besoin de l'aide d'une petite princesse gâtée de la bonne société. Il n'y a pas que des bals et des réceptions à Dublin. C'est une ville dangereuse, surtout pour ceux qui ne comprennent pas.

La peur et la fatigue cédèrent la place à la colère. Elle n'était pas une petite princesse gâtée, qui ne pensait qu'à courir les boutiques, organiser des soirées et se marier ! Elle avait cru que Conlan l'avait compris, qu'il avait deviné qui elle était vraiment.

— Je ne risque pas de comprendre quoi que ce soit si personne ne m'explique ! rétorqua-t-elle. Je suis impliquée, que tu le veuilles ou pas, et je serais plus en sécurité si tu me faisais confiance et m'avouais la vérité.

Il roula sur le flanc, lui tournant délibérément le dos.

— Je ne peux pas me fier à toi, Anna. Désolé. Rentre chez toi.

— Alors, c'est fini ? articula-t-elle. Je dois épouser Grant Dunmore, jouer les épouses parfaites et prétendre que rien de tout cela n'est arrivé ? Que nous n'avons pas fait l'amour, que je n'ai pas été témoin de ton quasi-assassinat ?

— Tu seras plus heureuse avec lui, déclara Conlan d'une voix crispée. En sécurité.

— En sécurité ? répéta Anna, qui luttait de toutes ses forces contre les larmes. Voilà bien longtemps que je ne me suis pas sentie en sécurité.

Et elle doutait que Grant Dunmore soit à même de lui offrir une telle sécurité. Lui aussi dissimulait des secrets, comme tout le monde en ces temps troublés. Conlan, Grant, le professeur de dessin de sa sœur...

Sans parler d'elle-même.

— Je m'en irai donc, si c'est ce que tu veux, dit-elle en se levant. J'irai passer les fêtes de Noël dans le Connemara. Mais je n'ai pas dit mon dernier mot. Je suis deux fois plus têtue que toi, comme tu l'as fait remarquer. Tu n'as encore rien vu.

Sur ce, elle se dirigea vers la porte, l'ouvrit à la volée, et se retrouva nez à nez avec Sarah, qui remontait le couloir avec une cuvette d'eau et une petite mallette.

Anna passa devant elle tandis que Conlan criait dans son dos :

— Je suis sérieux, sorcière ! Ne remets plus les pieds ici, ou tu le regretteras !

— Je le regrette déjà, lança-t-elle par-dessus son épaule, mais pas pour les raisons auxquelles tu penses. Tu n'as encore rien vu, Conlan McTeer !

Elle dévala l'escalier et sortit dans la nuit.

— En voilà une colère, commenta Sarah. Tu vas saigner de nouveau.

Il demeura sur le flanc, l'entendit tremper un linge dans de l'eau. Il souffrait de ne pouvoir courir derrière Anna, la prendre dans ses bras et l'y garder à jamais afin de la protéger de toute la noirceur du monde. Elle était son étoile, la seule belle et bonne chose qui lui soit jamais arrivée.

Et c'était pour cette raison qu'il fallait qu'elle parte. Elle ne lui était pas destinée. Il finirait par la détruire.

— C'est une petite tête de lard, marmonna-t-il. Elle ne voulait pas partir.

— Normal, fit Sarah en appuyant doucement sur son épaule pour le contraindre à s'allonger sur le dos. Elle est amoureuse de toi.

Amoureuse ! De lui ! Une petite flamme qui ressemblait à de l'espoir s'alluma dans le cœur de Conlan. Horrifié, il s'empressa de l'étouffer.

L'amour n'avait pas de place dans sa vie qui était tout entière consacrée à ses devoirs envers sa famille, ses gens, son nom. Du reste, elle aussi avait des devoirs envers sa propre famille, des devoirs si différents des siens qu'il avait le sentiment que les Blacknall et les McTeer ne vivaient pas sur la même planète.

— Tu te trompes, elle n'est pas amoureuse, grommela-t-il. Elle n'a vu en moi que l'occasion de vivre une aventure. Elle est pratiquement fiancée à Grant Dunmore.

— Ah bon ? s'étonna Sarah en décollant le pansement de fortune souillé de sang. La pauvre. Celui-là, il ne sera jamais fidèle qu'à lui-même.

Conlan songea à son cousin, sur qui lady Cannondale avait mission d'exercer ses talents, et fit le vœu qu'Anna ne l'épouse jamais. Il ne la méritait pas. Mais existait-il un homme au monde qui soit vraiment *digne* d'elle ?

Il tressaillit comme Sarah entreprenait de nettoyer sa blessure.

— Il a la réputation d'être le plus bel homme de Dublin, observa-t-il. En outre, il est riche. Ce que de nombreuses dames apprécient.

— Pas moi. Ni elle, je pense. Il a quelque chose de fade, et je m'interrogerais quant à l'origine de sa fortune. Il ennuierait lady Anna à périr en moins de deux semaines.

— Tu crois ? demanda Conlan, qui ne put s'empêcher d'espérer.

— Bien sûr. Il n'y a pas de feu en lui, pas d'aventure dans la vie qu'il mène, rien qui donne envie de croire en lui.

Elle versa une dose de whisky sur la plaie, arrachant un juron à Conlan.

— Et aucun sens de l'honneur, conclut-elle.

Conlan se rappela le regard blessé d'Anna lorsqu'il l'avait renvoyée, et son cœur se serra. Puis il se souvint de sa colère.

— Tu as peut-être raison. Mais je crois que je l'ai perdue.

— Oh, non ! Elle reviendra. Ce que tu souhaites, du reste, non ?

Bien sûr qu'il le souhaitait

— Non, répondit-il pourtant, c'est trop dangereux. Elle sera mieux avec Grant, malgré tous ses défauts.

Sarah soupira tout en appliquant un pansement propre.

— Tu n'as pas écouté un mot de ce que j'ai dit. Mais tu verras, elle ne renoncera pas. Elle te ressemble trop, Conlan. Même moi, je le vois.

Elle se pencha, l'embrassa doucement sur la joue.

— Conlan, mon ami, cette petite bataille va être très amusante à observer. J'ai l'impression que, pour une fois, c'est toi qui vas perdre.

18

— Bienvenue, bienvenue ! s'écria lady Connemara du perron. Et joyeux Noël à tous. La fête va pouvoir commencer maintenant que vous êtes là.

Anna descendit de voiture. Elles arrivaient directement de Dublin, et elle était toute raide et courbaturée. Elle comptait passer une soirée tranquille, dîner dans sa chambre, prendre un bain, et lire une heure avec Caroline, mais apparemment ce n'était pas au programme. Tandis qu'elle rejoignait lady Connemara, elle entendit des rires et des chants de Noël accompagnés au piano-forte.

Noël était la plus grande, la plus animée des fêtes, dans une Irlande qui prisait fort les célébrations de toutes sortes. Détail typiquement irlandais, une couronne de houx était accrochée au-dessus de chaque porte et de chaque fenêtre.

— Nous sommes ravies d'être là, Harriet, déclara Katherine tandis que les serviteurs s'affairaient autour des bagages. La campagne commençait à nous manquer.

— Dieu que je vous comprends ! opina lady Connemara. C'est si calme, ici, comparé à Dublin. Mais entrez donc, il fait un froid mortel. Vos chambres seront bientôt prêtes, en attendant vous trouverez du thé et du brandy au salon où mes filles donnent un petit concert improvisé.

Bras dessus, bras dessous, les deux sœurs pénétrèrent dans le vestibule qui résonnait de cris, de rires et de galopades.

— Le roitelet, le roitelet, le roi des oiseaux, à la Saint-Stephen, fut attrapé dans les ajoncs. Remplissez la bouilloire et chauffez la poêle, et donnez-nous un peu d'argent pour enterrer le roitelet ! chantaient à tue-tête les filles de lady Connemara et leurs amis.

— Calme, vraiment ? marmonna Caroline. Je doute d'être capable de penser de toute la semaine. On dirait une volée d'oiseaux.

Anna se mit à rire.

— C'est Noël, Caroline ! C'est censé être bruyant.

— Elle n'a pas non plus lésiné sur les décorations, enchaîna Caroline en désignant les feuillages entortillés autour de la rampe de l'escalier et retenus par d'énormes nœuds de satin rouge.

Tous les tableaux étaient ornés de feuilles de houx, et un rameau avec une banderole de satin blanc était suspendu au-dessus du seuil du salon.

— C'est joli, déclara Anna, bien décidée à profiter de la fête.

Comme son regard s'arrêtait sur le rameau de gui sous lequel on devrait s'embrasser, elle se rappela que Noël était le temps des miracles. Des nouveaux départs.

— Allez, viens, Caroline. Je goûterais bien à ce brandy.

— Anna, fit sa sœur en la retenant par le bras, l'air grave, il faut que je te parle de quelque chose d'important.

Caroline voulait lui parler, à *elle*, de quelque chose d'important ?

— De quoi s'agit-il ? demanda Anna, soudain inquiète. Tu as des ennuis ?

— Non, pas du tout. C'est juste que je ne veux pas que maman entende.

— Écoute, je te propose de fausser compagnie aux autres et de faire une promenade dans le jardin dès que possible. Vu le froid, personne n'aura envie de se joindre à nous.

— D'accord, acquiesça Caroline, mais déjà de nouveaux invités arrivaient, et elles furent entraînées dans le salon bondé.

Des amis les entourèrent, la musique et les rires les engloutirent. La vaste pièce chaleureuse sentait bon le feuillage et le brandy, le feu de bois et les roses de serre. C'était bel et bien Noël !

Anna suivit Caroline dans le jardin endormi. Elles empruntèrent une allée qui contournait un pavillon d'été désert et menait à la colline. Du sommet, elles apercevaient le haut mur du domaine de Connemara et, au-delà, une vaste prairie à l'extrémité de laquelle se dressait un château. Était-ce Adair Court ? se demanda Anna. À la fois proche et si éloigné. Peut-être pourrait-elle emprunter un cheval et aller y faire un tour...

— Tu es tout à fait décidée à épouser Grant Dunmore ? lâcha Caroline à brûle-pourpoint.

— Quoi ? s'écria Anna, qui, d'exaspération, décocha un coup de pied dans les gravillons de l'allée. Pourquoi est-ce que tout le monde en est persuadé ? Je ne me souviens pas d'avoir jamais dit que je *voulais* épouser sir Grant. Et il ne me l'a pas demandé.

Caroline haussa les épaules.

— J'imagine que son dîner était une déclaration d'intention. Il veut une hôtesse pour sa belle demeure et il a l'air de penser que ça devrait être toi.

— C'est tout ce que je peux être ? Un ornement ?

— Certainement pas ! Quelqu'un qui est suffisamment habile pour se faufiler dehors sous le nez de sa mère ne devrait pas gâcher ses talents à donner des réceptions. Mais...

— Mais quoi ? Allez, Caroline, vas-y ! Dis ce que tu as à me dire !

— Je pense que tu ne devrais pas l'épouser !

Anna fixa sur sa sœur un regard ahuri.

— Pourquoi cela ?

— Parce qu'il n'est pas assez bien pour toi. Je ne... je ne le trouve pas très franc. Ni fidèle.

— Oh, Caroline ! fit Anna avec un rire amer. Existe-t-il des hommes francs et fidèles ?

— Il y avait notre père. Et il y a Will. Et... Eh bien, peut-être que c'est tout. Je ne sais pas.

— Deux sur des millions, alors, dit Anna. Je suis sûre que Grant Dunmore n'est pas pire que n'importe quel homme de notre milieu. Je ne sais pas s'il n'est pas assez bien pour moi, en revanche, je doute d'être le genre d'épouse dont il a besoin.

Caroline ne put s'empêcher de sourire, soulagée.

— Vraiment ? fit-elle.

— Vraiment.

— Anna, Caroline ! les appela leur mère depuis la terrasse. Rentrez à présent, il fait trop froid pour se promener.

— Tout de suite, maman, répondit Caroline.

Ayant rempli ses devoirs de petite sœur aimante, elle fit demi-tour et redescendit le chemin. À mi-parcours, Anna lui saisit soudain le bras.

— Dis-moi, Caroline... pourquoi as-tu éprouvé le besoin de me prévenir au sujet de sir Grant ? Il s'est passé quelque chose le soir du dîner ?

Caroline hésita avant de secouer vigoureusement la tête.

— J'ai eu une mauvaise impression, c'est tout. Je n'aurais pas dû t'en parler.

Elle se dégagea doucement et fonça vers le château.

Anna la suivit lentement. Elle était convaincue que sa sœur lui cachait quelque chose, mais le moment était mal choisi pour la cuisiner.

Une fois à l'intérieur, elle découvrit que de nouveaux invités étaient arrivés, dont lord Hartley qui fondit sur Caroline.

Anna se demanda si celle-ci savait que lord Hartley n'était pas assez bien *pour elle*. Caroline était jolie et intelligente, et très jeune, et voilà qu'elle s'était mis en tête d'épouser un homme d'âge mûr, chauve et lesté d'une nombreuse progéniture. Si Grant Dunmore cherchait un ornement, Hartley, lui, était en quête d'une assistante pour ses recherches et d'une belle-mère pour ses enfants. Mais au moins paraissait-il gentil... et fidèle.

Elle aperçut Grant sur le seuil du salon, en manteau de voyage et culottes de daim, le cheveu en bataille, et dut admettre qu'il était fort séduisant. En revanche, le regard qu'il posa sur elle lui déplut souverainement. Un regard de... propriétaire ?

Mais peut-être se trompait-elle. Peut-être que l'avertissement mystérieux de Caroline lui faisait imaginer des choses. S'efforçant d'ignorer son malaise, elle rejoignit les autres. Pas question de laisser ses inquiétudes au sujet d'un homme dont elle ne voulait pas – et d'un autre qu'elle voulait mais ne pouvait avoir – lui gâcher son séjour.

19

Anna immobilisa son cheval au sommet d'une haute colline d'où la vue se déployait à des kilomètres à la ronde. Si elle avait abandonné la demeure des Connemara toute bruissante de rires, ce n'était pas uniquement parce qu'elle éprouvait le besoin d'être seule, de galoper à travers la campagne, et de sentir le vent lui fouetter le visage. Juste au-delà du mur de pierre, au pied de la colline, s'étendait le domaine d'Adair.

Elle n'aurait su dire à quoi elle s'attendait – une révélation ? la soudaine compréhension de quelque secret essentiel concernant Conlan McTeer ? un frémissement magique dans l'air ? –, mais ce qu'elle voyait ne différait en rien de n'importe quel domaine du comté de Kildare. Il y avait des champs et des collines, d'un gris hivernal, qui évoquaient une couverture en patchwork couturée de murs gris et de haies de frênes. Hormis quelques moutons courageux et des corbeaux qui croassaient, il n'y avait pas un signe de vie.

Au loin toutefois, de mystérieuses tours et une volute de fumée semblaient l'appeler.

Elle jeta un coup d'œil par-dessus son épaule pour s'assurer que personne ne l'avait suivie, puis pressa les flancs de son cheval.

Elle dévala la colline au galop en riant de bonheur, et poussa un cri lorsque sa monture franchit le mur d'un bond gracieux.

Une fois dans le domaine d'Adair, ne sachant que faire, elle prit la direction des tours. Un sentier coupait à travers champs, juste assez large pour un cheval, et elle le suivit. Le ciel semblait plus bas à présent, d'un gris anthracite annonçant la neige. Faire demi-tour aurait été raisonnable, mais la curiosité la poussait en avant.

Elle s'arrêta au sommet d'une petite colline sur laquelle se dressait une croix celtique couronnée de mousse. Se rapprochant, elle remarqua des motifs, des cercles entrelacés à moitié effacés, mais pas la moindre inscription.

À quelque distance de là, des cottages aux murs blanchis à la chaux et aux toits de chaume se serraient les uns contre les autres. Adair Court faisait face au village.

C'était une demeure plus ancienne et plus sombre que Killinan. Killinan était dans sa famille depuis des générations, mais l'unique vestige du château médiéval était une tour ronde en ruine dans laquelle ses sœurs et elle aimaient jouer, enfants. Les générations ultérieures avaient bâti une demeure de style palladien, plus confortable.

Adair Court avait conservé ses créneaux, ses tours, et ses fenêtres à meneaux. Anna n'aurait pas été surprise de découvrir un pont-levis, ni de voir des chevaliers brandissant leur épée le traverser dans un martèlement de sabots.

Tel celui qu'elle entendit soudain dans son dos. Se retournant, elle aperçut Conlan lui-même qui, monté sur un grand étalon noir, galopait dans sa direction. Pareil à un guerrier d'autrefois, il prit la colline d'assaut, et ne tira sur les rênes de sa monture qu'à un mètre d'elle dans un envol de poussière et d'herbe.

Le revoir bouleversa Anna. Et lorsqu'elle plongea son regard dans le sien, elle se rendit compte à quel point il lui avait manqué.

Malgré le froid, il ne portait ni chapeau ni écharpe, juste une veste en tweed sur sa chemise. Il ne lui sourit pas, mais la lueur qui s'alluma dans ses yeux lui fit espérer que lui aussi était heureux de la voir.

— Que fais-tu ici, Anna ? demanda-t-il.

— Bonjour à toi aussi, Conlan, riposta-t-elle en riant. Serais-je de nouveau chez toi comme lors de notre première rencontre en 1798 ?

— Ainsi tu t'en souviens ?

— Bien sûr. Tu m'es apparu tout à fait terrifiant à l'époque.

— Et aujourd'hui ?

— Aujourd'hui… aujourd'hui je te connais mieux. Ce qui te rend encore plus terrifiant.

Il sourit malgré lui. Elle remarqua qu'il n'était pas rasé d'aussi près qu'à Dublin et que ses cheveux avaient poussé, ce qui accentuait sa ressemblance avec un guerrier irlandais des temps anciens.

— Je ne veux pas t'effrayer, *colleen*, dit-il. Mais tu n'aurais pas dû sortir seule par un temps pareil. Il ne va pas tarder à neiger.

— J'avais besoin de respirer, expliqua-t-elle. L'atmosphère à Connemara est étouffante et je craignais de me mettre à hurler si quelqu'un chantait encore une fois *J'ai vu passer trois navires*. Je n'avais pas prévu d'aller loin, mais…

— Mais ?

— Je voulais voir où tu vivais. Je me demandais quel genre d'endroit pouvait engendrer un homme comme toi.

Conlan laissa échapper un rire contraint.

— Et qu'as-tu appris ?

— Rien. Tu demeures plus mystérieux que jamais.

— Vraiment ? C'est agréable. Qu'est-ce qui t'intrigue ici ?

— Cette croix, pour commencer, répondit Anna. Que signifie-t-elle ?

— Je n'en ai aucune idée, avoua-t-il avec un haussement d'épaules. Elle est là depuis si longtemps, personne ne s'en souvient. Ma mère prétendait que c'était la tombe de notre ancêtre, Ewan le Brave. C'était un guerrier qui a combattu les Vikings.

— Vraiment ? La tombe d'un guerrier ? s'écria-t-elle en examinant la croix. Comme c'est romanesque !

— Je dois reconnaître que je ne la remarque même plus à présent. Elle fait partie du paysage.

— Tu ne venais donc pas rendre visite à votre ancêtre ?

— J'avais un but beaucoup plus prosaïque. J'allais voir l'un de mes métayers lorsque j'ai repéré un intrus sur mes terres.

— Je n'aurais peut-être pas dû venir, admit Anna. Après la façon dont nous nous sommes séparés à Dublin, j'aurais dû deviner que je ne serais pas la bienvenue.

Le sourire de Conlan s'effaça.

— Je souffrais cette nuit-là et je m'en voulais de t'avoir de nouveau mise en danger. J'ai eu tort de m'emporter contre toi.

— Je m'étais mise en danger sans l'aide de quiconque, il me semble.

— Mais tu ne m'aurais pas suivi si je ne t'avais pas emmenée dans cette taverne auparavant, si...

S'ils n'avaient pas fait l'amour. Les mots demeurèrent suspendus entre eux.

— J'étais sérieux quand je t'ai demandé de garder tes distances, reprit-il.

— J'aurais dû, en effet. Mais, apparemment, je n'y arrive pas. Tu le peux toi ?

— Il semblerait que non, puisque te voilà. Tu as le don d'apparaître où que j'aille. Une vraie sorcière !

Anna éclata de rire.

— Puisque nous ne pouvons pas nous éviter, veux-tu m'accompagner ? proposa-t-il.

— Chez ton métayer ?

— Oui.

— Moi ? Vraiment ?

Elle était ravie qu'il l'invite, que leur relation reprenne sur un mode plus paisible. En même temps, elle avait peur. Peur que ce métayer ne la déteste au premier regard. Qu'il voie en elle une... petite princesse gâtée.

— Je ne peux pas te laisser errer seule sur ma propriété. Qui sait quelle catastrophe tu risques de déclencher ? Les McEgan sont des gens charmants. Ils t'accueilleront volontiers.

— Très bien, alors. Je t'accompagne. Mais je te préviens, je ne suis pas douée pour ce genre de choses, contrairement à ma mère.

— Personne ne s'attend qu'une sorcière se transforme subitement en ange, rétorqua-t-il. Tu voulais voir où je vis, non ?

— En effet. Merci.

Ils redescendirent de la colline et empruntèrent un sentier qui contournait le village. Les cottages étaient propres, bien tenus et avaient l'air confortables. Anna entendit des rires derrière les fenêtres et remarqua des couronnes de gui sur les portes.

— Certains de mes domestiques vivent ici, mais la plupart logent au château. Il y a aussi une ou deux boutiques.

Ils traversèrent un bosquet. Nichés entre les arbres se trouvaient deux petits bâtiments de brique.

— L'école et la chapelle, expliqua Conlan.

Et Anna comprit qu'il avait confiance en elle. En 1798, les chapelles et les écoles catholiques avaient été détruites. Elles étaient désormais illégales. Seul, un puissant propriétaire comme le duc d'Adair pouvait en dissimuler dans son domaine.

— Il y a beaucoup d'élèves ? s'enquit-elle.

— Pas mal. Les enfants des domestiques et des paysans viennent là pour apprendre à lire, à écrire et à calculer. De quoi se débrouiller dans le métier qu'ils pratiqueront ensuite.

On leur apprenait aussi les principes de la religion catholique, Anna en était sûre.

— Quel genre de métier ? La couture et la cuisine pour les filles ? Femme de chambre, peut-être ? Ma mère a créé une école de filles à Killinan.

— Ce serait une bonne chose qu'on trouve une personne suffisamment éduquée pour leur enseigner ces choses, commenta-t-il.

Ils émergèrent du bois et longèrent des champs en jachère qui devaient être couverts de blé, d'orge et de légumes durant la belle saison. Les murets de pierre étaient solides et les haies hautes et bien taillées.

— Tu es visiblement un bon propriétaire terrien, dit Anna. Tout a l'air prospère.

— Cela te surprend ? Tu t'attendais que ce soit négligé et plein d'herbes folles ?

— Pas du tout. Je sais combien tu te soucies de tes gens.

Elle avait vu à quel point il se battait pour eux, ce qu'il leur sacrifiait. L'existence d'un duc n'était pas faite que de privilèges. C'était une succession de tâches, de devoirs, de responsabilités. Elle s'en rendait compte à présent.

— La ferme des McEgan est par ici, dit Conlan en lui indiquant un chemin bordé de haies.

La maison avait un toit de chaume et des murs blanchis à la chaux, comme celles du village, mais elle était plus grande. Elle avait un étage, et un potager entouré d'une clôture métallique. Des poules picoraient dans la cour et des rosiers grimpaient de part et d'autre de la porte peinte en bleue.

Conlan sauta à terre et aida Anna à descendre de sa monture. Ils demeurèrent un moment immobiles, les mains de Conlan reposant sur la taille d'Anna. Elle se laissa aller contre lui, inhala profondément. Que c'était bon d'être de nouveau près de lui ! Elle mourait d'envie de nouer les bras autour de son cou, de l'embrasser, de sentir le désir s'éveiller en elle. De sentir le corps de Conlan s'émouvoir au contact du sien.

Mais la porte s'ouvrit, et il la lâcha. Troublée, les joues en feu, Anna feignit de s'affairer avec ses gants avant de se tourner vers la maison.

Un homme, grand et osseux, tenait une petite fille aux nattes blondes par la main. Tous deux souriaient et une bonne odeur de pain frais s'échappait de la maison.

— Votre Grâce ! s'écria l'homme. Nous ne vous attendions pas par un tel froid.

— Je voulais voir comment allait votre mère, Patrick, dit Conlan.

Prenant le bras d'Anna, il lui murmura :

— Sa mère est malade et je lui ai envoyé le médecin hier. Elle est très âgée, hélas, mais c'est une conteuse merveilleuse.

— Tu envoies le médecin chez tes métayers malades ?

Anna n'en revenait pas. Sa mère soignait elle-même les gens de Killinan et envoyait un médecin dans les cas graves, mais la plupart des propriétaires terriens ne se donnaient pas cette peine. Elle aurait dû se douter que Conlan était différent.

— Bien sûr, répondit-il. Il y a aussi une sage-femme.

— Votre Grâce ! s'écria la petite fille qui, au grand étonnement d'Anna, s'approcha en sautillant et tira sur la veste de Conlan. Je vais avoir une poupée pour Noël !

En riant, il la prit dans les bras et la souleva très haut, lui arrachant des cris d'excitation.

— Vraiment, petite Molly ? Quel beau cadeau !

— Oui, mais papa ne sait pas que je le sais, alors c'est un secret. Qui c'est ? ajouta-t-elle, tournant un regard bleu empli de curiosité vers Anna.

— C'est mon amie, lady Anna, répondit Conlan. Anna, cette petite charmeuse est Mlle Molly McEgan.

— Comment allez-vous, mademoiselle McEgan ? s'enquit Anna. Je suis enchantée de faire votre connaissance.

Soudain intimidée, Molly enfonça un doigt dans sa bouche et murmura :

— Elle est jolie, Votre Grâce.

— En effet, approuva Conlan en adressant un sourire à Anna par-dessus la petite tête blonde.

Anna songea que Molly ferait une élève idéale pour cette école de filles et décida de lui trouver une maîtresse.

— J'aimerais beaucoup voir ta poupée, Molly, fit-elle, puisque ce n'est plus un grand secret. J'ai eu une belle poupée autrefois, appelée Eleanor, mais je suis sûre que la tienne est beaucoup plus belle.

Molly écarquilla les yeux.

— Vous ne le direz pas à papa, n'est-ce pas, lady Anna ?

— Je te promets que je ne lui dirai rien, murmura solennellement Anna. C'est notre secret.

— Molly, ma fille, arrête d'embêter le duc et laisse nos visiteurs entrer se mettre au chaud, cria M. McEgan.

Conlan reposa la fillette sur le sol et ils la suivirent dans la maison.

— Patrick, voici lady Anna Blacknall, du château de Killinan.

— La deuxième fille de lady Killinan, bien sûr, dit Patrick en s'inclinant. C'est un honneur de vous recevoir, milady, mais, si j'avais su, j'aurais un peu mieux arrangé ma maison.

Anna jeta un coup d'œil autour d'elle, remarqua le dallage bien balayé, les herbes séchées suspendues aux poutres noircies par la fumée, les sièges confortables et les murs décorés d'images découpées.

— C'est très joli, commenta-t-elle. Et accueillant. C'est très aimable à vous de me recevoir si près de Noël.

Une femme en robe marron et tablier apparut, un bébé sur la hanche, et fut présentée comme Mme McEgan. Elle paraissait très émue d'avoir de tels invités, mais Anna se hâta de lui sourire et de la complimenter, et elle se détendit visiblement.

— Vous prendrez bien une tasse de thé, insista-t-elle. Et un morceau de gâteau. Il sort du four.

— J'ai aidé à faire le gâteau, précisa Molly.

— Alors, il doit être très bon, fit Anna. J'espère que votre belle-mère va mieux, madame McEgan. Je ne veux pas la déranger ni vous empêcher de faire ce que vous avez à faire.

— Elle est assise près du feu, intervint Patrick. Le médicament que le médecin a laissé a fait des merveilles. Elle sera heureuse de vous voir.

Il conduisit Anna et Conlan dans la pièce principale, un bel espace avec une grande cheminée et des fauteuils. Une image de la Vierge Marie était accrochée au mur. Enveloppée dans un plaid épais, une petite femme aux cheveux gris était installée devant l'âtre.

C'était une scène à laquelle Anna avait souvent assisté lorsqu'elle accompagnait sa mère chez ses métayers. Elle tenta de prendre exemple sur elle, sur sa façon de se montrer utile et gentille sans toutefois interférer. C'était plus difficile qu'il n'y paraissait.

— Mère, dit Patrick en élevant la voix, voici Sa Grâce et lady Anna Blacknall qui sont venus vous souhaiter un bon Noël.

— Une lady ? s'écria la vieille Mme McEgan en tournant vers eux ses yeux chassieux. J'ignorais que le duc s'était marié. Il était temps, je dois dire. Ce domaine est resté trop longtemps sans maîtresse.

En riant, Anna s'agenouilla près du fauteuil de la vieille femme.

— J'ai bien peur de n'être qu'une amie du duc, madame McEgan, pas son épouse. Encore que n'importe quelle femme serait honorée d'être la maîtresse de ce domaine.

— Il ne vous a pas épousée ?

Elle étudia Anna, lui effleura la joue de ses doigts ridés.

— Alors, c'est un sacré imbécile, déclara-t-elle sans ambages. Le domaine a besoin d'une touche féminine.

Anna leva les yeux et s'aperçut que le teint de Conlan s'était curieusement coloré. Se pouvait-il qu'il *rougisse* ? Elle rit de plus belle, et se sentit soudain très à l'aise.

— Vraiment ? fit-elle. Je serais curieuse de savoir quelles améliorations vous suggéreriez, madame McEgan, s'il y avait une duchesse pour s'en charger.

— Asseyez-vous donc, milady, et je vous le dirai, répondit Mme McEgan. Et vous autres, les hommes, allez jeter un œil sur le veau, ou autre chose de ce genre. Nous, les femmes, avons à causer d'affaires importantes.

Anna prit place dans un fauteuil à côté de la vieille dame. Et comme Molly grimpait sur ses genoux, elle se sentit parfaitement à sa place.

Conlan croyait connaître les différentes facettes d'Anna : la femme du monde, la tentatrice en rouge, la guerrière valeureuse capable de voler à son secours sans se soucier de sa propre sécurité. Mais tandis que, debout sur le seuil de la pièce, il la regardait écouter avec attention les radotages d'une vieille femme, il s'apercevait qu'il ne l'avait jamais vue sous son vrai jour.

Elle hochait la tête et souriait tout en câlinant la petite Molly. Celle-ci, les doigts souillés de confiture, jouait avec le collier d'Anna, laquelle semblait ne pas y prêter attention. Ce n'était plus la grande dame ni la coquette insouciante, mais une femme simple, au regard empreint de bonté, à l'aise même dans une humble chaumière. La vraie dame du château.

La jeune Mme McEgan, qui arrivait de la cuisine avec une théière, s'arrêta près de Conlan.

— Votre Grâce ? Il y a quelque chose qui ne va pas ?

Conlan se retourna vers elle, pris au dépourvu.

— Pas du tout, Mary. Patrick va arriver. Il est juste allé voir votre veau.

— Vous n'allez pas près du feu ? Il y a du thé, et des quantités de conseils de la part de Mère.

— Mes bottes sont pleines de boue.

— Voilà qui n'est pas inhabituel ici, Votre Grâce. Mais j'ai peur que mère ne fasse fuir lady Anna avec toutes ses vieilles histoires. Ça fait une demi-heure qu'elle les lui raconte.

Elle contempla un instant la petite scène douillette qu'éclairait le feu et reprit en soupirant :

— Elle doit en avoir assez, mais elle ne le montre pas, Dieu la bénisse. Et elle laisse Molly l'ennuyer. C'est une dame ravissante, comme sa mère.

— Oui, murmura Conlan, elle est très jolie.

Mary hésita, avant de déclarer à mi-voix :

— Je n'aime pas me mêler de ce qui ne me regarde pas, Votre Grâce, mais il est plus que temps qu'Adair Court ait une maîtresse. Ce domaine est une lourde responsabilité et vous l'avez assumée trop longtemps seul. Une femme comme lady Anna pourrait vous être d'une grande aide.

— Eh bien, Mary, je découvre que tout le monde cherche à me marier.

— C'est qu'il n'y a jamais eu ici de dame comme celle-ci. Figurez-vous qu'elle m'a demandé ce que je pensais de l'idée d'ouvrir une école pour filles sur le domaine ! Et elle vous aime, Votre Grâce. Ça saute aux yeux. Vous ne devriez pas la laisser partir.

Conlan regarda de nouveau Anna. Elle riait à une plaisanterie de la vieille Mme McEgan tout en lissant les cheveux de Molly, qui avait attaché le collier d'améthystes autour de son cou.

— Je doute qu'une Blacknall veuille de moi, Mary.

— Ils sont protestants à Killinan, vous voulez dire ? Eh bien… peut-être que *ça aussi*, ça nous serait utile ici, Votre Grâce. Juste au cas où une nouvelle rébellion se déclencherait. Allons, venez prendre une tasse de thé avec votre dame avant d'affronter le froid.

Mary McEgan avait peut-être raison sur ce point. Une duchesse protestante, issue d'une vieille famille anglaise, pouvait être utile à Adair Court, lui offrir une protection supplémentaire. Mais en cherchant à tirer parti d'Anna et de ses relations, ne se conduirait-il pas comme Grant ?

Remettant la réponse à plus tard, il rejoignit Anna et Mme McEgan.

Lorsqu'ils quittèrent la ferme, la neige avait commencé à tomber.

— Maintenant, c'est vraiment Noël ! s'écria Anna en s'élançant au galop sur le chemin.

En un instant, la dame du château s'était muée en déesse de l'hiver.

— Je vais te raccompagner chez les Connemara avant que ça tourne à la tempête ! lui cria Conlan en la talonnant.

— Oh, non ! Pas encore. J'ai passé un si bon moment chez les McEgan. Ils se sont montrés si gentils, si accueillants, je n'ai pas envie de me retrouver devant une table de jeu à écouter des commérages idiots.

Elle se retourna à demi sur sa selle pour lui adresser un sourire malicieux.

— Emmène-moi voir ton château, Conlan.

Il n'y avait rien dont il eût davantage envie en cet instant. L'avoir dans sa maison, dans son lit, et l'y retenir jusqu'à ce qu'ils soient rassasiés l'un de l'autre. Jusqu'à ce que son obsession pour elle disparaisse et que le bon sens reprenne le dessus.

Sauf qu'il craignait de ne jamais se rassasier d'elle.

— On ne s'inquiétera pas de ton absence ?

— Pas avant le dîner. Ils sont trop occupés à répéter les spectacles de Noël.

— Et cela ne te tente pas ? Tu es pourtant douée pour la comédie, il me semble, Anna.

Elle mit son cheval au pas, et regarda Conlan droit dans les yeux.

— Je suis lasse de jouer la comédie, Conlan. C'est pourquoi j'ai été contente que tu m'emmènes chez ton métayer, et c'est pourquoi je veux voir ta demeure. Je veux du vrai, du réel.

Le vrai, le réel. C'était ce qu'il recherchait, ce pour quoi il s'était battu toute sa vie. Adair Court était réel. Ses gens et leurs besoins étaient réels. Se pouvait-il que sa sorcière blonde soit réelle, elle aussi ? Ou s'évanouirait-elle comme ces flocons de neige ?

Il secoua la tête, mais elle tendit la main pour prendre la sienne. Elle le fixa sans ciller, son regard bleu plus profond que jamais.

— S'il te plaît, Conlan. S'il te plaît, montre-moi ta maison avant que je retourne chez les Connemara. Du reste, nous devrions nous dépêcher d'aller nous abriter avant d'attraper froid.

La neige tombait dru à présent.

— Une heure ou deux, alors, céda-t-il. Jusqu'à ce que le temps s'améliore.

Après quoi, il leur faudrait se réveiller et oublier leurs rêves.

20

— Tu as une couronne de houx à ta porte, remarqua Anna comme Conlan l'aidait à descendre de cheval. Ma nounou prétendait que les fées se glissaient sous les feuilles pour se protéger du froid.

— Tu connais donc les vieilles légendes ?

Les mains de Conlan s'attardaient sur sa taille, et elles ne la lâchèrent que lorsque apparut un palefrenier. Au grand regret d'Anna.

— Bien sûr, répondit-elle en gravissant les marches du perron. Mes parents suspendaient toujours une couronne de houx à Noël. Notre nounou nous racontait aussi que si nous laissions une bougie allumée à la fenêtre, c'était pour guider la sainte famille. Les Noëls à Killinan étaient merveilleux.

— Alors, j'espère que tu ne seras pas déçue par l'absence de décorations d'Adair Court, fit-il en ouvrant l'une des lourdes portes. La plupart des domestiques sont partis passer les fêtes en famille.

— Oh ! s'écria Anna à la vue du grand vestibule. On se croirait revenu au temps du roi Arthur.

L'intérieur était à l'image de l'extérieur, comme elle l'avait espéré. Le large escalier de pierre au centre de l'immense vestibule était muni d'une rampe en fer forgé. Très haut au-dessus de leurs têtes était suspendu un énorme lustre en métal. Des drapeaux, des boucliers et des épées étaient accrochés aux murs. Un épais tapis vert réchauffait le sol dallé.

— Ce n'est pas très à la mode, convint Conlan. Pas de moulures ni de fauteuils français recouverts de brocart.

— Tout le monde en possède. Ceci est beaucoup plus intéressant.

Anna ôta son chapeau et ses gants, et les posa sur une table au plateau recouvert de mosaïques, avant de pousser la porte la plus proche.

Elle ouvrait sur un salon, mais pas n'importe quel salon. Celui-ci rappelait la salle à manger d'un château féodal. Une longue table en bois ciré s'étirait sur toute sa longueur.

Des tapisseries murales évoquaient des scènes de la mythologie irlandaise, et le portrait d'une jeune femme aux yeux verts était accroché au-dessus de la cheminée. Assise près de cette même cheminée, un livre ouvert à la main, elle souriait comme pour accueillir des invités.

— C'est ta mère ? demanda Anna.

— Oui. Elle aimait se tenir dans cette pièce.

— Je comprends pourquoi. Elle est splendide.

Anna s'avança dans la pièce, examinant les tapisseries au fur et à mesure de sa progression. Elle fit une pause devant la dernière, qui représentait Deirdre et son mari, Naoise, s'étreignant sur la côte rocheuse.

— Deirdre des Douleurs ?

— Alors, comme ça, non seulement tu connais la légende de la couronne de houx, mais aussi *Les Trois Histoires tristes d'Irlande* ? s'écria Conlan d'un ton taquin. Quelle honte, lady Anna ! On pourrait vous prendre pour une *Irlandaise*. Peut-être même un membre de cette scandaleuse Hibernian Society.

— Je vous l'ai déjà dit, Conlan McTeer, je *suis* irlandaise, riposta-t-elle en examinant le beau visage de Deirdre dont le regard exprimait un immense chagrin. Ma famille vit à Killinan depuis des générations.

— Ce n'est pas le fait de posséder un domaine qui fait d'une personne une véritable Irlandaise.

— Non. C'est de s'intégrer à la population, n'est-ce pas ? De se soucier de ceux qui habitent ici, d'être l'un d'eux. C'est ce que ne cessait de dire ma sœur Eliza.

Elle songea à ce que cette dernière avait accepté d'abandonner pour mériter d'être irlandaise. Elle l'avait toujours enviée, mais elle comprenait à présent comment une telle passion pouvait s'emparer d'un être. Elle-même commençait à l'éprouver.

— Tu as froid, remarqua Conlan. Je crains que cette maison ne soit pleine de courants d'air.

— Non, ça va, assura Anna, mais il se débarrassa de sa veste pour la draper sur ses épaules.

Le tweed avait conservé son odeur et sa chaleur, et elle en resserra les pans autour d'elle pour s'y blottir.

— Je vais faire du feu, annonça-t-il en la menant jusqu'à l'un des grands fauteuils disposés devant l'âtre. J'ai beau être duc, je ne suis pas complètement inutile.

— Non, murmura Anna. Pas complètement.

Douillettement installée, elle le regarda préparer le feu dans l'énorme foyer où l'on aurait pu mettre un sanglier à rôtir. Les muscles puissants de son dos et de ses épaules roulaient sous la chemise, et elle se rappela le contact de son corps, sa chaleur et sa force, et combien elle se sentait protégée avec lui. En confiance.

Protéger, il le faisait généreusement, et pas seulement envers elle.

— J'ai vu comment vivent certains paysans dans d'autres domaines, commença-t-elle. Ils ont à peine de quoi manger et leurs enfants n'ont même pas un toit solide sur la tête. Ils vivent dans la crasse et le froid – c'est honteux. Il n'y a rien de ce genre ici. Ton domaine est un petit royaume indépendant.

Il s'assit sur les talons.

— Heureusement qu'on ne meurt pas de faim à Adair Court. Je ne le permettrais pas. C'est un devoir qui m'a été transmis à la naissance.

— Pas seulement, murmura Anna. Tu leur es attaché. Ils sont comme une famille à tes yeux, et ils te voient ainsi. Tu appartiens à ce peuple, à ce pays.

— Toi aussi, Anna.

Il s'agenouilla devant elle et s'empara de ses mains. Dieu qu'il était beau, se détachant ainsi sur le feu, le cheveu en bataille. Tout à fait à sa place dans cette pièce : un chef de clan de l'Irlande ancienne.

— Une princesse gâtée de la bonne société anglaise ?

— Oh, Anna, tu sais très bien que je ne le pensais pas. Tu es l'une des femmes les moins gâtées que j'aie jamais rencontrées.

— L'Anglaise protestante la moins gâtée ?

— Tu as dit que tu étais irlandaise, et c'est vrai. Tu possèdes l'esprit de ce pays, ce feu. Tu es ici chez toi, si tu le veux. Tu es irlandaise – si tu souhaites l'être.

— C'est ce que disait ma sœur Eliza. Regarde où sa passion de l'Irlande l'a menée – en Suisse !

Anna libéra ses mains pour en encadrer le visage de Conlan.

— Et toi, où cette passion te mènera-t-elle, Conlan ? Que deviendraient tes paysans sans toi ?

Il tourna la tête pour lui embrasser l'intérieur du poignet. Elle frissonna. Si seulement elle pouvait le retenir ici, à l'abri du danger, le garder avec elle pour toujours. L'aider.

— Je fais ce que je dois faire pour les protéger, répondit-il.

Et lui, qui le protégeait ?

Elle se laissa glisser du fauteuil et s'assit près de lui, sur le tapis, devant le feu qui crépitait joyeusement dans la cheminée. Derrière les hautes fenêtres, la neige tombait de plus belle, les enfermant dans leur petit monde douillet.

L'avertir des dangers qu'il courait, exiger des réponses et des promesses ne servait à rien, elle le savait. Elle ne pouvait qu'être avec lui pendant qu'elle en avait la possibilité.

— Tu te rappelles les *Trois Histoires tristes* ? murmura-t-elle.

— Raconte-moi.

Il s'allongea sur le tapis, la tête sur les genoux d'Anna.

— Il y a fort longtemps, commença-t-elle, les cinq rois d'Irlande se réunirent pour élire leur chef, et le Roi Lir of the White Field espérait bien être élu. Mais c'est Dearg, le fils de Daghda, qui fut choisi. Furieux, Lir partit sans prêter serment. Les autres s'apprêtaient à le rattraper pour le châtier de sa désobéissance, mais Dearg déclara : « Retenons-le par les liens familiaux, afin que la paix règne sur notre terre. » Et Lir reçut pour épouse Aoibh, la parente de Dearg et la plus jolie fille du pays. Elle lui donna quatre enfants, une fille nommée Fionnuala, et trois fils, Aodh, Fiachra et Conn.

« Hélas, Aoibh mourut et Lir en conçut un terrible chagrin. Craignant qu'il n'en meure, le roi lui envoya Aife, la sœur d'Aoibh, pour être sa nouvelle épouse. Au début, tout se passa bien, mais Aife devint jalouse de l'amour que Lir portait à ses enfants, et elle utilisa la magie d'un druide pour les transformer en cygnes, ligotés ensemble par des chaînes d'argent. En châtiment, elle-même devint un démon des airs. Mais cela ne changea rien au sort des enfants de Lir. Durant neuf cents ans, ils vécurent en cygnes, condamnés à le demeurer jusqu'à ce que « la femme venant du Sud et l'homme venant du Nord s'unissent ». Et c'est ainsi que des centaines d'années plus tard, le prince de Connaught épousa la fille du roi de Munster, et qu'elle eut le désir de posséder les magnifiques cygnes, qui étaient sous la protection de saint Mac Howg of Glory Isle. Lorsque le prince voulut s'emparer des oiseaux, leurs manteaux de plumes tombèrent et ils redevinrent des êtres humains.

« Tel fut le destin des enfants de Lir qui, après neuf cents ans de souffrances, retrouvèrent la liberté.

Dans le silence qui suivit, Conlan leva la main pour jouer avec la tresse noire qui bordait le corsage d'Anna. Il la touchait à peine, mais elle en fut émue. Peut-être qu'eux aussi étaient liés par des chaînes magiques et, lorsqu'ils tentaient de les briser, ils ne faisaient que se blesser.

— J'essaie de te renvoyer, pour notre bien à tous les deux, et tu ne cesses de revenir, dit-il à mi-voix.

Sa main descendit le long du buste d'Anna et ses doigts s'ouvrirent sur la taille. Et soudain, elle eut envie de beaucoup plus, de sa peau nue contre la sienne, de le sentir en elle et de savoir qu'elle n'était pas seule.

Elle recouvrit la main de Conlan de la sienne et la pressa.

— Je ne me suis jamais beaucoup souciée d'être prudente, avoua-t-elle.

Il rit et lui caressa la joue de sa main libre. Elle tourna la tête, déposa un baiser sur sa paume. Il sentait le citron, le feu de bois et la neige.

— En effet, acquiesça-t-il. Personne ne peut t'accuser d'être prudente. Une vraie déesse de la guerre.

— Une déesse de la guerre et une sorcière ? Eh bien, je dois être débordée !

— Chaque fois que je crois te connaître, tu changes. Tu me révèles une nouvelle facette de ta personnalité, et me voilà de nouveau complètement dérouté.

— Mais tu me connais mieux que quiconque. Tu me *regardes* vraiment ; tu me vois.

Elle se pencha vers lui. Les chaînes d'argent se resserraient, et elle savait que même s'il la renvoyait de nouveau, elle serait éternellement liée à lui.

— Et je te vois, Conlan. Tu as beau le nier, tu es un homme de bien. Un guerrier et un roi celtique.

Il secoua la tête, mais ne se détourna pas, et elle lut dans ses beaux yeux verts le reflet de son propre désir.

— Tu sais que je suis un menteur et un meurtrier.

— Moi aussi. Tu ne me l'as pas reproché, je ne te le reprocherai pas non plus. Toutes tes actions n'ont qu'un objectif, prendre soin de ton peuple.

Elle inclina la tête, frôla les lèvres de Conlan des siennes et murmura :

— Mais qui prend soin de *toi* ?

Avant qu'il puisse répondre, elle reprit sa bouche. Il l'empoigna aux hanches et se laissa aller sur le tapis en l'entraînant avec lui. Lorsqu'il força de la langue le barrage de ses lèvres, elle l'accueillit avec avidité.

— Anna, gémit-il.

Elle se cambra contre son érection, et leur baiser se fit sauvage, frénétique. Elle s'attaqua d'une main fébrile à la chemise de Conlan. Elle avait besoin de toucher sa peau, de caresser son torse musclé, d'en éprouver la puissance sous ses paumes. Son souffle, les battements de son cœur, sa vie, sa force – elle voulait tout. Elle en avait *besoin*.

Mais ces maudits habits la gênaient !

Elle se redressa à califourchon sur Conlan, et entreprit de déboutonner son corsage. Sous son regard ardent, elle fit glisser les longues manches étroites le long de ses bras, puis baissa les bretelles de la chemise, révélant ses seins qui se dressaient avec arrogance.

Bien qu'en proie à un brusque accès de timidité, elle s'obligea à garder la tête haute, le dos droit.

— Tu aimes ce que tu vois, Conlan ? chuchota-t-elle.

Il se redressa sur les coudes.

— Tu sais bien que oui. Je n'ai jamais connu de femme aussi belle.

— Moi aussi, j'aime ce que je vois, déclara-t-elle en lui caressant la poitrine.

Elle laissa ses doigts courir légèrement sur sa hanche, la ligne de sa cuisse… appuya sur son sexe durci.

— Anna, gronda-t-il.

D'un mouvement preste, il se dégagea de dessous la jeune femme et s'agenouilla devant elle, les mains sur ses hanches comme s'il voulait la repousser. Au lieu de quoi, il l'attira à lui.

Il l'embrassa voracement. Il n'y avait ni artifice ni tromperie dans ce baiser. Rien d'autre qu'un désir brut, à fleur de peau. Une passion folle qui emportait tout dans son sillage. Foin des convenances, de la prudence, de la méfiance. Leurs chaînes ne leur laissaient pas le choix.

Conlan prit les seins d'Anna en coupe, les pétrit doucement avant d'en caresser les pointes jusqu'à ce qu'elle se cambre contre lui.

Elle tira aveuglément sur la chemise de Conlan, acheva de l'en débarrasser, mais déjà il s'inclinait sur elle, aspirait l'extrémité rose d'un sein entre ses lèvres pour la téter furieusement.

La tête d'Anna bascula en arrière sous la violence des sensations qui se déployaient en elle. Doucement, Conlan l'allongea sur le sol et lui ôta ses jupes. Il plaqua un baiser sur la peau tendre juste au-dessus du bas, caressa sa féminité, puis introduisit deux doigts en elle.

— Conlan… haleta-t-elle.

Les doigts inquisiteurs jouèrent en elle, et elle sentit sa langue *là*.

— Conlan !

— Chut, laisse-moi faire, murmura-t-il, et elle s'abandonna complètement.

Il l'embrassait, la goûtait intimement, et elle se savait totalement vulnérable. Et tandis que les vagues d'un plaisir brûlant déferlaient les unes après les autres, elle se sentit perdre pied. La jouissance la souleva avec la brutalité d'une lame de fond, et la laissa sans force et toute frémissante sur le tapis.

Toujours à genoux entre ses cuisses, Conlan la dévorait des yeux, les pupilles dilatées de désir.

Anna se redressa, déboutonna son pantalon. Son sexe jaillit, dur et raide, appelant les caresses, et elle céda à la tentation. Elle le saisit à la base, remonta lentement sur toute sa longueur, cueillit du doigt la gouttelette qui perlait à l'extrémité. Lorsqu'elle en goûta la saveur du bout de la langue, il gémit et ferma les yeux.

— *Diolain*, murmura-t-il.

Avec douceur, elle l'obligea à s'allonger sur le tapis, et acheva de le déshabiller. Elle explora son corps, s'émerveillant de sa beauté et de sa force.

Un petit tatouage représentant une croix celtique ornait son avant-bras gauche. Elle en suivit le contour de l'index.

— Ça t'a fait mal ? souffla-t-elle.

— Un mal de chien, oui.

— Et ça ? demanda-t-elle en touchant la marque d'un coup de couteau sur son flanc.

— Je ne me souviens pas.

— Tu ne te souviens pas d'avoir été poignardé ? s'étonna-t-elle.

— J'étais un jeune crétin, et il arrive que les jeunes crétins se bagarrent dans les tavernes.

— Et celle-ci, tu t'en souviens sûrement.

Elle désigna la longue cicatrice dentelée qui lui zébrait la cuisse. Lors de leur rencontre inattendue dans l'écurie en ruine, il avait un pansement souillé à la cuisse, se rappelait-elle.

— 1798 ?

— Oui, répondit-il.

— Je ne me souviens que trop bien de celle-ci, murmura-t-elle en effleurant la plaie à peine cicatrisée sur son épaule.

— Alors tu dois te souvenir aussi que je t'ai conseillé de m'éviter, *colleen*.

— Je crains d'avoir une très mauvaise mémoire, répliqua-t-elle en riant. Et je n'obéis jamais.

— Je l'avais remarqué.

Elle s'inclina pour déposer un baiser juste sous sa blessure à l'épaule, puis embrassa doucement son torse dur. Elle continua sa progression langoureuse le long de son abdomen dont les muscles se crispèrent sous ses lèvres. Lentement, avec précaution, elle toucha de la langue l'extrémité de son sexe.

— Anna ! cria-t-il en se redressant.

— Chut, laisse-moi faire, murmura-t-elle, en écho à ses propres paroles.

Il se rallongea, mais elle perçut la tension méfiante de son corps. Elle le lécha sur toute la longueur, s'émerveillant de le découvrir à la fois si rigide et si velouté. Puis elle le prit dans sa bouche.

— Anna, non !

Il l'attrapa par les cheveux et l'écarta de lui.

— Tu vas me tuer, souffla-t-il.

— J'espère bien que non. J'ai des projets pour toi, Conlan McTeer, et les réaliser prendra du temps.

— Moi aussi, j'ai des projets pour toi, *cailleach*, gronda-t-il.

Refermant les mains sur ses hanches, il la fit basculer sur le tapis et se hissa sur elle.

— C'est une promesse ? s'enquit-elle.

— Si je le pouvais, je t'enfermerais dans ce château, marmonna-t-il. Je te ligoterais à mon lit et ne te laisserais plus jamais partir.

— Hmm, ça a l'air délicieux. Et que ferais-tu une fois que je serais à ta merci ?

— Je t'embrasserais là...

Il lécha délicatement un sein érigé.

— Et là.

Glissant plus bas, il posa les lèvres sur les boucles humides à la naissance de ses cuisses.

— J'embrasserais chaque centimètre de ton corps jusqu'à ce que tu me supplies d'arrêter.

— Ce que je ne ferais pas, murmura-t-elle. Et nous resterions là à jamais.

— C'est encore mieux.

Il lui écarta les jambes et s'agenouilla entre elles.

— Est-ce que tu me veux, Anna ? Est-ce que tu me veux en toi ?

— Oui !

Elle s'ouvrit à lui, et il la pénétra d'un puissant coup de reins.

Cette fois, il n'y eut pas de douleur, uniquement une délicieuse plénitude, et le bonheur d'être enfin unis.

Conlan ne se retirait que pour plonger de nouveau en elle avec fièvre. Le rythme de ses poussées, de plus en plus rapide, leur arrachait des gémissements de volupté tandis qu'ils ondulaient de concert. Puis ce fut l'explosion, une tempête de tous les sens qui les laissa tremblants, épuisés, bouleversés.

Anna rouvrit lentement les yeux et fixa le plafond, le souffle court. Elle avait l'impression de flotter entre ciel et terre, percevait tous les bruits avec une acuité nouvelle : les craquements du feu, le souffle de Conlan près de son oreille, le battement sourd de son propre cœur.

Elle sourit. Jamais elle ne s'était sentie aussi libre, aussi parfaitement à sa place.

Conlan bascula sur le côté, la délestant de son poids pourtant si délicieux. Comme elle tournait la tête pour le regarder, il prit son visage entre ses mains, l'air soudain si grave qu'elle en frissonna.

— Qu'y a-t-il ? articula-t-elle. Je… j'ai fait quelque chose qu'il ne fallait pas ?

— Je suis désolé, Anna. Je n'ai pas pu me retirer.

— Quoi ? fit-elle, complètement perdue.

— Je n'ai pas pu m'arrêter à temps.

— Je ne… Oh !

Elle se sentit terriblement sotte. Tout à son plaisir sauvage, à son désir fou, elle n'avait pas pris le temps de réfléchir à la possibilité de concevoir un enfant.

Un bref et merveilleux instant, elle imagina un bébé aux yeux verts, un petit garçon ou une petite fille farouchement irlandais. Puis elle se rappela qu'elle n'était pas la femme de Conlan. Elle était...

Elle ignorait ce qu'elle était, ou même ce qu'elle voulait être. Elle ne voyait que son visage contrit.

— Je... je pense que je ne risque rien, souffla-t-elle.

Elle se redressa et, attrapant sa chemise pour couvrir sa nudité, tenta de se rappeler ce qu'Eliza et sa mère lui avaient expliqué en matière de relations conjugales.

— Je viens d'avoir mes règles.

— Si jamais...

— Non, il n'y aura pas de problème !

Il s'assit à son tour, et lui prit la main.

— Anna, *colleen*, fit-il en l'obligeant à le regarder, s'il y a un problème, tu me le diras tout de suite, n'est-ce pas ?

Et ainsi, il serait forcé de l'épouser ? Non, il n'en était pas question. Elle voulait être avec lui, certes, mais seulement si lui aussi le désirait, et non parce qu'il y était contraint.

— Cela n'arrivera pas, assura-t-elle. S'il te plaît, est-ce que nous pourrions parler d'autre chose à présent ? Ou, mieux, ne pas parler du tout.

Il hésita, et elle devina qu'il avait envie d'insister. Finalement, il hocha la tête.

— Très bien, céda-t-il. À condition que tu me promettes de me tenir au courant.

— Je te le promets.

— Dois-je te ramener chez les Connemara ? Je n'en ai aucune envie.

Anna jeta un coup d'œil à la pendule sur la cheminée.

— Nous avons encore un peu de temps.

Elle se rallongea sur le tapis, entraînant Conlan avec elle.

— J'aime être ici, murmura-t-elle en se blottissant dans ses bras. J'aime cette maison. On se croirait dans un conte de fées.

— Tu ne la trouves pas terriblement vieille et démodée ? s'étonna-t-il.

— Je la trouve romantique et majestueuse. Pourquoi n'organises-tu jamais de réception ici ?

— Qui viendrait ? Je ne suis pas la coqueluche de la bonne société, je te rappelle.

— Tout le monde viendrait, assura-t-elle. Tu es duc. Et puis, ils seraient curieux de découvrir à quoi ressemble ton repaire. Et tu pourrais en tirer parti.

— Comment cela ?

— De la même façon que de l'*Olympian Club*. Lorsque les gens s'amusent, boivent, bavardent, ils disent des choses qu'ils auraient tues en d'autres circonstances. Et entre gens qui partagent les mêmes divertissements il se forme des alliances qui fortifient la position des familles. Une réception bien organisée peut être plus efficace qu'un débat au Parlement.

Conlan se hissa sur le coude pour la regarder.

— Est-ce bien lady Anna Blacknall qui parle ? La jeune fille qui, paraît-il, ne se soucie que de danser et jouer aux cartes ? Je savais qu'elle ne se résumait pas à cela.

Anna s'esclaffa.

— Voilà qui me fait plaisir. Mais toutes les jeunes filles de mon milieu savent ces choses-là. Je les ai apprises de mes parents, et de leurs amis, les Leinster, les Conolly, les Shannon. Recevoir est excessivement utile. Je le savais quasiment avant de savoir marcher.

Les yeux rivés sur les flammes, elle demeura un instant songeuse.

— Tu pourrais donner un bal merveilleux ici, reprit-elle. Un bal costumé sur un thème médiéval. Peut-être même un week-end entier de festivités avec un tournoi et un grand festin ! Tu pourrais faire venir des comédiens de Dublin pour le tournoi, et…

— Anna !

Conlan se pencha sur elle en riant et la fit taire d'un baiser.

— Que de projets ! Une école de filles, une fête médiévale.

— Oh…

Gênée de s'être laissé ainsi emporter, elle se redressa en position assise. Elle n'était pas chez elle ici, et ne le serait probablement jamais.

— Pardonne-moi. C'est ta maison. Tu as parfaitement le droit de la garder pour toi seul. Mais de belles réceptions pourraient aider ta cause si tu le voulais.

Elle l'entendit s'asseoir derrière elle et attraper ses vêtements.

— Ma cause ?

— Oui.

Elle lui lança un coup d'œil par-dessus son épaule. Il affichait une expression soigneusement indéchiffrable.

— Je sais que tu en as une, reprit-elle. C'est à elle que sert l'*Olympian Club*, non ? Et c'est la raison pour laquelle on a essayé de te tuer. Il s'agit de l'Acte de l'Union ?

Il hésita, puis secoua la tête.

— Tu ne devrais pas t'en mêler, Anna.

— C'est déjà fait, répliqua-t-elle avec véhémence.

Elle était furieuse qu'il la laisse se rapprocher ainsi de lui, pour finir par la repousser de nouveau. Pour son bien, prétendait-il. Eh bien, elle en avait assez qu'on la protège.

— J'étais là les deux fois où l'on a tenté de te tuer. Je suis ta maîtresse, Conlan, et je veux t'aider si je le peux. Je ne suis pas complètement dépourvue de ressources, figure-toi.

— Je sais, répliqua-t-il d'un ton rogue. Tu es courageuse, et tu as le don de comprendre les gens. Tu te soucies d'eux – même si tu cherches à faire croire le contraire.

Il la trouvait courageuse. Personne n'avait jamais pensé cela d'elle. Elle sourit, en dépit de sa colère et de sa contrariété.

— J'ai des relations qui pourraient t'être utiles, insista-t-elle. À présent, réponds-moi, Conlan : c'est ta position à l'égard de l'Union qui te met en danger ?

— Oui.

Il ramassa sa veste, sortit un cigare de la poche et l'alluma avec une brindille enflammée. Le temps d'inhaler profondément, il reprit :

— Je travaille avec ceux qui s'y opposent, et nous avons de nombreux adversaires. Ils ont beaucoup à perdre si l'Acte d'Union ne passe pas : de l'argent, des titres, des domaines promis par les Anglais en échange de pots-de-vin. Ils sont prêts à tout pour nous faire taire.

Anna fronça les sourcils. Voilà qui confirmait ses soupçons.

— Cela ne vous rapproche-t-il pas de certains nobles protestants comme Foster et Parnell ? On dit aussi que beaucoup de catholiques approuvent l'Union.

Conlan exhala une bouffée de fumée gris bleu, les yeux fixés sur l'extrémité rougeoyante de son cigare comme si elle détenait les réponses.

— Certains catholiques espèrent en effet que le Premier ministre Pitt leur octroiera l'émancipation en échange de leur soutien, mais ce sont des imbéciles. Il pourrait le faire, lui, mais la noblesse anglaise et le Parlement de Londres ne le permettront jamais. Mais il y a des catholiques contre l'Union tout comme il y a des partisans de l'Union anticatholique. Grâce à l'*Olympian Club*, j'arrive à peu près à les repérer.

Anna s'adossa au bord du fauteuil et replia les genoux contre sa poitrine.

— Mais *toi*, pourquoi es-tu anti-Union ? Pourquoi t'allies-tu à ces nobles protestants ?

— Je ne les fréquente que pour parvenir à mes propres objectifs, comme ils le font avec moi. Ils croient qu'ils peuvent faire de nous des Anglais juste en nous en donnant le nom, et qu'en supprimant le Parlement de Dublin tout en laissant un vice-roi au Château ils pourront nous contrôler. Pitt pense que cela nous rendra moins réceptifs aux... idées françaises.

— Aux idées françaises, répéta Anna qui se souvint tout à coup d'avoir vu ensemble Conlan et M. Courtois.

Il reprit :

— Mais sans Parlement à Dublin, le pouvoir des propriétaires irlandais pèsera moins lourd. *Mon* pouvoir sera affaibli, or c'est grâce à lui que je peux conserver mon titre et protéger mes gens. Étant catholique, je ne peux pas siéger au Parlement. Mon pouvoir réside uniquement dans le fait que je suis propriétaire terrien, et je me battrai pour conserver mon titre, contre tous ceux qui essaieront de me l'arracher.

— Comme ton cousin ?

Conlan eut un rire amer.

— Grant a toujours été un salaud cupide. Il voulait être duc, posséder ce domaine. Il en aurait tiré tout le profit possible, puis s'en serait débarrassé.

C'était ainsi qu'il se conduirait avec elle, si elle le laissait faire ?

— Est-ce là la seule raison de ton combat ?

— Non.

Il jeta le reste de son cigare dans le feu et tendit les bras à Anna, qui vint s'y lover.

— Nous sommes irlandais. Nous devons nous battre pour briser toutes les chaînes que l'Angleterre utiliserait afin de nous museler. Le Parlement est pauvre et corrompu, mais du moins est-il composé de gens qui ont des biens ici. À Westminster, nous n'aurions même pas droit à la parole.

— Ma sœur Eliza dirait qu'il ne faut jamais cesser de lutter.

— Ta sœur est une femme intelligente.

— Elle vous a apporté son aide ?

— Elle a dû écrire un pamphlet ou deux, admit Conlan.

— Et y a-t-il d'autres gens parmi mes connaissances qui vous aident ?

Conlan marqua une pause.

— C'est à eux de te le dire. Mais il y a un réseau qui utilise l'*Olympian Club* comme quartier général.

— Alors, moi aussi, je peux vous aider !

Nouant les bras autour du cou de Conlan, elle plongea son regard dans le sien. Cette fois-ci, elle ne le laisserait pas la rejeter.

— Je sais qu'à la réception de Noël des Connemara, il y a des gens qui ont été achetés pour soutenir le projet d'Union. Ils me prennent pour une écervelée, si bien qu'ils me parleront sans méfiance.

— Anna, non.

— Ce n'est pas comme d'intervenir dans une rixe au bord de la rivière, insista-t-elle. Il s'agit seulement d'écouter. Tu ne peux pas m'empêcher d'écouter, quand même ? Du reste, tu seras là pour me protéger, acheva-t-elle avec un grand sourire.

Il lui adressa un regard noir qui ne l'effraya nullement.

— Je serai ici, pas chez les Connemara, lui rappela-t-il.

— Mais tu es invité au bal du 24 décembre, non ? Lady Connemara me l'a dit, mais elle est certaine que tu ne viendras pas. Eh bien, fais-lui la surprise.

Elle déposa un baiser sur ses lèvres, puis un autre, et encore un autre. Elle sentit sa bouche s'entrouvrir sous la sienne, et son corps revint à la vie.

— Promets-moi de venir au bal, murmura-t-elle. Promets-moi de danser avec moi et de m'embrasser sous le houx.

— Avec ce genre d'incitation, difficile de refuser, souffla-t-il avant de reprendre la bouche d'Anna avec fougue.

21

Retenant d'une main le chapeau qu'une rafale de vent menaçait d'emporter, Katherine jeta un coup d'œil à la vitrine d'une boutique. C'était la veille de Noël, et elle s'était éclipsée pour faire quelques courses au village.

Trouver un cadeau pour Caroline était facile : des livres, et encore des livres. Le choix dans la petite librairie locale était plus restreint qu'à Dublin, mais elle avait déniché une jolie édition des œuvres de Platon. Le cadeau pour Anna était plus problématique. Katherine contempla une longueur de soie vert pâle qui ferait une jolie robe du soir, mais ce n'était pas exactement ce qu'elle cherchait.

Elle se faisait du mauvais sang pour son Anna, qu'elle trouvait bien silencieuse ces derniers temps. Elle semblait toujours un peu lointaine, la tête pleine de pensées qu'elle ne souhaitait pas partager, et Katherine ne savait comment l'atteindre. Du reste, pourquoi voudrait-elle que sa fille lui confie ses secrets alors qu'elle-même en dissimulait un ?

Tout en examinant une paire de boucles d'oreilles, elle laissa échapper un soupir. Elle avait eu l'espoir que ce séjour à la campagne et les distractions qui l'accompagnaient l'aideraient à oublier Nicolas Courtois. À tort. Entourée de vieux amis qui la connaissaient depuis si longtemps qu'ils ne la voyaient plus vraiment, elle pensait à lui plus que jamais.

Dans la bibliothèque, lui l'avait vue. Et elle avait vu au-delà du séduisant jeune homme, talentueux, réservé, et qui ne lui convenait absolument pas. Oui, cette nuit-là, elle avait eu un aperçu de son âme.

— Tu es ridicule, se tança-t-elle.

Elle se conduisait comme une gamine stupide et non comme la mère de trois grandes filles.

Elle étudia son reflet dans la vitrine. Ses cheveux, un peu ébouriffés par le vent, étaient encore blonds, sa peau lisse et pâle. Mais n'était-ce pas une nouvelle ride là, entre les sourcils ?

Peut-être était-il temps de renoncer, de se retirer dans la maison de la douairière à Killinan et de se mettre au tricot. Et dès qu'Anna serait mariée et que Caroline aurait fait ses débuts, elle porterait un voile de veuve.

En attendant, ses filles avaient besoin d'elle. D'autant qu'elle craignait qu'Anna n'ait mal interprété ses propos au sujet de la sécurité, du mariage et de Grant Dunmore. Il fallait qu'elle lui en parle de nouveau. Peut-être lorsqu'elle lui offrirait ce cadeau de Noël qu'elle n'avait pas encore trouvé.

Alors qu'elle continuait de regarder la vitrine, elle vit s'y refléter un homme qui sortait de la boulangerie, de l'autre côté de la rue.

Son cœur manqua un battement. Nicolas !

Elle eut beau s'exhorter à ne pas être plus bête qu'elle ne l'était déjà, et se dire qu'il était à Dublin, très loin d'ici, elle se retourna.

C'était bien *lui*, Nicolas. Ici, dans ce petit village. Elle fut prise d'un désir frénétique de se réfugier dans la boutique et d'attendre qu'il se soit éloigné. En même temps, une envie folle de l'appeler, de courir le rejoindre la saisit.

Elle n'eut pas à choisir, car il l'aperçut. Un grand sourire éclaira son visage, vite remplacé par une expression incertaine. Était-il lui aussi tiraillé entre le désir de fuir et celui de la rejoindre ?

Elle lui fit signe, et il se fraya un chemin entre les carrioles et les voitures. Elle remit son chapeau d'aplomb et s'efforça de se composer un masque poli. À Dublin, ils arrivaient à se parler avec une froide courtoisie. Pourquoi n'y parviendraient-ils pas ici ?

— Lady Killinan, la salua-t-il en s'inclinant. Quelle agréable surprise !

— Monsieur Courtois, dit-elle, et elle réussit à lui sourire aimablement. J'ignorais que vous passiez les fêtes de Noël dans le comté de Kildare.

— Je n'en avais pas l'intention, mais lord Napier, à qui vous m'avez recommandé, m'a demandé de faire le portrait de ses filles. Il tenait à ce que je commence le plus vite possible. Aussi me voilà.

— Quelle belle opportunité pour vous, monsieur. Mais que c'est triste de devoir travailler pendant les vacances.

— Cela ne m'ennuie pas. Je trouve Noël à la campagne tout à fait charmant. Vous séjournez à Killinan pour les fêtes ?

— Pas cette année. Mes filles et moi sommes invitées chez les Connemara. Je suis juste venue faire quelques courses.

— Et moi, je suis venu chercher de quoi souper, dit-il en indiquant le petit paquet qu'il avait à la main. Le pain calendeau, que l'on mange à Noël en France. Le boulanger d'ici a eu la gentillesse de m'en confectionner un. Avec du fromage et du vin, c'est un festin.

Katherine se mit à rire.

— Que fait-on d'autre en France pour Noël ?

— Oh, il y a la bûche de Noël, qu'on déguste au cours du réveillon, un grand repas de fête qui a lieu la veille de Noël !

— Vous logez chez lord Napier ?

— Non, j'ai un petit appartement ici, dans le village. Au-dessus de la librairie. Il y a une pièce qui me sert d'atelier. C'est très calme la nuit. Beaucoup plus qu'à Dublin.

Katherine hésita, plus que jamais partagée entre le désir de prendre la fuite et celui, complètement fou, d'aller de l'avant et de se jeter dans le vide.

— J'aimerais voir votre travail, lâcha-t-elle.

Il la dévisagea un instant, sourcils haussés.

— Vraiment ?

— Oui. J'ai beaucoup aimé les croquis que vous m'avez montrés à Dublin. Ils révélaient un talent rare.

— Merci du compliment, mais je vous préviens, je n'en suis qu'au stade de l'ébauche.

— Cela ne m'ennuie pas

— Très bien. Quand voudriez-vous passer ?

— Pourquoi pas maintenant ? suggéra-t-elle. On ne m'attend pas avant l'heure du thé.

Il hocha la tête et lui offrit son bras. Katherine sentit celui-ci se crisper sous sa main gantée. Pour un homme qui maniait des pinceaux toute la journée, il était étonnamment musclé, songea-t-elle.

Ils remontèrent la rue, et il la guida jusqu'à une porte à l'arrière de la librairie qui ouvrait sur un petit vestibule. Nicolas la précéda dans l'escalier étroit qui menait à son appartement.

Il la fit entrer dans une pièce de belles dimensions dont la haute fenêtre surplombait la rue. Un chevalet se dressait à côté d'une table couverte de carnets de croquis, de fusains et de petits pots contenant des pigments. Il n'y avait pour tous meubles qu'un lit étroit, une commode éraflée et un fauteuil au velours élimé devant la cheminée.

Katherine ôta son chapeau et ses gants, puis s'approcha du tableau en cours. Nicolas s'adossa à la porte, et l'observa en silence.

Elle essaya d'oublier qu'il était là, que ses beaux yeux étaient fixés sur elle, et se concentra sur l'œuvre. Elle connaissait les Napier et leurs filles, pas très jolies mais gentilles. Le tableau de Nicolas les montrait vêtues de robes bleues à volants, en train de broder devant une table ronde, entourées de livres, de chiens et d'un perroquet. Elles étaient ressemblantes, et cependant plus belle que dans la réalité, resplendissantes de santé et de joie, de charmantes jeunes filles bonnes à marier.

— Je crains que Caroline ne perde bientôt son professeur, commenta Katherine. Vous n'allez pas tarder à être le portraitiste le plus recherché de la bonne société.

Nicolas s'esclaffa et la rejoignit.

— C'est certes très rémunérateur, mais je n'aimerais pas consacrer tout mon temps à ce genre de peinture. Il n'y a pas de – comment dites-vous ? – de défi dans ce genre de travail. Pas de passion.

Pas de passion. Elle savait ce qu'était une existence dépourvue de passion, la répétition des jours qui s'enchaînaient, tous semblables ou presque.

— Si vous pouviez peindre ce que vous aimez, que feriez-vous ?

— Des paysages... la nature, la lumière, les orages, l'eau.

Elle jeta un coup d'œil au ciel gris par la fenêtre.

— L'Irlande n'est pas le pays qu'il vous faut, monsieur. Avez-vous pensé à l'Italie ? Ou à la Suisse ? Ma fille Eliza vit à Lausanne et dit qu'il y a une importante communauté d'artistes.

— J'ai pensé à de tels endroits, bien sûr, mais j'ai un travail à finir ici.

— Comme ce portrait ?

Il hésita.

— Entre autres choses.

Katherine aurait aimé savoir en quoi consistaient ces « autres choses », mais il s'en tint là. Elle se tourna alors vers la table et examina les croquis éparpillés. Il y avait là des études des filles Napier, de leurs chiens et du perroquet. Mais aussi d'arbres et de rivières, et de champs coupés par des murets de pierres. La nature dans toute sa beauté.

La peinture de plein air ne jouissait pas de la même estime que les scènes d'histoire ou de mythologie. L'Académie des beaux-arts n'en exposait que très peu. Pourtant ces esquisses faisaient la preuve d'un grand talent. Chaque coup de pinceau était empreint de passion.

— Vous devriez aller en Italie, monsieur. L'air y est si limpide que la lumière semble frémir. Et puis, tout paraît tellement plus vivant.

Il appuya ses élégantes mains d'artiste sur la table, si près d'elle qu'elle percevait la chaleur de son corps.

— À vous entendre, on se dit que vous aussi devriez aller en Italie, milady.

— J'adorerais cela.

Puis elle ajouta ce que jamais elle n'avait osé admettre, même en son for intérieur :

— Je rêve parfois de m'échapper, de m'enfuir à Capri ou en Toscane, et de passer des journées entières à marcher au soleil. Mais j'ai d'autres obligations ici.

— Et envers vous, vous n'en avez pas ?

— Envers moi ? Non, je dois penser à Killinan, à mes filles...

— Lady Killinan... Katherine...

Il referma les mains sur ses bras et la fit pivoter face à lui. Son regard était aussi brûlant que les cieux italiens dont elle rêvait.

— Vous êtes si belle, si pleine de vie, si chaleureuse, articula-t-il d'une voix sourde. Pourquoi le cachez-vous ? Pourquoi le niez-vous ?

Elle secoua la tête, oscillant au bord de ce qui ressemblait à de la panique. Elle s'était contrôlée durant tant d'années, supprimant férocement la moindre émotion, le moindre désir. Et voilà que soudain, tous ces sentiments tenus en bride se libéraient, et elle était impuissante à les retenir.

— Je ne nie rien, protesta-t-elle pourtant. Je suis contente de ma vie telle qu'elle est.

— Alors pourquoi rêvez-vous de la fuir ? Pourquoi vous mentez-vous à vous-même ?

Il lui lâcha les bras, mais ce fut pour prendre son visage entre ses mains. Il la tenait captive sous son regard, l'empêchait de se détourner.

— Ma belle Katherine, ne me fuyez plus, je vous en supplie. Je ne le supporte plus.

Elle laissa échapper un sanglot, et comprit qu'elle ne pourrait plus se cacher. Ni de lui ni d'elle-même.

Il l'embrassa comme jamais personne ne l'avait embrassée. Comme si elle était l'être le plus précieux au monde, la femme qu'il avait attendue toute sa vie. Elle aussi, découvrait-elle, l'avait attendu. Attendu et espéré.

Elle se cramponna à ses épaules comme si elle craignait qu'il ne disparaisse subitement.

— Vous tremblez, murmura-t-il.

— Je... je pensais que je n'aurais jamais droit à... cela, souffla-t-elle. Que cela n'arrivait qu'aux jeunes.

Il rit, puis tendit la main.

— Regardez, moi aussi, je tremble. Oh, Katherine, jamais je n'aurais imaginé vous trouver, et pourtant vous voilà !

— Me trouver ?

Il l'attira contre lui, et posa la joue sur son crâne, son souffle erratique lui caressant les cheveux. Elle ferma les yeux, et serra les poings contre le torse du jeune homme. Dieu que ce serait merveilleux de pouvoir rester toujours ainsi ! Juste elle et lui, sans personne pour les juger.

— Je rêvais d'une femme comme vous, murmura-t-il. Belle, bonne, sage. Une muse. Un ange.

— Un ange ? répéta-t-elle avec un rire sans joie. Si vous saviez comme tout le monde se trompe sur ce point.

— Non, Katherine, protesta-t-il en pressant un baiser fiévreux sur sa tempe, vous êtes une femme extraordinaire. Vous m'avez fait voir la vie différemment. Pas seulement l'art, tout. Avant vous, j'étais désespéré, en colère, instable, toujours en quête d'un objectif. D'une raison de vivre. Et puis je vous ai vue...

Stupéfaite, Katherine pencha la tête en arrière pour le contempler.

— J'ai fait tout cela ?

— Et plus encore. Je n'ai jamais rencontré personne comme vous, Katherine. Vous êtes... étonnante.

Elle appuya la tête contre l'épaule du jeune homme. Comme elle aurait aimé pouvoir le croire ! Ses mots la remplissaient d'une telle joie, d'un tel espoir. Toute sa vie, elle avait vécu pour les autres : ses parents, son mari, ses enfants, les métayers et les serviteurs de Killinan. Mais lorsque Nicolas la regardait, elle se sentait belle et jeune, un monde de possibilités se déployait devant elle.

Mais ce n'étaient que des émotions, des espoirs fous. Elle n'avait rien à lui offrir. Elle était plus âgée et encombrée d'obligations. Ce merveilleux jeune homme était sans doute en proie à une sorte de béguin, tout comme elle.

Ce genre de choses, avait-elle lu, était très agréable le temps qu'elles duraient. Alors pourquoi ne pas en profiter ? Accepter ce cadeau inouï en le gardant secret ?

Elle plongea les mains dans les cheveux de Nicolas, le regarda droit dans les yeux. Elle ne vit ni artifice, ni hésitation, ni doute dans son regard. Il la contemplait comme si elle était bel et bien un ange.

— Embrassez-moi encore, Nicolas, murmura-t-elle.

— Avec grand plaisir, Katherine.

22

Anna se tenait dans l'ombre de la galerie des musiciens qui surplombait la salle de bal des Connemara. Accoudée à la rambarde, elle regardait les danseurs tourbillonner. D'ordinaire, elle aimait ce genre de divertissements, surtout à Noël. Ce soir, cependant, elle éprouvait une étrange répugnance à se joindre à la foule.

Le motif compliqué du parquet disparaissait sous un kaléidoscope de bleus, de verts, de blancs et de pourpre, de satins chatoyants, de velours brillants et de mousselines aériennes. Les joyaux scintillaient à la lumière des chandelles. L'air embaumait la rose et le houx, des couronnes et des nœuds rouges ornaient les murs.

L'orchestre jouait une version entraînante de la rengaine inusable du « Roitelet », et les danseurs tournoyaient avec entrain. Ceux qui ne dansaient pas s'entassaient autour de la piste. Les rires étaient de plus en plus bruyants à mesure que le punch coulait.

Où donc lady Connemara avait-elle déniché autant de gens la veille de Noël et comment les avait-elle persuadés de quitter le coin du feu pour s'aventurer dehors par une nuit aussi froide ? En plus des invités à demeure, il y avait toute la noblesse de Kildare et d'encore plus loin. Assis à l'écart, Caroline et lord

Hartley étaient penchés sur un livre ; ils ne prêtaient aucune attention aux danseurs. Katherine discutait avec le pasteur du village et sa femme. Vêtue d'une robe de soie ambre qu'Anna lui envia aussitôt, Jane dansait avec lord Connemara.

Le duc d'Adair brillait par son absence.

Anna scrutait en vain les nouveaux arrivants qui franchissaient les portes et descendaient l'escalier qui menait à la salle de bal. Elle était affreusement déçue.

Elle tira sur la ceinture verte de sa robe de soie blanche, tripota le rameau artificiel de houx fixé à son corsage. La tête pleine de visions du duc et d'elle dansant en public, elle s'était préparée avec plus de soin que d'habitude. Elle rêvait d'oublier, ne serait-ce que le temps d'une soirée, ce qui les séparait, de feindre d'être l'un à l'autre...

Le bruit de la porte qui s'ouvrait derrière elle la fit se retourner vivement, le cœur battant. Ce n'était, hélas, pas Conlan, mais Grant Dunmore.

Désappointée, Anna s'appuya de nouveau à la balustrade. Elle comprenait les raisons de son succès auprès des femmes. Il était bel homme, avait de l'allure et des relations. Bref il incarnait tout ce qu'elle aurait dû désirer, tout ce qu'elle avait *cru* désirer.

Pourtant sa vue et son sourire ne suscitaient aucune émotion en elle.

— Alors, c'est là que vous vous cachez, lady Anna, lâcha-t-il.

— Je ne me cache pas, sir Grant, répliqua-t-elle, décontenancée par quelque chose dans son sourire qu'elle n'avait encore jamais remarqué – une espèce de suffisance, comme s'il s'adressait à une petite fille à qui il voulait faire plaisir. C'est simplement que je n'ai pas envie de danser.

— Vous ? La meilleure danseuse de tout le comté ? J'ai du mal à le croire.

Il s'accouda à côté d'elle et contempla la salle de bal. Même dans cette posture nonchalante, il conservait un maintien parfait.

— Je ne peux égaler lady Cannondale, dit-elle en désignant Jane qui dansait une écossaise animée. Ni notre hôtesse.

— Sottise. Vous êtes célèbre pour votre grâce et votre beauté, lady Anna. Mais peut-être songiez-vous au bal que vous pourriez donner en tant qu'hôtesse lors d'un autre Noël.

— Je doute d'avoir jamais une salle aussi somptueuse que celle-ci, dit prudemment Anna.

— Vous rendriez n'importe quelle demeure somptueuse. Et vos réceptions attireraient la crème de la société.

Elle rit, subitement mal à l'aise. La galerie lui semblait tout à coup trop étroite, étouffante.

— Je n'ai pas de pareilles ambitions, sir Grant.

— Vraiment ? Vous pourriez gouverner ce monde-là si vous le vouliez. Vous pourriez avoir tout ce que vous désirez, ajouta-t-il en s'emparant de sa main.

Elle tenta de se libérer, mais il la retint.

— Je pourrais vous donner tout cela, Anna. Nous serions le couple le plus recherché, le plus puissant de Dublin. Peut-être de toute l'Irlande. De Londres aussi, si vous le vouliez.

— Je... je ne pense pas, balbutia-t-elle, affolée.

Elle avait déjà décliné des demandes en mariage, mais jamais elle n'avait été à ce point prise au dépourvu.

— Je ne le pense pas, répéta-t-elle.

Grant, d'ordinaire si calme, si charmant, si correct, lui adressa un regard ulcéré. Son étreinte sur sa main se resserra.

— Que voulez-vous dire ? Je vous propose d'être ma femme. Vous avez sûrement compris quelles étaient mes intentions à votre égard. Nos positions sont parfaitement assorties, par la fortune et par les relations. Vous ne pouvez pas l'ignorer.

Leurs positions, oui, mais pas eux-mêmes. Pas leurs cœurs. Il ne paraissait même pas la *voir*, songea-t-elle, se souvenant des mises en garde de Caroline et de ses propres craintes. Il la voulait à titre d'ornement, de pièce majeure dans le puzzle de sa carrière.

— Je suis désolée, sir Grant, mais j'ignorais que vous… que vous vous intéressiez à moi.

Une fois de plus, elle tenta de se dégager, sans succès.

— Je pensais que vous étiez juste poli avec moi comme avec n'importe quelle dame, reprit-elle.

— Ce n'était pas de la politesse ! rétorqua-t-il, le charme suave ayant fait place à la rudesse. Aucune autre femme ne me convient autant que vous. Vous êtes belle, et de bonne famille. Je peux vous offrir une maison où vous brillerez.

— Dont je serais l'ornement ?

— Dont vous seriez le diamant.

— Je n'en veux pas. Je veux être utile, avoir un but dans la vie.

— Vous *me* serez utile, riposta-t-il avec impatience. J'ai des ambitions politiques, ce que vous savez sûrement, et il me faut une épouse et une hôtesse pour m'aider dans ma carrière.

— Beaucoup de dames pourraient tenir ce rôle.

Grant avait quantité d'admiratrices. L'une d'elles serait sûrement plus qu'heureuse d'orner sa table et son lit, et de tenir salon. Elle ne le pouvait pas. Même pour faire plaisir à sa famille. Elle s'étiolerait et mourrait.

— Mais aucune n'est aussi belle que vous, contra-t-il.

— Allons donc ! Votre proposition m'honore, sir Grant, mais je crains que nous ne soyons pas assortis. Je suis désolée.

D'une torsion du poignet, Anna réussit enfin à se dégager. Les yeux d'ambre du jeune homme s'assombrirent brusquement, et elle pivota vers la porte.

— Est-ce parce que vous préférez quelqu'un d'autre ? lança-t-il.

La main d'Anna se figea sur la poignée. La fureur perceptible dans sa voix la sidéra. Il était d'ordinaire si posé, si maître de lui, qu'elle ne l'imaginait pas s'emporter comme le commun des mortels. Ce qui, à la réflexion, était ridicule. Après tout, on pouvait s'attendre à tout de la part d'un homme qui n'avait pas hésité à tenter de dépouiller son propre cousin de son domaine ancestral.

— Je ne suis pas prête à me marier. Avec personne.

Il eut un rire bref.

— Je ne peux le croire, lady Anna.

— Peu importe ce que vous croyez, sir Grant ; c'est la vérité. Veuillez m'excuser, je dois retourner à la réception.

Elle sortit en hâte et claqua la porte derrière elle. Elle avait très envie d'empoigner ses jupes et de courir, mais des gens déambulaient en bavardant dans le couloir, aussi s'obligea-t-elle à rejoindre tranquillement l'escalier. Par chance, Grant Dunmore ne la suivit pas.

L'écossaise s'achevait, et Anna se fraya un chemin entre les danseurs à la recherche de sa mère ou sa sœur. Elle avait la migraine, et se sentait abattue. Elle avait fermé la porte du chemin que tout le monde s'attendait à la voir prendre, et elle ne savait que faire à présent. La colère inattendue de Grant la glaçait.

Elle ne repéra pas sa mère, mais elle aperçut, non sans étonnement, Caroline qui se dirigeait vers la piste de danse au bras de lord Hartley. Elle jetait un coup d'œil machinal en direction de la porte lorsque celle-ci s'ouvrit sur Conlan en personne. Il s'immobilisa en haut des marches, et la pièce entière parut se fondre dans un brouillard nacré.

Anna l'avait rarement vu dans son personnage de duc, mais elle devait admettre que là, il jouait son rôle à la perfection. Grand, solidement bâti, et très élégant dans sa tenue de soirée, il balayait l'assistance du regard avec une assurance désinvolte tandis que lady Connemara se hâtait d'aller l'accueillir. Il ne paraissait même pas remarquer les regards et les chuchotements de curiosité qu'il suscitait.

Elle, en revanche, il la remarqua, et lui adressa un sourire tranquille et intime avant de rejoindre la foule des invités. Toujours plongée dans une sorte de brume, Anna partit à sa recherche, se faufilant entre les groupes d'invités hilares et un peu éméchés.

Elle le trouva sous l'un des rameaux de houx censés inciter les couples à s'embrasser.

— Vous êtes venu finalement, dit-elle d'une voix haletante, revenant au vouvoiement.

— Vous m'aviez conseillé de cultiver mes relations de bon voisinage. De ne pas me cacher comme un ours dans sa tanière.

— Je n'ai pas dit exactement cela, Votre Grâce, riposta Anna en riant. Encore que la comparaison avec l'ours… vous sied plutôt bien.

— Maintenant que je suis là, je sais à peine quoi faire de ma personne. Aidez-moi.

L'orchestre entamait justement l'une de ces scandaleuses valses viennoises. Il y eut des bruissements d'étoffe, des piétinements et des rires tandis que les couples se formaient.

— Je pense que vous devriez commencer par danser avec moi, suggéra Anna.

— Danser ?

— Oui. Et n'allez pas prétendre que vous ne savez pas, car nous avons déjà dansé ensemble. C'est l'occasion ou jamais de montrer à tous ces gens votre côté gracieux et raffiné.

— Je doute d'être jamais gracieux et raffiné, s'esclaffa-t-il. Mais je ne refuserai jamais de danser avec la plus jolie femme de la pièce.

Il lui offrit son bras en s'inclinant et ils gagnèrent la piste de danse. Contrairement à la première fois, aucun masque ne protégeait leur anonymat. Ils étaient ensemble, à la vue de tous.

Et tous les regardaient. On leur fit une place au milieu de la salle, à côté de Caroline et de lord Hartley. Sa sœur semblait jubiler, mais Anna ne voyait que Conlan. Ce dernier l'enlaça et lui prit la main. Elle posa sa main libre sur son épaule. Ils avaient beau se tenir à la distance requise par les convenances, elle ne put retenir un frisson d'excitation.

— Il paraît que la valse est toujours bannie des réceptions londoniennes, observa-t-elle. Les collets montés prétendent qu'elle incite aux désirs inconvenants.

— Rien d'étonnant, alors, à ce qu'elle soit populaire à Dublin, rétorqua-t-il en souriant.

Conlan était un bon danseur ; il menait sans malmener. Leurs pas comme leurs mouvements s'accordaient à la perfection tandis qu'ils tourbillonnaient, et le rythme enivrant donnait à Anna envie de rire, et que cela dure éternellement.

La musique s'arrêta trop tôt. Les violons se turent et les couples s'immobilisèrent. Sans cesser de rire, Anna fit une révérence à Conlan.

Comme elle se redressait, elle jeta un coup d'œil à la galerie. Grant Dunmore s'y trouvait encore, les poings appuyés sur la balustrade. Malgré la distance, Anna sentit son regard furieux peser sur elle avant qu'il fasse volte-face et quitte la galerie.

Elle frissonna.

— Vous avez froid, lady Anna ? s'inquiéta Conlan.

— Au contraire, répondit-elle en s'efforçant d'oublier ce regard glaçant. J'ai besoin d'un rafraîchissement, Votre Grâce. Voudriez-vous m'escorter jusqu'à la salle à manger ?

— Bien sûr.

— Et peut-être danserez-vous de nouveau avec moi ensuite ?

Caroline, remarqua-t-elle, se tenait sur le seuil de la salle à manger en compagnie de lord Hartley, et les observait avec un vif intérêt. Décidément, sa cadette était bien trop observatrice.

— Mais, d'abord, reprit-elle, je crains que vous ne deviez faire la connaissance de ma sœur Caroline. Ne la laissez pas vous presser de questions sur l'histoire d'Adair Court et évitez d'évoquer votre ancêtre Ewan le Brave, elle ne vous lâcherait plus.

Conlan se contenta de rire, comme si la perspective d'être soumis à un interrogatoire serré au sujet de ses ancêtres irlandais par un jeune bas-bleu ne l'effrayait nullement.

— Elle m'a l'air d'être une jeune fille tout à fait originale.

— Elle l'est, en effet, admit Anna avec un soupir. C'est le travers de toute la famille.

— Heureusement pour moi, j'apprécie beaucoup l'originalité.

23

— Tu es sûre que le jour est bien choisi pour aller au Parlement ? demanda Caroline.

Anna s'adossa à la banquette. C'était une journée grise et humide, et la jolie neige blanche de Noël s'était transformée en boue avant qu'ils n'entrent dans la nouvelle année. Bien qu'on ne soit qu'en janvier, l'euphorie des festivités semblait appartenir à un lointain passé.

— Et comment ! répondit-elle à sa sœur. C'est le dernier débat avant le vote pour ou contre l'Union.

— D'où ma question, justement. Il va y avoir foule dans la galerie et je ne serais pas étonnée que quelqu'un déclenche une bagarre.

— Je l'espère bien.

— Et avec ce ruban que tu portes, tu auras de la chance si tu ne te fais pas malmener.

Anna joua avec le ruban fixé à son spencer bordé de fourrure. *Association avec l'Angleterre. Indépendance de l'Irlande. Pas d'Union,* lisait-on sur la bande de satin.

— C'est Jane qui me l'a donné. Si quelqu'un nous cherche querelle, tu pourras toujours lui fracasser la tête avec cet énorme livre que tu as tenu à emporter.

La voiture s'arrêta brutalement, et Anna entendit des jurons et des cris. Elle regarda par la fenêtre et découvrit qu'elles étaient coincées dans un embouteillage alors qu'elles étaient encore à une bonne distance du Parlement. La voiture ne pouvait ni avancer ni reculer, et cela risquait de durer.

— Viens, Caroline, nous allons faire le reste du chemin à pied, décréta Anna en ouvrant la portière.

— Je pense qu'il serait plus sage de rentrer à la maison, ou d'aller chez la modiste... commença Caroline, toujours prudente.

— Allons donc ! Le destin de notre pays natal va se décider aujourd'hui, nous ne devons manquer ça pour rien au monde.

Anna attrapa la main de sa sœur et la tira hors de la voiture. Elles se frayèrent tant bien que mal un chemin à travers la foule jusqu'au Parlement, devant lequel elles assistèrent à un spectacle fort intéressant. L'un des députés, connu pour recevoir des pots-de-vin des Anglais, voulut descendre de la splendide voiture qu'il venait de s'offrir, mais des femmes du marché s'interposèrent. Chaque fois qu'il sortait du véhicule une jambe gainée de soie, elles la bombardaient de débris de choux, à la grande joie des badauds.

— Pourriture ! criaient-elles. Valet de Castlereagh ! Essaie seulement de nous vendre, espèce de richard !

Les gardes postés au pied des colonnes du Parlement se contentaient de rire, et les gens qui attendaient d'entrer se comportaient comme devant une pantomime particulièrement amusante. Sans lâcher la main de Caroline, Anna contourna l'attroupement, tête baissée pour éviter les tirs de légumes, et se hâta de passer sous le portique.

Les gardes laissèrent les deux sœurs pénétrer dans le vaste hall de marbre qu'éclairaient des lustres en cristal. Ce jour-là, le lieu ne respirait ni la dignité ni la sérénité, si tant est que ce soit jamais arrivé. La horde qui essayait d'entrer dans la grande salle octogonale du Parlement était comprimée, et les rubans orange des pro-Unionistes se mêlaient aux rubans bleus des opposants. Il y avait autant de cris et de bousculades qu'à l'extérieur.

Tenant Caroline d'une main et son chapeau de l'autre, Anna gravit l'escalier qui menait à la galerie réservée au public. Celle-ci entourait la salle sur ses huit côtés, avec des colonnes largement espacées et des sièges en gradins afin que ce qui se passait en bas soit visible où qu'on se trouve. Anna était déjà venue avec des amis et, chaque fois, la galerie était remplie de spectateurs qui interpellaient les orateurs tout en mangeant et en buvant. Mais jamais elle ne l'avait vue aussi bondée qu'aujourd'hui. Jumelles de théâtre à la main, les gens occupaient chaque espace disponible.

— Anna ? cria Jane. Par ici, je vous ai gardé des places.

Jane avait réussi à occuper l'extrémité du premier rang, et elle la défendait férocement. Anna parvint à se glisser sur le siège en bois en tirant sa sœur derrière elle. Celle-ci repoussa un homme qui essayait de s'immiscer entre elles en lui assénant un coup de livre.

— La politique moderne n'est pas amusante, marmonna-t-elle en redressant ses lunettes. Ils devraient essayer le combat au corps à corps pour régler leurs problèmes, comme leurs ancêtres.

— Ils risquent d'en venir là, prédit Jane qui, elle aussi, portait un ruban bleu.

— Nous avons manqué quelque chose ? demanda Anna

Elle sortit ses petites jumelles de son réticule et les braqua sur la grande salle, mais ne vit qu'un méli-mélo de manteaux noirs.

— Pas du tout, répondit Jane. Le président lit les Résolutions – du moins, c'est ce qu'il ferait s'il n'était pas continuellement interrompu.

Anna repéra M. Foster, le président, qui, debout à la tribune, brandissait une liasse de papiers en criant :

— Nous ne pourrons commencer qu'après la lecture des Résolutions !

Personne ne faisait attention à lui, à l'exception de femmes qui le huaient. Tous les députés se querellaient, renversant les bancs et éparpillant les feuillets de leurs discours.

Anna dirigea ses jumelles vers une autre partie de la galerie. Les huées et les acclamations, orange et bleues, semblaient équitablement réparties, personne ne l'emportant.

— Voici votre soupirant éconduit, observa Jane d'un ton narquois. Qui garde un œil sur son représentant préféré, je suppose.

— Mon soupirant éconduit ? répéta Anna, toujours absorbée par le spectacle de la mêlée.

— Grant Dunmore, bien sûr, fit Jane en poussant les jumelles de son amie dans la bonne direction. Visiblement, il préfère la coulisse au – comment disiez-vous, lady Caroline ? – corps à corps ?

— Si vous le dites, lady Cannondale, grommela Caroline. Vous semblez experte en la matière.

C'était *bel et bien* Grant Dunmore, qui contemplait ce qui se passait en dessous d'un regard froid. Anna ne l'avait pas revu depuis le bal des Connemara. Il était reparti le lendemain matin, et n'avait même pas attendu la pièce de théâtre prévue pour le soir. Toujours aussi élégant, il arborait une expression insondable.

— Il est vraiment pro-Union ? demanda Anna. Je m'en doutais un peu, certes, mais il n'est pas homme à afficher ses convictions.

— Ses convictions ? railla Jane. Certains ont des convictions, d'autres des fortunes à sauvegarder ou à acquérir. Pourquoi, selon vous, s'est-il présenté aux élections du Comté de la Reine l'année dernière, alors que jusque-là il n'avait pas daigné s'y intéresser ?

Anna abaissa ses jumelles.

— Il pense que l'Union et de bonnes relations avec Westminster lui permettraient de revendiquer à nouveau Adair Court ?

Jane ne répondit pas, car les cris qui montaient d'en bas s'étaient mués en rugissements. Du reste, Anna n'avait pas besoin de réponse ; elle avait compris. Et se trouvait idiote d'avoir mis autant de temps.

Le fracas d'une énorme cloche, rapportée en hâte de quelque église inconnue, rétablit un semblant d'ordre. Les députés reprirent leurs places et restèrent tranquilles suffisamment longtemps pour que M. Foster achève la lecture des Résolutions. Après quoi, les débats commencèrent avec passion, pour et contre, au milieu des huées et des cris. Puis vint le moment que tout le monde attendait : le charismatique M. Grattam, un opposant déclaré à l'Union, monta à la tribune, et le silence se fit enfin.

— L'Union n'est pas l'identification de deux nations, commença-t-il. C'est simplement la fusion du Parlement d'une nation dans celui de l'autre. Une nation – l'Angleterre – conserve sa pleine proportion, tandis que l'Irlande se prive des deux tiers ; ceci sans qu'on tienne compte du nombre et des forces respectives en présence. Alors que l'Irlande représente un tiers du total en ce qui concerne la population et le territoire, elle est réduite à moins d'un sixième au Parlement ! On la soumet à l'impôt, on lui prend sa production de laine et de toile de lin, et ses récoltes sans se soucier de savoir si c'est pour son bien et celui de son peuple.

Comme il poursuivait sa litanie d'injustices, les murmures de la foule enflèrent. Il tapa du poing sur la balustrade de la tribune et conclut :

— Il s'ensuit que les deux nations ne sont pas clairement identifiées, bien que le corps législatif irlandais ait été absorbé, et par cet acte d'absorption le sentiment de l'une de ces nations n'est pas d'identification mais d'aliénation ! Voilà ce que je demande : association avec l'Angleterre, indépendance irlandaise, et pas d'Union !

La foule se rua au pied de l'estrade, Grattan se retrouva juché sur les épaules des anti-unionistes tandis que des rubans bleus pleuvaient de la galerie. Apparemment, son éloquence passionnée lui avait fait gagner la partie, mais les huées continuaient de fuser.

Apercevant entre les colonnes une silhouette familière, Anna braqua ses jumelles à temps pour voir Conlan s'engager dans l'escalier. Grant Dunmore le suivait de près.

Elle eut soudain le sentiment qu'il était en danger et qu'elle devait l'avertir, mais dans ce vacarme, crier n'aurait servi à rien. Elle se leva d'un bond et plongea dans la foule qui encombrait la galerie. Beaucoup avaient grimpé sur les bancs et vociféraient. Il fallut quelques minutes à Anna pour atteindre l'escalier et gagner le hall. Ni Conlan ni Grant n'était en vue. Des retardataires entraient en hâte, avides de se joindre à la mêlée.

Elle se rua dehors et aperçut enfin Conlan qui fumait tranquillement un cigare en descendant le grand escalier. Autour d'elle, quelques individus sensés quittaient le bâtiment. Les femmes du marché étaient parties, laissant des piles de choux abîmés.

— Conlan ! cria-t-elle en dévalant les marches à sa suite.

Elle posa le pied sur une feuille de chou, dérapa et heurta l'épaule de Conlan qui se tournait vers elle.

— Eh bien, *cailleach*, en voilà un accueil, dit-il en l'enlaçant pour l'empêcher de tomber.

Son sourire taquin et l'étincelle amusée dans son regard vert la firent fondre.

— Vous allez… bien ? demanda-t-elle d'une voix un peu essoufflée.

— Aussi bien que possible pour un homme qui vient de s'évader d'une ménagerie en folie, répondit-il en jetant ce qui restait de son cigare. Et vous ? Je suis surpris de vous voir ici.

— Difficile de ne pas venir après tout ce dont nous avons parlé. Je pensais que je pouvais…

Soudain, elle sentit une poussée brutale entre ses omoplates, et elle s'affala sur les marches. La douleur lui vrilla le flanc, si violente qu'elle en eut le souffle coupé. Elle entendit une femme crier, peut-être Caroline, puis le bruit mat de la chair contre la chair, et le craquement d'un os.

Elle parvint à se relever, à temps pour voir le poing de Grant cueillir Conlan à la mâchoire.

Anna en demeura sidérée. Cela paraissait tellement irréel qu'elle crut à une hallucination due à sa chute. Hélas, ce n'était que trop réel.

L'expression indéchiffrable que Grant affichait un peu plus tôt, dans la chambre du Parlement, avait cédé la place à une fureur primaire. Les deux hommes dégringolèrent de marche en marche, soudés l'un à l'autre.

— Arrêtez immédiatement ! ordonna-t-elle par-dessus les hurlements de Caroline et les cris de la foule qui faisait à présent cercle autour d'eux.

Dublin était une ville de bagarreurs, mais une rixe qui rassemblait un duc, un baronnet et la fille d'un comte n'était pas un spectacle habituel. L'histoire allait faire le tour de la ville, mais pour l'heure, Anna ne s'en souciait guère. Elle devait d'abord empêcher ces deux imbéciles de s'entretuer.

— *Diolain !* cria Conlan qui maintenait le bras de Grant replié dans le dos.

Il avait un bleu à la mâchoire, là où ce dernier l'avait frappé, et s'il semblait avoir le dessus, son cousin quant à lui paraissait en proie à une fureur sans nom. Il enfonça le coude dans les côtes de Conlan et débita un flot de jurons qu'aucune dame ne devrait entendre.

Les spectateurs n'aidaient en rien, qui se contentaient d'encourager à davantage de violence.

Anna arracha le livre des mains de sa sœur et cria :

— Aide-moi, Caroline !

L'air hébété, celle-ci hocha la tête et suivit Anna.

Évitant les poings qui volaient, Anna asséna un coup de livre sur la tête de Grant, puis un autre, et encore un autre jusqu'à ce qu'il recule. Caroline l'attrapa par le bras et, faisant montre d'une force surprenante, le tira en bas des marches tandis que sa sœur s'efforçait de retenir Conlan qui semblait prêt à bondir sur son cousin pour l'achever.

— Ça suffit ! hurla-t-elle.

Debout sur le trottoir, Caroline avait entortillé la cravate de Grant autour de son poing et semblait le sermonner. Il avait l'air aussi furieux que Conlan, mais il demeura là où il était. Comprenant que le spectacle était terminé, la foule commença à se disperser.

Anna était hors d'haleine et à bout de forces. La bagarre – une explosion de violence meurtrière – n'avait duré que quelques minutes, mais elle avait l'impression d'avoir lutté pendant des heures.

— Je vous en prie, Conlan, arrêtez, le supplia-t-elle.

Il se libéra de son emprise et fit volte-face comme s'il s'apprêtait à lui crier après. Mais quelque chose dans son apparence – l'absence de chapeau, ses cheveux dénoués et la poussière qui maculait son visage – le pétrifia.

— Vous êtes blessée, articula-t-il d'une voix rauque.

Il tendit la main, effleura les lèvres de la jeune femme. Ses doigts étaient souillés de sang.

Elle tâta avec précaution l'endroit qu'il avait touché, et découvrit une écorchure qu'elle n'avait pas sentie dans le feu de l'action.

— Zut, marmonna-t-elle.

C'est alors qu'elle s'aperçut que la manche de son spencer était tachée.

— Zut de zut ! C'était ma veste préférée.

— Voilà des années que vous complotez dans mon dos, Dunmore ! gronda Conlan en se tournant vers son cousin. Je suis là. Affrontez-moi en homme, et ne mêlez pas d'innocentes femmes à vos vilenies.

— Vous m'avez tout pris, cracha Grant.

Écartant la main de Caroline, il fixa Conlan droit dans les yeux. La rage déformait son beau visage.

— Tout ce qui aurait dû me revenir, enchaîna-t-il. Mais prenez garde, cousin. Vous allez le payer. Et très bientôt.

— Et vous restez dans les coulisses, attendant de fondre sur moi et de réclamer ce qui vous *appartient* ? ricana Conlan. Le domaine que vous n'avez pas réussi à obtenir traîtreusement ? Ma fortune ? Peut-être même ma femme ?

Grant promena sur Anna un regard empreint de mépris.

— Après que vous l'avez touchée avec vos sales pattes d'Irlandais ? Non merci.

Lâchant un rugissement, Conlan se rua sur Grant. Anna attrapa son manteau et le tira si brutalement que tous les deux faillirent basculer en arrière.

— Écoutez-moi bien, *cousin*, vociféra Grant. Votre temps est compté. Cette fois, je gagnerai.

Sur ce, il s'éloigna à grands pas.

Anna blêmit. Cet accès de violence avait fait remonter à la surface les horreurs de la Rébellion. Serrant les bras autour d'elle, elle se mit à trembler.

— Ne pleurez pas, *colleen*, chuchota Conlan en lui effleurant le bras. C'est fini.

Elle le repoussa.

— Bien sûr que non ! s'écria-t-elle. Vous ne l'avez pas entendu ?

— Grant ? Il n'est rien. Je l'ai déjà combattu. Je gagnerai de nouveau.

Anna secoua la tête.

— Il n'y a pas que lui qui vous en veut, murmura-t-elle.

— Votre Grâce ? appela quelqu'un. Que s'est-il passé ? J'ai entendu dire qu'il y avait une rixe.

Anna pivota et aperçut M. Courtois, le professeur de dessin de Caroline, qui les rejoignait en courant. Jane le suivait de près. L'expression d'amusement détaché, si à la mode dans l'aristocratie, qu'elle arborait d'ordinaire avait cédé la place à une inquiétude sincère.

— Grant Dunmore a cru pouvoir s'en prendre de nouveau à moi, expliqua Conlan. Mais il est parti.

— Monsieur Courtois, fit Anna, étonnée d'être capable de s'exprimer d'une voix à peu près ferme, j'ignorais que vous vous intéressiez à la politique.

— Et moi, j'ignorais que lady Caroline et vous comptiez assister aux débats du Parlement aujourd'hui. Votre mère est là ?

— Elle ne s'intéresse pas à la politique, monsieur, répondit Caroline. Ce qui est fort sage de sa part d'après ce que je vois. La politique est dangereuse pour la santé.

Jane sortit un mouchoir de son sac et le pressa sur les lèvres d'Anna.

— La politique est un mal nécessaire, lady Caroline, déclara-t-elle. C'est des *politiciens* que nous devons nous méfier. C'est à Grant que vous devez ça ? ajouta-t-elle à l'adresse d'Anna.

— Je me suis trouvée sur son chemin, alors qu'il se ruait sur le duc. Il voulait le tuer. Cela se voyait dans son regard.

— Laissez-moi vous ramener toutes les deux chez vous, proposa Jane. Ma voiture est à deux pas.

Anna regarda Conlan. Elle n'avait pas envie de le quitter alors que tant de dangers le menaçaient. Mais il la gratifia d'un hochement de tête impérieux.

— Allez avec lady Cannondale, *colleen*. Votre sœur et vous devriez être chez vous.

— Et y rester, les portes verrouillées et des pistolets à portée de main ? demanda Caroline avec flegme.

— Si cela vous tente, répondit Conlan. J'ai comme l'impression que vous feriez un tireur redoutable, lady Caroline.

— Et vous ? intervint Anna. Vous ne devriez pas rester seul.

— M. Courtois m'accompagnera.

Anna examina l'élégant professeur de dessin.

— Monsieur Courtois ?

— Je vous assure, lady Anna, que mes armes ne se limitent pas au pinceau, fit ce dernier.

— Allons-y, dit Jane en tirant sur la manche d'Anna. Il fait froid et vous empestez le chou pourri.

Anna renifla sa manche avec précaution. Jane avait raison. Seigneur, quelle journée ! songea-t-elle en emboîtant le pas à son amie tandis que M. Courtois et Conlan partaient dans la direction opposée.

Quelques minutes plus tard, elle se laissait tomber sur la banquette confortable de la voiture de Jane.

— Je suis désolée, je vais salir vos jolis coussins, murmura-t-elle.

Jane eut un geste désinvolte de la main.

— L'essentiel est que vous n'ayez pas été blessée. Que s'est-il passé, exactement ?

— Grant Dunmore a attaqué le duc et lui a flanqué un coup de poing, commença Caroline. Ensuite, Anna l'a frappé – Dunmore, je veux dire – sur la tête avec mon livre. À ce propos, il semblerait que j'aie perdu ledit livre. Ainsi que mes lunettes. Mais ça en valait la peine. C'était plutôt palpitant.

Jane éclata de rire.

— Ce n'était pas tout à fait aussi simple que cela, protesta Anna. L'accès de fureur de sir Grant m'a stupéfié.

— Personnellement, il ne me surprend pas, dit Jane. Cet homme recèle des noirceurs cachées. Je crains seulement que ce ne soit que le début. Restez sur vos gardes, Anna.

— Dois-je me munir d'un pistolet ?

— Pourquoi pas ? fit Jane en sortant de son sac un minuscule pistolet incrusté de perles. On ne sait jamais ce qui peut arriver en ces temps troublés.

— C'est un vrai ? s'enquit Caroline, dévorée de curiosité.

— Bien sûr, répondit Jane en glissant l'arme dans la main d'Anna. Gardez-le. J'en ai d'autres à la maison.

Anna soupesa l'arme. Elle était presquc aussi légère qu'un éventail, mais plus rassurante. Comme l'avait dit Jane, ils vivaient des temps troublés.

— C'était un sacré spectacle, sir Grant.

Grant, qui passait devant la portière ouverte d'une voiture garée sur Fishamble Street, s'immobilisa. La colère qui l'avait submergé lorsqu'il avait vu Adair enlacer Anna Blacknall n'était plus que braises, mais elle continuait de grésiller. Il s'en voulait d'avoir perdu si stupidement la tête. Non seulement toute la ville allait en faire des gorges chaudes, mais il avait dévoilé son jeu trop tôt.

Sourcils froncés, il scruta les profondeurs de la voiture d'où était sortie la voix. George Hayes était affalé sur la banquette, une flasque à la main. Cet ivrogne était tellement endetté qu'il était prêt à se charger de n'importe quelle sale besogne pour de l'argent. Ce qui ne l'empêchait pas de rire de Grant.

— Une erreur malheureuse, rectifia froidement ce dernier. Cela ne se reproduira pas.

— Non, bien sûr. Montez. Je vais vous ramener chez vous.

— Je préfère marcher.

La figure bouffie de George vira en un instant de l'affabilité à la fureur.

— Après ce que vous venez de faire, sir Grant, se bagarrer dans la rue comme un voyou, vous n'avez pas à me regarder avec mépris ! Montez. Nous avons à parler.

— C'est lord Ross qui vous envoie ?

— Montez.

Grant jeta un coup d'œil alentour. Personne ne semblait prêter attention à lui malgré son visage meurtri et son manteau froissé. Une voiture apparut au coin de la rue, une voiture dont la portière était ornée des armes des Cannondale. Jane, son ex-maîtresse et – comme lui avait appris l'un de ses espions au Parlement – une traîtresse. Il grimpa en hâte dans la voiture de George et claqua la portière.

George lui tendit sa flasque. Comme il la refusait avec une moue de dégoût, George haussa les épaules et la vida d'une rasade. L'habitacle puait le vieux capitonnage, l'alcool et le chou pourri.

— Peu importe qui m'a envoyé. Il est temps d'agir, déclara George. Le vote final sur l'Union est imminent. Les chiffres sont de notre côté, mais cela peut changer. Adair est une épine dans le pied depuis trop longtemps.

« Il l'a été toute ma vie », compléta Grant en silence. Mais cela allait changer, quitte à s'allier avec des scélérats comme George Hayes.

— Et que proposez-vous ?

— Adair semble très renseigné sur nos faits et gestes. Il a fait pression sur certains de nos alliés si bien que les pots-de-vin ne marchent plus. Et chaque fois qu'on envoie quelqu'un pour l'achever, il s'en sort sans une égratignure. Il faut que ça cesse. Dommage que vous n'ayez pas profité de cette bagarre pour lui fracasser sa sale tête d'Irlandais.

Grant plia sa main meurtrie. Il avait voulu faire cela avec une férocité dont il avait honte à présent.

— Il n'est pas besoin qu'il meurt pour que j'obtienne ce que je veux.

— Un homme comme lui ? Bien sûr que si. Voyons, Dunmore. Vous voulez Adair Court. Je veux le château de Killinan. Ma jolie cousine n'a pas eu de chance avec ses enfants. Eliza et son rebelle de mari, et maintenant Anna qui gaspille son charme avec Adair. Quant à Caroline, ce n'est qu'un bas-bleu sans intérêt.

Néanmoins, la pauvre Katherine semble les aimer. Les sentiments peuvent être utiles quand on sait les manier.

Les yeux fixés sur ses phalanges ensanglantées, Grant songea à Caroline Blacknall. Elle était petite, fluette, tout juste sortie de l'enfance, mais avec quelle vigueur elle l'avait tiré à l'écart et empêché de se jeter de nouveau sur son cousin. Athena partant en guerre.

Pourtant, que ses yeux bruns étaient doux lorsqu'ils avaient discuté dans la bibliothèque...

— Je refuse de mêler les dames à nos histoires, marmonna-t-il.

— Même une Anna Blacknall qui vous a préféré un Irlandais mal dégrossi ? riposta George avec un rire gras. Elle y est déjà mêlée, et jusqu'au cou. Alors, vous voulez éliminer votre satané cousin, oui ou non ?

Grant frappa la banquette du poing, effaçant la vision ensorcelante des yeux sombres de Caroline Blacknall et de son sourire émouvant.

— Je veux le démolir.

24

— Ma mère est-elle à la maison, Smythe ? demanda Anna au majordome qui leur ouvrait la porte.

Pas encore remise des aventures de l'après-midi, elle s'appuyait sur le bras de Caroline.

— Non, lady Anna. Elle est à la réunion du Comité de Charité, et je dois aller au marché avant qu'elle rentre. Elle voulait des côtes de veau pour le dîner, la cuisinière est épuisée et la fille de cuisine se plaint d'être enrhumée, expliqua Smythe avec un soupir de martyr.

Remarquant enfin dans quel état elles étaient, il écarquilla les yeux.

— Je vous fais monter de l'eau chaude avant de partir, milady ?

— S'il vous plaît, Smythe. Et du thé, répondit Anna.

— Tout de suite, milady. Oh, il y a cette lettre qui est arrivée aujourd'hui de Suisse !

— Des nouvelles d'Eliza ! s'écria Caroline en s'emparant de la grosse enveloppe. Cela fait une éternité que nous n'en avons pas eu.

— Viens vite, Caroline. Tu vas me la lire pendant que je me change. Cela nous fera une heureuse distraction.

Grâce au ciel, leur mère était absente. Car ce qu'Anna vit dans son miroir faillit lui arracher un cri d'horreur. Elle avait les cheveux hirsutes, les joues rouges, et le regard fiévreux. Pas étonnant que Conlan la traite de sorcière.

Après que les servantes eurent apporté de l'eau chaude et le plateau du thé, elle se débarbouilla en hâte. Mais cela n'effaçait pas la violence de la bagarre, ni le fait que, en dépit de ses bonnes résolutions, elle allait être de nouveau l'objet de commérages.

— Quelle aventure ! déclara Caroline. Tu veux que nous en parlions ?

Anna secoua la tête, et entreprit de démêler sa tignasse blonde.

— Pas tout de suite. J'ai peur de ne pas être très cohérente. Lis-moi plutôt la lettre d'Eliza.

Caroline parut sur le point de protester, mais elle se contenta de hocher la tête. Elle servit le thé, puis ouvrit la lettre. Sans cesser de se brosser les cheveux, Anna ferma les yeux et écouta les récits de promenades dans la neige, de patinage sur des lacs glacés, et de festivités de Noël à la mode suisse.

— *Bien que je n'aime pas particulièrement les sucreries, j'adore le* Stollen, *une sorte de gâteau de Noël dont tout le monde raffole ici, et c'est normal parce que...*

Caroline s'interrompit, poussa un cri, et reprit :

— *... parce que je vais avoir un bébé cet été.* Oh, Anna, nous allons être *tantes* !

— Un bébé ! s'écria Anna en arrachant la lettre des mains de sa sœur.

— Maman sera tellement heureuse !

— C'est certain, acquiesça Anna. Et cela compensera le fait qu'une de ses filles se bagarre dans les rues de Dublin comme une poissonnière.

— Elle ne sera pas fâchée, voyons, répliqua Caroline. Il fallait bien que tu aides le duc.

— Je doute qu'un homme comme Adair ait besoin de *mon* aide dans une bagarre.

— Si j'avais des ennuis, je voudrais que tu sois de mon côté. Tu n'avais pas l'air d'avoir peur quand tu t'es jetée sur Grant Dunmore pour l'assommer avec mon livre.

— À ce propos, je compte bien te racheter un livre demain.

— Ce n'était qu'Hérodote, lâcha Caroline avec désinvolture. J'ai d'autres œuvres de lui quelque part. Dis-moi, tu as définitivement écarté Dunmore comme mari possible.

Anna se remémora la fureur qui avait incendié le regard du jeune homme.

— Oui. Ce n'est pas un homme pour moi. Il ne l'a jamais été.

— Et Adair l'est ?

— Il ne m'a pas demandée en mariage.

— Il le fera, j'en suis sûre. Surtout après la scène d'aujourd'hui. Et puis, tu as toujours déclaré que tu voulais épouser un duc.

— Ce n'est pas exactement le genre de duc que j'imaginais lorsque je disais cela !

Caroline dévisagea sa sœur de ses grands yeux sombres.

— Qu'est-ce que tu imaginais ? La Cour de Londres ? Que tout le monde s'incline devant toi ? Des bijoux en veux-tu en voilà ?

— Quelque chose comme cela, je suppose. Une certaine grandeur…

— Et, avec Adair, que penses-tu avoir ?

Avec Adair, elle avait, ou pouvait avoir, tout ce dont elle avait toujours eu besoin sans le savoir. L'amour, le sentiment d'être à sa place, la possibilité d'être vraiment utile. De la passion comme jamais elle n'aurait osé en rêver, mais aussi du danger.

— Caroline, comment sais-tu de façon aussi catégorique que lord Hartley est celui que tu veux ?

Caroline haussa les épaules.

— Je l'ai su dès que nous avons discuté. Nous avons beaucoup de centres d'intérêt communs, et nous nous comprenons. Bien sûr, il n'est pas très séduisant, mais il est gentil et intelligent. Il ne me demandera jamais d'être ce que je ne suis pas. Nous pourrons avoir une vie confortable et satisfaisante.

— Mais qu'éprouves-tu quand il t'embrasse ? insista Anna. As-tu l'impression que tu vas exploser, prendre feu, lorsqu'il te touche ?

Caroline la fixa d'un regard ahuri.

— Je ne l'ai jamais embrassé. Mais je doute de ressentir cela. Je ne suis même pas certaine que ce soit... nécessaire. C'est ainsi entre Adair et toi ?

— Oui. J'oublie tout quand je suis avec lui. Je me sens vivante comme jamais.

— Alors, je crois que tu ferais mieux de l'épouser. Tu ne devrais pas avoir de problèmes pour obtenir la permission de maman. Dès qu'elle aura lu la lettre d'Eliza, elle voudra d'autres petits-enfants.

— Et la progéniture de lord Hartley n'en fera pas partie une fois que vous serez mariés ? s'étonna Anna.

— Si, bien sûr, répondit Caroline, et pour la première fois, une note de doute était perceptible dans sa voix. Sans doute. Mais ce ne sont plus des enfants.

— Je ne pense pas que nous puissions résoudre nos problèmes sentimentaux tout de suite, déclara Anna en réprimant un bâillement. Je suis si fatiguée que j'arrive à peine à réfléchir. Je vais m'allonger jusqu'au retour de maman.

— Je crois bien que je vais t'imiter, décida Caroline en se frottant les yeux.

Sans ses lunettes, elle paraissait plus jeune, plus jolie et plus vulnérable. Anna espéra vivement que sa petite-sœur-trop-intelligente-pour-son-bien ne ferait pas une terrible erreur en épousant Hartley.

Et qu'elle-même n'en ferait pas une avec Adair. Elle ne pouvait plus se permettre d'erreurs.

Toutes deux s'allongèrent sur le lit, et s'endormirent presque aussitôt.

Un bruit de verre brisé tira Anna de son sommeil. Elle se redressa en sursaut, encore prisonnière d'un réseau poisseux de rêves. Ce bruit en faisait-il partie ? Le bruit se répéta, et elle comprit que non. Dans la pénombre, elle vit une main gantée se glisser entre les échardes de verre et tourner la poignée de la fenêtre.

— Caroline, sauve-toi, murmura-t-elle frénétiquement en secouant sa sœur.

Elle voulut sauter du lit, mais ses jambes refusèrent de lui obéir. Son affolement était tel que son cerveau semblait incapable de donner des ordres à son corps.

— Qu'est-ce… ? balbutia Caroline en s'asseyant.

Voyant une silhouette enjamber l'appui de la fenêtre, elle hurla, roula du lit, et heurta brutalement le sol.

Le brouillard se dissipa dans le cerveau d'Anna qui se mit à hurler à son tour. Trop tard. Un grand gaillard l'arracha du lit et plaqua la main sur sa bouche tout en lui entourant la taille du bras. Étouffant presque, elle se débattit comme un beau diable. Coups de poing, coups de pied. Elle tourna la tête pour lui mordre la main.

— Foutue garce ! marmonna l'homme.

Il n'avait pas l'accent irlandais, ni même anglais, nota-t-elle.

— Comment est la tienne ? demanda-t-il.

— Tout aussi cinglée, répondit une autre voix masculine. Et moi qui croyais que les gentilles petites dames de la haute s'évanouissaient dès qu'on les regardait.

— Il devait y en avoir qu'une seule. C'est ce qu'ils m'ont dit quand ils m'ont conseillé de passer par cette fenêtre, grommela l'assaillant d'Anna.

Il lui tira les bras en arrière et les ligota ensemble. Une douleur aiguë lui traversa l'épaule.

— On n'a qu'à les emmener toutes les deux et laisser les aristos choisir.

— Moi, je vote pour les tuer et les laisser ici.

— Si on fait ça, on ne nous paiera pas. Tiens, attache cette corde autour de la tienne et fais-la descendre par la fenêtre, que Jim la récupère. Je suivrai avec l'autre.

Terrifiée, devinant quel sort horrible les attendait, Anna rassembla ce qui lui restait d'énergie, et donna un coup de tête en arrière. Elle heurta si violemment la mâchoire de l'individu que sa tête en fut tout ébranlée.

— Salope ! cracha-t-il.

Elle eut l'impression que son crâne explosait, et tout devint noir.

25

— Mes filles sont à la maison, Smythe ? s'enquit Katherine qui tendit ses paquets au majordome avant de se débarrasser de ses gants et de son manteau.

— Elles se reposent à l'étage depuis un moment déjà, milady, répondit Smythe. Je rentre tout juste du marché avec le veau que vous vouliez pour le dîner.

— La réunion s'est prolongée. Après quoi, j'ai dû aller acheter des couleurs pour les leçons de lady Caroline.

Des leçons avec Nicolas. Le simple fait de prononcer ce prénom dans sa tête suffisait à la faire sourire. Il en était ainsi depuis qu'ils s'étaient vus à Noël – puis à Dublin ensuite. Elle se sentait ridiculement exubérante ces derniers jours, prête à éclater de rire à tout moment.

— Je monte voir mes filles. J'ai hâte de savoir comment ça s'est passé au Parlement aujourd'hui.

— J'ai cru comprendre que ç'avait été plutôt animé, milady.

Katherine gravit les marches, et remonta le couloir qui menait aux chambres. La porte d'Anna était fermée, et aucun bruit ne filtrait à travers le battant. La séance au Parlement avait dû être vraiment épuisante…

— Vous dormez ? demanda-t-elle en frappant à la porte. C'est bientôt l'heure du dîner.

Pas de réponse. Katherine tourna la poignée et ouvrit. Comme un courant d'air glacial l'accueillait, l'inquiétude la saisit. La chambre était sombre et silencieuse.

— Anna ? Caroline ?

Du verre crissa sous ses pieds tandis qu'elle s'avançait dans la pièce.

En une fraction de seconde, elle embrassa la scène. La fenêtre ouverte aux carreaux brisés. Le lit vide. Et la garde d'un poignard planté dans le matelas.

Elle s'approcha du lit d'un pas chancelant. La lame transperçait un morceau de papier. À la lueur de la lune, Katherine parvint à déchiffrer les mots griffonnés.

Si Adair veut récupérer sa putain, dites-lui de venir la chercher. L'entrepôt de laine Dowling, près du fleuve. À minuit. Seul. Sinon, elle mourra.

— Depuis combien de temps ont-elles disparu ? demanda Conlan, les yeux rivés sur le papier déchiré.

Il s'était exprimé d'une voix posée et s'efforçait de garder son calme pour le bien de lady Killinan, mais aussi pour le sien – s'il se laissait aveugler par la fureur, il risquait de se montrer téméraire alors que seule la ruse serait efficace.

Mais quelqu'un paierait. Et cher.

Assise au bord du lit, lady Killinan serrait contre elle l'un des châles d'Anna. Son visage était livide et ruisselant de larmes.

— Je ne sais pas exactement, répondit-elle. Je suis rentrée de ma réunion il y a moins d'une heure, et le majordome dit qu'elles étaient là depuis près de deux heures.

Il était donc possible que les deux sœurs aient disparu depuis trois heures. Conlan jeta un coup d'œil à la pendule sur la cheminée. Il restait presque trois heures avant minuit.

— Et personne n'a rien vu ni entendu ? demanda-t-il.

— Rien, assura lady Killinan. Le majordome était au marché, et les autres domestiques à l'office. La maison est grande, et il est normal que personne n'ait rien entendu.

— Les ravisseurs sont montés en s'agrippant au lierre ?

— Oui. Je comptais demander qu'on le coupe, mais ça m'était sorti de la tête et…

Elle s'interrompit sur un sanglot et étreignit le châle.

— C'est ma faute. Je suis leur mère et je n'étais pas là pour les protéger. Je savais que quelque chose n'allait pas, qu'Anna me cachait quelque chose, et je n'ai rien fait. J'attendais qu'elle vienne me trouver.

— Non, lady Killinan, non, protesta Conlan, qui s'accroupit devant elle et prit ses mains tremblantes dans les siennes. Si quelqu'un est coupable, c'est moi. J'aurais dû la repousser, l'oublier.

Elle fixa sur lui ses yeux rougis.

— Comment auriez-vous pu ? Vous êtes amoureux d'elle.

— Oui, souffla-t-il, tandis que la vérité de cette affirmation le frappait de plein fouet.

Bien sûr qu'il aimait Anna. Sa belle, sa sauvage, sa tendre Anna. Il l'aimait depuis le jour où elle l'avait assommé dans cette écurie en ruine.

Et voilà le résultat de cet amour !

— Je les retrouverai, lady Killinan, promit-il. Je les retrouverai et je vous les ramènerai. Et celui qui a fait cela le paiera cher.

Lady Killinan le dévisagea longuement.

— Je sais que vous le ferez, murmura-t-elle. Et je vous aiderai.

Le bruit de pas de quelqu'un qui gravissait l'escalier en courant leur parvint. Nicolas Courtois pénétra en trombe dans la chambre tandis que le majordome criait derrière lui :

— Vous ne pouvez pas entrer là ! Revenez tout de suite, monsieur Courtois !

Nicolas ignora ces protestations, ignora Conlan. Il ne voyait que lady Killinan.

— Katherine ! s'écria-t-il d'une voix rauque.

Il ouvrit les bras et, sous le regard stupéfait de Conlan, elle courut s'y jeter.

— Ma belle, je suis navré.

— Elles ont disparu, Nicolas, articula-t-elle avant d'éclater en sanglots. Je ne les surveillais pas, et elles ont disparu.

— Je sais, on me l'a dit, murmura-t-il en lui caressant les cheveux avec une tendresse inouïe. Mais nous les retrouverons. Elles seront dans vos bras avant le lever du soleil.

Il lui embrassa le sommet du crâne, et Conlan craignit que son ami ne regarde lady Killinan comme lui-même regardait Anna – comme si le monde commençait et finissait dans ses yeux.

Mais il n'avait pas le temps de s'en inquiéter pour le moment. Il fallait d'abord retrouver les demoiselles Blacknall et éliminer celui ou ceux qui avaient osé s'en prendre à elles.

Lady Killinan s'écarta de Nicolas en s'essuyant les yeux.

— Mais... comment l'avez-vous su, Nicolas ? Comment avez-vous fait pour arriver aussi rapidement ?

Le regard de Nicolas chercha celui de Conlan pardessus la tête blonde de Katherine.

— Je l'ai envoyé chercher, dit Conlan.

Lady Killinan se tourna vers lui, l'air perplexe. Dieu, qu'Anna lui ressemblait !

— Nous sommes de vieux amis, le duc et moi, expliqua Nicolas. Ma mère a travaillé chez la sienne comme couturière quand nous sommes arrivés de Paris, et elles sont devenues amies.

— Et, maintenant, il m'aide à l'occasion, ajouta Conlan.

— Il vous aide à quoi ? demanda lady Killinan, les sourcils froncés. Je ne comprends pas.

— Je n'ai pas vraiment le temps de vous expliquer, fit Conlan. Disons, en résumé, que j'ai œuvré pour que l'Acte d'Union ne soit pas voté.

— Je m'en serais doutée.

— Il arrive que Nicolas entende des choses intéressantes lorsqu'il travaille. C'est tout.

Elle pivota pour fusiller Nicolas du regard.

— Vous nous espionniez ?

— Bien sûr que non, Katherine, se défendit-il.

— Je suppose que nous n'avons rien fait ni dit d'intéressant, mais vous avez raison, Adair, le moment est mal choisi pour des explications. L'heure tourne. Il nous faut un plan.

— J'en ai déjà un, annonça le duc en allant fermer la porte.

L'entrepôt paraissait à l'abandon. Le vent glacial qui montait du fleuve cinglait les petites fenêtres.

Conlan examina l'édifice avec soin, guettant le moindre bruit ou mouvement, cherchant les points vulnérables. Le propriétaire était visiblement plus prudent que lord Ross dont la maison avait été incendiée lors de l'émeute. Les fenêtres du rez-de-chaussée étaient murées et les portes bardées de fer. Une grille métallique entourait le bâtiment avec, à l'arrière, une porte qui donnait sur le quai.

Il y eut soudain un bref éclair lumineux à l'une des fenêtres de l'étage.

Conlan recula jusqu'à l'entrepôt voisin, derrière lequel l'attendaient Nicolas et deux hommes.

— Ils sont là ? chuchota Nicolas.

— Je pense, oui. En tout cas, ils ont choisi une prison sûre.

— Que fait-on, à présent ?

— Ce que disait le message : attendre minuit et entrer.

— Tu ne peux pas y aller seul ! protesta Nicolas pour la énième fois.

— Je dois le leur faire croire. Tu ferais mieux de retourner à Henrietta Street pour veiller au grain. J'ai demandé à McMann de surveiller la maison. Lady Killinan me préviendra par son intermédiaire s'il se passe quoi que ce soit. Il me semble qu'elle pourrait avoir besoin de *toi* en ce moment.

— Non. Elle pense que je les ai espionnées.

Conlan se rappela comme elle s'était cramponnée à Nicolas.

— Elle a besoin de toi, insista-t-il. Et moi j'ai besoin que tu veilles sur elle en attendant que je lui ramène ses filles.

Il ignorait dans quel état elles seraient alors. Lady Killinan aurait besoin de toutes ses forces – et lui aussi.

Nicolas hocha la tête et s'élança dans la nuit. Conlan indiqua aux deux autres hommes où se poster, puis se glissa derrière le vaste entrepôt plongé dans l'ombre. Il escalada la grille et sauta de l'autre côté. De grosses caisses de laine prêtes à être embarquées étaient empilées contre les murs de brique. Idéal pour se hisser jusqu'aux fenêtres de l'étage.

Conlan commença à grimper avec détermination.

26

— Anna, réveille-toi ! Je t'en supplie, réveille-toi.

Anna remonta lentement des profondeurs de l'inconscience. Elle y serait bien restée, mais une voix la hissait à la surface.

Elle entrouvrit les yeux. La lumière d'une bougie lui transperça le cerveau. Ses tempes battaient douloureusement.

— Que se passe-t-il ? demanda-t-elle d'une voix éraillée.

— Oh, merci, Seigneur ! Tu es vivante !

Le visage de Caroline apparut au-dessus d'elle. Ses cheveux bruns retombaient en désordre sur les épaules, et ses joues étaient maculées de poussière. Un bleu s'étalait sur l'une de ses pommettes.

— J'avais si peur, murmura-t-elle.

Anna se rendit compte que sa tête reposait sur les genoux de sa sœur et qu'elles gisaient à même le plancher. Il faisait très froid et elles n'avaient ni châle ni chaussures. L'unique source de lumière provenait d'un bout de chandelle planté sur une caisse à côté d'elles.

D'un seul coup, tout lui revint. La vitre brisée, l'irruption d'inconnus dans sa chambre, les cris, les liens. Elles avaient été enlevées ! Chez elles !

Anna se redressa, et grimaça tandis qu'une douleur sourde lui taraudait le crâne.

— Où sommes-nous ? Tu es blessée, Caroline ? Est-ce qu'ils ont...

— Non, non. Rien de ce genre. Ils m'ont juste ligotée, bâillonnée et emmitouflée dans une vieille couverture puante. Ils nous ont amenées ici dans une voiture fermée. Je regrette qu'ils ne nous aient pas laissé cette couverture, ajouta-t-elle en frissonnant.

— Où sommes-nous ?

— Dans une sorte d'entrepôt. Près du fleuve, je pense. J'ai entendu de l'eau lorsqu'ils m'ont sortie de la voiture.

— Est-ce qu'ils ont dit ce qu'ils voulaient ?

— Non, rien. Ils nous ont juste déposées ici et sont partis après nous avoir détachées. J'ai l'impression que c'était il y a des heures, mais je sais que ce n'est pas possible.

Un sanglot rauque lui échappa.

— Oh, Anna, j'avais tellement peur que tu meurs ! Et je ne pouvais rien faire !

— Chut, je vais bien, ne t'inquiète pas.

Anna attira sa cadette contre elle et l'embrassa.

— Je pense qu'ils ont l'intention de demander une rançon, chuchota-t-elle.

Comme elle se relevait lentement, elle chancela et une nausée la saisit, qu'elle s'efforça de ravaler. Elle attendit un instant que le vertige se dissipe, puis parcourut leur prison du regard.

C'était une grande pièce sombre remplie de caisses empilées jusqu'aux poutres. Les fenêtres étaient trop hautes et trop étroites pour que quiconque puisse envisager de s'y faufiler, pas même quelqu'un d'aussi mince que Caroline.

Elle souleva le couvercle d'une des caisses. Elle contenait des ballots de laine brute. Pas vraiment utile pour s'évader, mais elles pouvaient au moins s'asseoir dessus en attendant.

En attendant quoi ? Elle ne voulait même pas y songer.

— Je regrette de ne pas avoir le pistolet que m'a donné Jane, murmura-t-elle en sortant les ballots graisseux.

— Comment tirer dessus s'ils ne reviennent pas ?

— Ils reviendront.

— Tu crois qu'ils ne veulent que de l'argent ? Ou y a-t-il autre chose ?

— Je ne sais pas, admit Anna.

Elles roulèrent la laine près de leur précieuse bougie et s'installèrent dessus, serrées l'une contre l'autre pour se tenir chaud.

— Je suppose qu'il y a un rapport avec l'Union ou la politique, reprit-elle, mais j'ignore lequel.

— C'est peut-être le duc qu'ils veulent atteindre, hasarda Caroline.

— C'est possible. Si c'est le cas, j'espère qu'il restera à l'écart.

— Je doute qu'il fasse une chose pareille alors que tu es en danger.

Anna craignait que sa sœur n'ait raison. À l'heure qu'il était, on avait dû s'apercevoir de leur disparition. Si leur mère avait fait prévenir Conlan…

Elle secoua la tête, s'efforçant de tenir sa peur à distance. Regardant de nouveau autour d'elle, elle repéra dans un coin une porte juste assez large pour laisser passer des caisses. Il y en avait une autre, plus petite, qui semblait mener à une glissière. Les deux sœurs constatèrent que ces portes étaient, de manière prévisible, verrouillées, et qu'aucun coup de boutoir ne pourrait les faire céder.

— Nous ne devrions peut-être pas faire autant de bruit, s'inquiéta Caroline, qui cessa de cogner sur le bois avec le couvercle d'une caisse. Ça risque de les énerver.

— Tu as raison, acquiesça Anna. En plus, ça ne sert à rien. Mais s'ils doivent revenir, c'est par là qu'ils passeront, non ?

— Je suppose.

— Alors, j'ai une idée.

Caroline jeta un regard méfiant à sa sœur.

— Quel genre d'idée ?

— Tout vaut mieux que de rester assise là comme une paire de poules mouillées ! Aide-moi à dérouler cette laine et à l'apporter ici.

— Oh ! s'écria Caroline dont les yeux s'ouvrirent en grand. Je vois.

Elles entreprirent de tirer les ballots de laine jusqu'à la porte, puis tendirent les fibres en travers du seuil.

— Si nous arrivons à les retenir là-dedans, cela nous donnera le temps de les assommer à coups de couvercle et de nous enfuir, expliqua Anna.

Et si cela ne marchait pas… Eh bien, si elle leur créait suffisamment de problèmes, cela permettrait à sa sœur de s'échapper.

Leur tâche achevée, Caroline s'accroupit près du mur avec son couvercle et Anna se remit à taper sur la porte. Elle avait les mains presque en sang lorsqu'elles entendirent enfin des pas, puis le grincement d'un loquet qu'on tire. La porte s'ouvrit à la volée et un grand costaud apparut. À l'odeur, Anna devina qu'elles avaient interrompu un festin d'oignons et de gin.

— Qu'est-ce qui se passe ici ? brailla-t-il. Vous avez intérêt à la mettre en veilleuse toutes les deux, je vous préviens !

— Maintenant ! cria Anna.

Caroline asséna un grand coup de couvercle sur le crâne de l'homme qui, emberlificoté dans leur toile de laine, ne put reculer et s'affala sur le sol.

Anna attrapa la main de sa sœur et elles sortirent en courant. Elles dévalaient l'escalier lorsqu'un homme surgit au pied des marches. Elles s'immobilisèrent. Anna ne distinguait pas son visage, car il était éclairé de dos, mais ce n'était de toute évidence pas une brute épaisse. Il était grand, mince et élégamment vêtu.

En deux pas, il les rejoignit, attrapa Caroline par la taille et la souleva du sol, arrachant sa main à celle d'Anna.

Cette dernière hurla tandis que Caroline se débattait. L'homme la jeta sur son épaule comme il l'aurait fait d'un ballot de laine, et tendit le bras pour empêcher Anna de passer.

— Pourquoi les avez-vous enlevées toutes les deux ? lança-t-il d'une voix où vibrait une colère froide.

Sidérée, Anna reconnut Grant Dunmore. L'élégant, le superbe, le charmant Grant, transformé en bagarreur de rues et ravisseur ?

— Vous, souffla-t-elle.

Il baissa les yeux sur elle, tout en maintenant fermement Caroline qui continuait de gigoter.

Un autre individu apparut derrière lui. Il avait une lampe dans une main, une bouteille dans l'autre. C'était George Hayes, le cousin de leur mère.

— Elles étaient ensemble quand les gars que j'ai embauchés ont fait irruption, expliqua George. Que vouliez-vous qu'ils fassent ? Qu'ils laissent Caroline alerter les domestiques ? Qu'ils la tuent ?

— Peut-être que si vous n'aviez pas embauché de tels incompétents, ce ne serait pas arrivé, rétorqua Grant. Restez tranquille, vous ! ajouta-t-il en flanquant une claque sur l'arrière-train de Caroline.

— Comment osez-vous ? cria-t-elle avant de lui tirer les cheveux.

— Ces types travaillent pour pas cher, c'est le principal, riposta George. Une fois qu'Adair aura mordu à l'hameçon, on les laissera partir et personne n'aura souffert. À part vos jolis cheveux, Dunmore.

Poussant un cri de fureur, Anna se rua sur Grant.

— Espèce d'ordure ! Je ne vous laisserai pas faire du mal à Conlan !

Grant l'attrapa de son bras libre et la poussa dans l'escalier vers son complice.

— Bon Dieu, George, occupez-vous d'elle ! Je ne peux pas tout faire.

George lâcha sa bouteille – qui, par miracle, ne se brisa pas, mais se vida en partie – et saisit Anna avant qu'elle tombe. Comme l'autre ruffian, il empestait l'alcool et l'oignon.

— Je vous avais prévenu que ces filles étaient de véritables démons, fit-il avec un rire désagréable. Ça fait un bout de temps que j'ai l'œil sur celle-ci.

Anna lui cracha dessus, ce qui lui valut une gifle. Sa tête tressauta et des étoiles tourbillonnèrent devant ses yeux, mais pour la frapper, il avait dû la lâcher. Elle s'élança en avant, mais il la rattrapa aussitôt.

— Ce n'était pas une bonne idée, jolie petite demoiselle, dit-il.

— Enfermez-la dans un placard, ordonna Grant. Je me charge de l'autre.

— Avec plaisir, répondit George en attirant Anna contre lui.

Dégoûtée, elle sentit son érection contre sa hanche. Au lieu de l'effrayer, cela ne fit qu'attiser sa colère.

— Et laissez-la tranquille, ajouta Grant avec autorité. C'est Adair notre cible, ne l'oubliez pas.

George se rembrunit, mais hocha la tête. C'était un faible, habitué à suivre les instructions de plus fort que lui. Serrant le bras d'Anna à lui faire mal, il l'entraîna dans un couloir étroit.

— Par ta faute, j'ai gaspillé du vin, petite salope, lui murmura-t-il à l'oreille. Tu me le paieras.

Sur ce, il ouvrit la porte d'un placard encastré dans le mur, la poussa à l'intérieur et ferma à clé.

Il faisait aussi noir que dans un four là-dedans. Seuls un goutte-à-goutte régulier et un petit bruit furtif, qui évoquait celui que font des rats, brisaient le silence.

S'adossant au mur humide, Anna serra les bras autour d'elle et s'obligea à respirer lentement pour ne pas céder à la panique. Elle entendit un raclement au-dessus de sa tête, un coup sourd, puis plus rien.

Elle ferma les yeux et se rappela la nuit où Conlan l'avait emmenée dans une taverne. Elle pensa à la musique, à la danse, à la lumière, et se cramponna à ces souvenirs.

— « Sous un ciel sombre et sans lune, il chevauchait dans la nuit », chantonna-t-elle pour garder la peur à distance.

Elle humecta ses lèvres sèches et enchaîna plus fort, plus hardiment :

— « Pour aller voir sa bien-aimée. Le parfum des fleurs, il ne s'en souciait pas et passa un pont, ce triste jour... »

Grant ramena Caroline dans la pièce où elles avaient été retenues prisonnières et la laissa tomber sur un ballot de laine. Elle se releva d'un bond et courut le plus loin possible de lui. Plaquée contre une pile de caisses, elle le vit pousser le ruffian inconscient hors de la pièce, puis refermer la porte.

— Comment avez-vous pu ? articula-t-elle.

Comment un homme qui parlait de *La Chronique de Kildare* avec tant de fierté et de tendresse pouvait-il se révéler aussi cruel ? Question idiote, bien sûr. Quantité d'individus épris d'art et de littérature avaient été par ailleurs de véritables despotes. Mais elle n'avait jamais imaginé Grant Dunmore ainsi.

Coureur de jupons, peut-être. Ambitieux, à l'évidence. Mais pas ravisseur.

— Vous n'étiez pas supposée être impliquée dans cette histoire, dit-il.

Caroline eut un rire amer.

— Et c'est censé rendre les choses moins graves ? Le fait que vous comptiez n'enlever qu'Anna ?

— Je n'ai jamais souhaité que tout ceci arrive, répliqua-t-il, les traits tirés, l'air hagard. Je voulais juste ce qui aurait dû m'appartenir.

Caroline était perdue.

— Qu'est-ce qui aurait dû vous appartenir ? Comment le fait de nous enlever, ma sœur et moi, pourrait-il vous aider à l'obtenir ?

— Vous ne pouvez pas comprendre. Vous avez vécu une existence si protégée.

— Vous ne savez rien de moi.

Elle se laissa glisser sur le plancher, plia les genoux et les serra contre elle.

— Expliquez-moi ce que je ne peux pas comprendre, murmura-t-elle.

Il s'adossa à la porte et croisa les bras. Au début, elle crut qu'il allait l'ignorer, puis il commença sur un ton monocorde :

— Mon père est mort quand j'étais enfant, et ma mère a découvert que tout ce qu'elle possédait avait été englouti dans le jeu et de ridicules projets pour faire fortune. Histoire pathétique, mais banale. Ma mère était très fière. Elle a vendu le peu qu'il lui restait afin de dissimuler sa situation. Jusqu'à ce qu'elle soit obligée de faire ce qu'elle redoutait le plus.

— Qui était ? l'encouragea Caroline.

— Elle est allée trouver sa famille.

— N'est-ce pas à cela que servent les familles ?

— La vôtre, peut-être, fit-il avec un rire amer.

Il traversa la pièce et se laissa tomber sur le sol, à côté d'elle.

— Lorsque ma mère s'est mariée, elle a rompu avec sa famille irlandaise et catholique. Quand elle s'est retrouvée sans le sou, elle m'a emmené à Adair Court pour tenter de se réconcilier avec son frère, le père de Conlan. Elle a pleuré et supplié. En vain. Il lui a déclaré qu'elle avait trahi sa famille et sa patrie, et il nous a renvoyés. Comme nous partions, j'ai vu Conlan qui remontait l'allée sur son poney. C'était sa maison, il était chez lui. Et c'était son père qui avait abandonné ma mère et nous avait humiliés.

Caroline avait du mal à imaginer ce qu'il avait ressenti. Il avait raison – elle avait eu une existence protégée, en dépit de ce qu'elle avait vu et subi durant la Rébellion. Leurs parents les avaient aimées, ses sœurs et elle, et il lui paraissait impossible que sa mère refuse un jour de lui ouvrir la porte de Killinan. En dépit de ce que Grant avait fait, de ce qu'il faisait encore en la retenant prisonnière dans cet entrepôt, elle éprouva quelque chose qui ressemblait à de la pitié.

Mais elle savait qu'il ne voudrait pas de sa pitié. Il était fier, comme sa mère.

— Que s'est-il passé ensuite ? demanda-t-elle.

— Mon oncle est revenu à de meilleurs sentiments et a donné à ma mère de quoi aller à l'étranger où elle pourrait vivre à moindres frais. Nous nous sommes installés en Italie où elle est morte quand j'avais treize ans. Pressé par de vieux amis de ma mère, mon oncle a accepté de payer mes études. Je suis allé à Trinity College, et j'ai fait mon chemin depuis. Mais il a toujours refusé de me voir, de me laisser venir à Adair Court.

— Et vous avez essayé d'arracher la propriété à son fils, observa Caroline posément.

Grant appuya la tête contre une caisse et ferma les yeux. Ses beaux traits étaient crispés par une souffrance qui n'avait rien de feinte.

— Adair était chez lui, il appartenait à l'Irlande, à son peuple. Je voulais cela aussi. C'est tout.

— C'était son bien, légalement !

— Et j'étais un salaud d'Anglais qui tentait de le dépouiller ! On me l'a assez dit. Mais je ne pensais plus qu'à la façon dont on nous avait chassés d'Adair Court ce jour-là, aux larmes de ma mère, au mépris de mon oncle. Nous n'étions nulle part chez nous.

Ce qui était toujours le cas, devina Caroline. Et sa position dans la société ou ses succès féminins n'y changeaient rien. Peut-être était-ce pour cela qu'il aimait tant *La Chronique de Kildare* – à cause du sentiment d'appartenance qu'il tirait de sa lecture.

Incapable de s'en empêcher, elle tendit la main et s'empara de celle de Grant.

Il ouvrit brusquement les yeux et la regarda avec stupéfaction. Alors qu'elle s'attendait plus ou moins qu'il la repousse avec froideur, il posa lentement son autre main sur la sienne.

— Vous n'êtes pas obligé de mener cette vie-là, souffla-t-elle. Renoncez aux mondanités. Prenez vos livres, et étudiez-les. Découvrez l'Irlande dans leurs pages, et vous verrez que vous en faites partie, vous aussi.

— Caroline, dit-il en lui adressant un sourire dont la tristesse lui brisa le cœur, vous pensez que l'étude est la réponse à tout, n'est-ce pas ?

— Non, pas à tout. Mais nous pouvons trouver énormément de choses dans les livres si nous prenons le temps de chercher.

— Le temps est une chose que je ne possède pas. Mon cousin me tuera pour m'en être pris à votre sœur, et il aura raison. J'ai commis trop d'erreurs.

— Nous faisons tous des erreurs. Les vôtres ont juste été plus spectaculaires que la plupart.

Grant s'esclaffa.

— Et que me suggéreriez-vous de faire pour les réparer ?

— D'abord de nous libérer, Anna et moi. Ensuite de pousser George dans la Liffey. Cela fait des années qu'il nous cause des soucis. S'allier à lui est une faute grave.

— Et ensuite ?

— Et ensuite... je ne sais pas. Peut-être que vous devriez vous trouver une femme raisonnable, et l'emmener dans votre domaine à la campagne. Vous pourriez étudier, écrire des livres et gérer vos fermes sur place.

— C'est ce que vous feriez ? Si vous pouviez avoir la vie que vous désirez ?

Elle n'y avait jamais vraiment réfléchi, aussi ne répondit-elle pas tout de suite. Que ferait-elle si elle était libre de choisir ? Si elle n'était pas prisonnière des restrictions dues à son état de femme ? Si elle n'avait pas déjà plus ou moins décidé du cours de sa vie avec lord Hartley ?

— Oui, je vivrais dans un bel endroit tranquille, où je pourrais lire et élever une famille. Où je pourrais être juste... moi.

— Ah, mais vous savez qui vous êtes. Alors que moi, je l'ignore. Je ne connais que mes démons.

Caroline leva la main et lui caressa doucement la joue.

— Je pense qu'il y a davantage en vous, murmura-t-elle.

Les yeux de Grant s'étrécirent tandis qu'il la dévisageait. Puis, lentement, comme s'il luttait contre une force en lui, il s'inclina vers elle et ses lèvres frôlèrent les siennes avec une infinie tendresse. Et soudain, de manière étrange, Caroline fut traversée par l'impression que ceci était « juste », comme si elle l'avait attendu depuis toujours.

Et le monde explosa. La porte céda, le bois et les serrures se fendirent. Grant repoussa Caroline et lui fit un bouclier de son corps. Elle reconnut Adair, le visage sombre, les yeux noirs de fureur.

— Lâchez-la ! rugit-il.

Avant que Caroline puisse crier, courir ou même penser, il attrapa Grant par le devant de son manteau et le jeta à travers la pièce. Caroline bondit sur ses pieds, la gorge nouée.

— Pour l'amour de Dieu, sauvez-vous ! lui cria Adair en se ruant sur son cousin. Où est Anna ? Qu'avez-vous fait d'elle, salopard ?

— Elle est en bas ! répondit Caroline tandis que le visage de Grant virait à l'écarlate sous la poigne qui lui serrait la gorge. Dans un… un placard, je crois.

Elle pivota et se précipita vers l'escalier. Elle s'arrêta abruptement : de la fumée montait du rez-de-chaussée en volutes épaisses.

Horrifiée, elle sentit la fumée l'envelopper, s'insinuer dans sa gorge, âcre, étouffante. L'empêchant de rejoindre Anna.

Elle entendit le crépitement des flammes et hurla :

— Au feu ! Au feu !

27

— « … passa un pont ce triste jour… »

La gorge serrée, Anna arrivait à peine à articuler. Depuis combien de temps chantait-elle ? Des heures ? Des jours ?

— Je te reviendrai, Conlan, murmura-t-elle. Je le jure.

Elle s'étrangla, et ses yeux se mirent à la picoter tandis qu'une odeur âcre s'infiltrait dans ses narines. De la fumée !

Elle tendit la main, et la retira vivement. La porte était chaude.

— Laissez-moi sortir ! cria-t-elle en cognant contre le battant.

La fumée semblait plus épaisse à présent, et elle se mit à tousser.

Mon Dieu, avait-elle survécu à la Rébellion pour mourir asphyxiée dans ce placard ? Elle pensa à sa mère et à ses sœurs, à l'enfant à naître d'Eliza, à Conlan, et puisa dans son amour pour eux la force nécessaire pour continuer à lutter. Elle se jeta contre la porte, encore et encore, sans se soucier de la douleur qui lui broyait l'épaule.

La porte s'ouvrit brutalement comme si on l'avait arrachée de ses gonds et elle tituba en avant. Elle serait tombée si des bras solides ne s'étaient refermés autour d'elle.

— Anna, cria Conlan, tu es blessée ?

Elle secoua la tête, et s'aperçut qu'elle sanglotait. C'était *lui* ! Son guerrier, son dieu celtique. Avec son visage couvert de suie et ses cheveux en bataille, jamais il ne lui avait paru aussi beau.

L'air était irrespirable. De gros nuages de fumée tourbillonnaient, et elle entendait les flammes crépiter. Quelque part dans le bâtiment, des poutres s'effondrèrent.

— Il faut sortir d'ici ! hurla Grant Dunmore.

Anna l'aperçut par-dessus l'épaule de Conlan. Il n'avait plus son manteau, sa chemise était déchirée et son visage ensanglanté.

— Où est Caroline ? lui cria Anna en tentant de se dégager des bras de Conlan. Qu'avez-vous fait d'elle ?

— Elle est déjà sortie pour donner l'alarme, répondit Conlan. Elle est saine et sauve, ce qui n'est pas encore notre cas

— Vite ! les pressa Grant en les poussant devant lui.

Conlan souleva Anna dans ses bras et s'élança en avant. La chaleur et la fumée étaient presque insupportables, et elle avait la tête qui tournait comme si elle allait s'évanouir, pourtant, Conlan continuait à courir.

Par une porte ouverte, elle entraperçut le corps inerte de George avant que les flammes ne le dévorent. Elle enfouit le visage au creux de l'épaule de Conlan, qui haletait à présent.

Un instant plus tard, ils émergeaient de l'entrepôt dans la nuit glaciale. Conlan venait à peine de déposer Anna sur le sol qu'une partie du toit s'effondra dans un rugissement.

La jeune femme se laissa tomber à genoux, et vomit. Puis elle commença à trembler de tous ses membres.

— Nous sommes vivants, articula-t-elle d'une voix éraillée.

— Anna, mon amour, tu es sûre que tu n'es pas blessée ? demanda Conlan en s'agenouillant près d'elle.

Elle se jeta dans ses bras et l'étreignit avec force.

— Je n'ai rien, sanglota-t-elle. Mais j'ai eu tellement peur de... de ne plus jamais te revoir.

Il la serra contre lui, et lui embrassa les cheveux, la joue, le nez.

— Je te retrouverai toujours, ma petite sorcière. Toujours. Où que tu sois.

— Anna !

Tournant la tête, Anna vit Caroline qui remontait le quai en courant, le manteau de Grant drapé sur les épaules et les pieds nus. Elle se redressa, et les deux sœurs s'étreignirent. Riant comme des folles, elles attirèrent Conlan dans leur embrassade. Ils étaient sains et saufs. C'était comme de se réveiller d'un cauchemar et de découvrir que le soleil brillait.

— Que s'est-il passé quand ils nous ont séparées ? voulut savoir Caroline.

— Rien, sinon que j'ai été enfermée dans un placard puant, répondit Anna.

Elle examina soigneusement sa sœur qui, Dieu merci, ne semblait pas blessée.

— George est mort, lui annonça-t-elle. Et Grant...

Dans l'excitation du moment, Anna avait oublié Grant. Elle scruta le quai. Des badauds s'étaient rassemblés par petits groupes, mais Grant n'était pas parmi eux.

— Je croyais qu'il nous suivait.

Il y eut un épouvantable fracas tandis qu'une autre partie du toit s'effondrait. Des vitres explosèrent. Anna fit volte-face et, l'espace d'un instant, elle aperçut une haute silhouette dans l'encadrement de la porte. Puis elle fut engloutie par la fumée.

— Il est encore dedans ! hurla-t-elle en pointant le doigt sur le bâtiment en feu.

— Non, murmura Caroline.

Elle vacilla, sous le choc, les yeux vitreux. Puis fit un pas chancelant en direction de l'enfer. Anna agrippa sa jupe et la tira en arrière.

— Restez là, toutes les deux, ordonna Conlan.

Et sous le regard horrifié d'Anna, il courut vers l'entrepôt. Il avait réagi si promptement qu'elle n'eut pas le temps de protester ni de l'en empêcher.

Cramponnée à Caroline, elle fixait le brasier dans lequel Conlan et Grant étaient en train de se débattre. La foule allait grandissant, et une brigade de pompiers munis de seaux s'était formée pour essayer de sauver les maisons voisines, mais Anna ne voyait rien de tout cela.

— Ils s'en sortiront, murmura-t-elle.

— Il le faut, articula Caroline.

Enfin, ô miracle, une ombre se dessina derrière les flammes. Et une seconde plus tard, Conlan apparut, portant Grant en travers de l'épaule. Il se laissa tomber à genoux dès qu'ils furent hors d'atteinte des flammes et se mit à tousser. Grant glissa sur le sol et y demeura, inerte.

Anna se précipita vers eux, Caroline sur ses talons. Conlan haletait éperdument, la respiration sifflante, mais il semblait indemne.

— Est-ce qu'il... commença Anna en regardant Grant.

Elle vit, soulagée, que sa poitrine se soulevait faiblement sous sa chemise roussie. Mais son cou et la moitié gauche de son beau visage étaient gravement brûlés. Lorsqu'il reprendrait conscience, la douleur serait atroce. Et malgré tout ce par quoi il l'avait fait passer, Anna sentit son cœur se serrer.

À genoux près de Grant, Caroline repoussa d'une main tremblante les mèches noires de suie des plaies de son visage.

— Il a besoin de soins médicaux, fit Conlan d'une voix rauque. Et d'être mis à l'abri de ce froid odieux. Nous aussi.

Anna hocha la tête, soudain affreusement lasse.
— Pourquoi es-tu allé le chercher ? souffla-t-elle.
Conlan ferma les yeux un instant, le visage crispé.
— Parce que… c'est mon cousin.

28

Katherine borda tendrement Anna. Les carreaux de la fenêtre avaient été remplacés, et le soleil qui coulait à flots transformait les cheveux de sa fille en or liquide. Lorsqu'elle avait voulu tirer les rideaux, Anna avait marmonné d'une voix que le laudanum rendait pâteuse :

— Non, maman. Je veux de la lumière.

Katherine n'avait pas insisté. Elle lui aurait donné le soleil lui-même si elle l'avait demandé.

Elle ne savait pas très bien ce qui s'était passé dans cet entrepôt. Ses filles lui avaient vaguement parlé de pièces verrouillées, de tentatives de fuite, et d'incendie. Elle imaginait le pire, même si le médecin lui avait affirmé qu'elles ne souffraient que du froid et de la fatigue.

Contrairement à Grant Dunmore qui, gravement brûlé, avait été emmené à la campagne, sans espoir de se remettre. Elle pouvait le plaindre, mais ne parvenait pas à puiser en elle la force de lui pardonner.

Elle déposa un baiser sur la joue d'Anna. Les meurtrissures disparaîtraient, mais elle craignait que les souvenirs ne demandent plus de temps pour s'effacer.

Elle sortit de la chambre sur la pointe des pieds et jeta un coup d'œil dans celle de Caroline, juste à côté. Sa cadette dormait, elle aussi, des livres éparpillés autour d'elle comme si elle avait cherché l'oubli dans leurs pages. Katherine les referma et les empila sur le sol avant de border la jeune fille.

Elle regagna le salon, agitée et troublée. La maison était silencieuse, les domestiques vaquant à leurs tâches sans bruit. Smythe avait dû leur ordonner de ne pas la déranger.

Pourtant, elle aurait aimé qu'ils la dérangent ! Un petit problème domestique l'aurait distraite de ses pensées.

Elle pénétra dans la bibliothèque impeccablement rangée. Un bon feu brûlait dans la cheminée devant laquelle se trouvait le canapé où Nicolas l'avait embrassée pour la première fois. Elle s'en détourna et s'approcha de la table. Le carnet de croquis de Caroline était ouvert sur un portrait d'Anna. C'était un beau travail, très ressemblant. Les yeux souriaient avec malice. Nicolas était vraiment un excellent professeur à en juger par les progrès rapides de Caroline.

Décidément, il était partout, soupira Katherine. Elle ne pouvait lui échapper. Le pire, c'était qu'elle ne le désirait pas.

Elle referma le carnet. Elle ne devrait plus rechercher la présence de Nicolas. Il avait une vie dont elle ignorait tout. Il récoltait des informations pour Adair, et il avait à coup sûr d'autres secrets.

Mais ses baisers avaient éveillé quelque chose en elle, lui avaient révélé une partie d'elle-même dont elle ignorait l'existence. Une femme passionnée dans laquelle elle se reconnaissait à peine.

Comment renoncer à cela ? à lui ? Et comment vivre avec lui ?

Elle s'empara du courrier, le parcourut distraitement dans l'espoir d'y trouver quelque distraction. En bas de la pile, elle tomba sur une enveloppe épaisse déjà ouverte – Caroline ou Anna avait dû la lire –, et reconnut l'écriture d'Eliza.

— Enfin ! s'écria-t-elle.

Cela faisait longtemps qu'elle n'avait pas eu de nouvelles de sa fille aînée. Elle s'assit à la table pour lire la précieuse lettre.

À la nouvelle de la naissance à venir, Katherine sentit des larmes de bonheur lui monter aux yeux. Eliza lui manquait terriblement et elle souffrait d'avoir si peu de nouvelles. Bientôt, toutes ses filles seraient mariées et, si Dieu le voulait, heureuses.

Et, elle, que lui resterait-il ? Que ferait-elle de sa vie ?

Le majordome frappa à la porte entrouverte. Katherine s'empressa d'essuyer ses larmes et replia la lettre.

— Oui, Smythe ?

— M. Courtois demande à vous voir, milady, répondit ce dernier, une pointe de désapprobation dans la voix.

Nicolas, ici ? Maintenant ? Elle ne l'avait pas revu depuis le retour de ses filles, mais il était resté auprès d'elle durant l'épouvantable attente. Elle n'avait alors pas eu le courage de lui parler franchement. Peut-être en serait-elle capable à présent.

— Faites-le entrer, Smythe.

Elle se précipita vers le miroir et s'efforça d'arranger un peu sa coiffure. Tristement, elle admit qu'elle ne pouvait rien faire quant à ces petites rides sous les yeux. Annuler les années passées était impossible.

Elle devait juste veiller à ne pas laisser filer celles auxquelles elle avait encore droit.

Elle s'assit sur le canapé, arrangea ses jupes autour d'elle. Les mains croisées sur les genoux, elle se sentait aussi nerveuse qu'une débutante à son premier bal. Elle avait de la peine à imaginer qu'elle était sur le point d'être grand-mère.

Il entra, referma doucement la porte derrière lui, puis contempla longuement Katherine sans mot dire.

— Bonsoir, Nicolas, le salua-t-elle d'un ton posé.

— Comment vont vos filles ?

— Mieux, il me semble. En tout cas, elles dorment.

— Et vous ?

— Je crois bien ne pas avoir dormi du tout, avoua-t-elle avec un rire bref. J'ai fait d'affreux cauchemars, ensuite j'ai ressassé les derniers événements. Puis je suis allée voir mes filles, j'ai vu qu'elles allaient bien et maintenant je vais mieux.

— J'en suis heureux.

Il garda le silence un instant, les yeux fixés sur son visage comme s'il y cherchait quelque chose. Katherine fut de nouveau frappée par la beauté du jeune homme.

— Je ne vous ai jamais espionnée, Katherine, reprit-il enfin. J'en serais incapable. Je suis un artiste. Je suis en quête de beauté et de vérité, et une chose aussi sordide que...

— Je sais, l'interrompit Katherine. Vous n'avez pas les qualités nécessaires pour ce genre de travail, Nicolas. Vous feriez un très mauvais espion.

— C'est vrai, acquiesça-t-il en souriant. Complètement inefficace. J'ignore si je dois me sentir flatté ou insulté par votre remarque. Suis-je si transparent que je ne puisse pas garder un secret ?

— Pas du tout. Je pense que vous avez trop de secrets, que vous cachez trop de souvenirs horribles.

Nicolas se résolut à avancer. Il s'agenouilla devant Katherine, s'empara de ses mains qu'il embrassa délicatement, comme s'il s'agissait de précieux trésors.

— Je ne veux pas avoir de secrets pour vous, Katherine, murmura-t-il en pressant la paume de celle-ci contre sa joue. J'ai aidé Conlan parce que nous étions amis depuis longtemps, c'est tout. Jamais je n'aurais répété des propos entendus ici.

— Je sais, fit-elle en lui caressant doucement le visage. Moi non plus, je ne veux pas avoir de secrets pour vous.

Il la contemplait de ces beaux yeux d'un bleu profond dans lesquels elle se serait noyée avec bonheur.

— Je ne peux plus me taire, ma belle. Quelles que soient les conséquences, même si vous me renvoyez, je dois parler. Je vous aime, Katherine. Je vous aime de tout mon cœur. Je ne peux pas vous offrir ce que vous méritez, une vie de richesses et de beauté. Je n'ai que mon amour à vous donner, mais il sera toujours entièrement vôtre, quoi que vous décidiez.

La gorge nouée, les yeux brûlants de larmes difficiles à contenir, Katherine se demandait si l'on pouvait mourir de bonheur, s'embraser et se consumer de joie.

— J'ai eu des richesses toute ma vie, articula-t-elle. Et elles ne sont rien, *rien*, comparées à ce cadeau que vous me faites, Nicolas. Il n'y a rien de plus beau que l'amour. Moi aussi, je vous aime.

Elle n'avait jamais dit cela à un homme, et aucun homme ne le lui avait jamais dit. Entre son mari et elle, il y avait eu de l'affection, le souci partagé de leur famille et des devoirs qui leur incombaient, mais pas un amour comme celui-ci. Un amour dont elle pensait que seuls les poètes et les fous y avaient accès.

Elle faisait donc partie des fous.

— Ma belle, souffla-t-il, et le sourire qui illumina son visage était comme l'apparition du soleil en hiver.

— C'est vrai, affirma-t-elle, sentant son cœur menacer d'exploser. Je vous aime, Nicolas. Je ne sais que faire à présent, ni ce qui va se passer ensuite, mais je vous aime.

En réponse, il l'embrassa passionnément, et elle lui rendit son baiser avec toute la force de cet amour qui venait de lui être révélé. Si elle ignorait quoi faire à présent, elle savait qu'obéir à l'amour n'était ni une erreur ni une faute. Se blottir dans les bras de Nicolas, c'était comme de rentrer enfin à la maison.

29

— La cuisinière a fait ces gâteaux spécialement pour toi, Anna, et, si tu ne les manges pas, elle sera très triste, déclara Caroline.

Anna regarda sa sœur déposer le plateau lourdement chargé sur un guéridon près de son fauteuil.

— Ces derniers jours, la cuisinière n'a fait qu'essayer de me fourrer de la nourriture dans la bouche, commenta-t-elle en riant. Je ne vais bientôt plus pouvoir passer les portes.

— J'en doute. Si tu ne manges pas un peu, tu vas rétrécir et disparaître. Bois au moins du thé.

— Très bien. Va pour une tasse de thé.

Caroline versa le thé indien et y ajouta un nuage de lait. Une expression empreinte de tristesse ne la quittait plus depuis l'incendie.

— Tu as à peine quitté cette pièce depuis que… euh, depuis que nous sommes rentrées à la maison, observa-t-elle. Cela ne te ressemble pas.

Anna posa son livre sur ses genoux.

— Tu m'as peut-être convaincue des joies de l'étude. La mythologie irlandaise est fascinante.

— Je te l'ai toujours dit, répliqua Caroline.

Elle tendit sa tasse à sa sœur, puis s'assit au bord du lit.

— Psyché aurait bien besoin de prendre un peu d'exercice dans le parc, et toi aussi, insista-t-elle. Les invitations s'empilent dans l'entrée, et tes amis n'arrêtent pas de passer et de laisser des fleurs. Smythe ne pourra pas les renvoyer éternellement.

— Je les vois arriver par la fenêtre, mais je n'avais envie de descendre pour personne.

— Tu veux dire qu'Adair n'est pas venu.

— Pas encore.

Conlan lui avait écrit pour s'enquérir de sa santé, lui dire qu'il allait bien et s'occupait de fermer l'*Olympian Club*, mais il ne lui avait pas rendu visite. Résultat, elle se torturait en se demandant ce qui le retenait.

— Va le trouver, suggéra Caroline.

— Je ne peux pas faire cela.

— Te voilà devenue subitement soucieuse des convenances ? Cela ne t'arrêtait pas avant.

— Ce n'est pas le souci des convenances. C'est juste que...

— Que quoi ?

Anna secoua la tête.

— Je ne veux pas parler de lui pour le moment. J'ai suffisamment pensé à lui comme cela. Raconte-moi plutôt. J'ai aperçu lord Hartley qui gravissait les marches du perron, tout fringant.

— Il est venu demander ma main à maman.

— Et alors ? l'encouragea Anna.

Elle avait beau penser que Hartley ne convenait pas vraiment à sa sœur, du moins cette cour suivait-elle la trajectoire classique, avec pour objectif une union en bonne et due forme. Contrairement à ce qu'elle avait vécu avec Conlan. Et puis, Caroline méritait d'être heureuse. Depuis l'incendie, elle semblait désemparée. Étrangement abattue.

— Maman a accepté que nous nous fiancions, mais il nous faudra attendre mes dix-sept ans pour nous marier, expliqua Caroline. Même si elle s'est mariée plus jeune.

— Cela me paraît très raisonnable.

— Oui, je suppose. Je voulais seulement que les choses soient enfin réglées, pour pouvoir aller de l'avant.

Anna aussi aurait aimé aller de l'avant. Le problème était de savoir vers quoi ? Elle ne pouvait revenir à l'état antérieur et ne pouvait pas non plus avancer.

— Mais j'ai quelques potins, annonça Caroline.

— Raconte. J'adore les potins, en ce moment.

— La pauvre femme de George – sa veuve, devrais-je dire – va se remarier. Quelques jours après sa mort. C'est scandaleux !

— Non ! s'exclama Anna, qui se rappelait l'air de chien battu de la pâle Mme Hayes. Et qui va-t-elle épouser ?

— Un certain M. Wise qui fait du commerce et qui est, paraît-il, l'homme le plus riche de Belfast. Il la courtisait déjà avant que ses parents l'obligent à épouser George, et il est toujours amoureux d'elle.

— Eh bien, j'espère qu'il la rendra heureuse. Elle le mérite.

— Et elle n'est pas la seule à se marier.

— Qui d'autre ?

— Ton amie lady Cannondale, bien sûr.

— Ah, oui ! s'écria Anna en riant. Elle m'a écrit hier. Elle est partie à Rome avec son Gianni. Je n'aurais jamais deviné que c'était une histoire sérieuse.

— Moi non plus, avoua Caroline d'un air songeur. Elle m'a toujours paru avoir d'autres... centres d'intérêt.

— Elle a l'intention d'écrire un roman qui aura pour cadre l'Irlande d'autrefois. Et elle m'a invitée à lui rendre visite en Italie lorsqu'elle sera installée.

— Tu le feras ?

— Pourquoi pas ? Je pourrais peut-être me dénicher un bel Italien puisque ici, je n'ai apparemment aucune chance avec les messieurs.

— Oh, à ta place, je ne me hâterais pas de prendre une telle décision, sœurette !

— Que veux-tu dire ?

— Regarde qui arrive, répondit Caroline en désignant la fenêtre.

Anna tourna la tête et aperçut une voiture noire rutilante garée devant la maison. Un valet en livrée ouvrit la portière, et Conlan en sortit, vêtu d'un manteau bleu à la dernière mode. Il ne portait pas de chapeau, cependant, comme à son habitude.

— C'est le duc, observa joyeusement Caroline. Et en grande pompe. Essaierait-il par hasard d'impressionner quelqu'un ?

— Il n'a pas besoin d'impressionner qui que ce soit, ici, murmura Anna.

Le cœur battant, elle le regarda gravir les marches du perron. Elle savait qu'elle aurait dû lui en vouloir de cette attente odieuse, mais la joie de le revoir l'emporta sur la colère.

Elle se leva d'un bond.

— Aide-moi à me changer, Caroline, vite !

La porte du salon était ouverte lorsque Anna descendit. Elle avait promptement enfilé une jolie robe de mousseline bleue, et s'était recoiffée. Elle avait certes meilleure allure que la dernière fois que Conlan l'avait vue, mais elle regrettait néanmoins de n'avoir pas une robe spectaculaire, comme la rouge que Jane lui avait prêtée.

Elle risqua un regard dans la pièce où Conlan prenait le thé avec sa mère. Rasé de frais, les cheveux bien coupés, lui aussi avait meilleure allure que la dernière fois, mais il arborait une expression solennelle tandis qu'il écoutait Katherine.

Après tout ce qu'ils avaient vécu ensemble, c'était ridicule d'être aussi nerveuse à l'idée de le retrouver, songea Anna. Il n'empêche qu'elle était fébrile et toute tremblante.

Elle inspira à fond, lissa sa jupe, puis pénétra dans le salon.

— Ah, Anna, te voilà ! s'écria Katherine. Sa Grâce est venue en personne s'enquérir de ta santé.

— Je vais tout à fait bien, merci. Et ma sœur aussi, dit Anna en s'asseyant avec raideur à côté de sa mère. Ce qui, sans vous, n'aurait pas été le cas.

— Nous comptons retourner bientôt à Killinan, expliqua Katherine.

Elle servit tranquillement une tasse de thé et la tendit à Anna comme si elle donnait ce genre de petite réception très formelle tous les jours.

— Cette saison a été très… mouvementée, reprit-elle. Le calme de la campagne nous fera du bien.

— Voilà qui est très sage, lady Killinan, commenta Conlan. Moi aussi, je compte retourner à Adair Court pour assumer mes devoirs.

— Vraiment ? J'espère que vous viendrez nous rendre visite à Killinan. Ce n'est pas si loin pour un bon cavalier.

— Je ne suis pas certain que lady Anna sera heureuse de m'y voir.

— Ah bon ? fit Katherine dont le regard passa de l'un à l'autre. Eh bien, peut-être qu'une petite promenade dans le jardin vous aiderait à le découvrir. Le soleil a enfin percé, et un peu d'exercice fera du bien à ma fille.

Avant de comprendre ce qui lui arrivait, Anna se retrouva enveloppée dans une cape et poussée dehors avec Conlan. La pluie avait gelé sur les branches des arbres et les buissons, et le pâle soleil de l'hiver les faisait étinceler tels des éclats de verre.

Anna arracha une feuille qui évoquait un diamant, et la tortilla entre ses doigts.

— Je suppose qu'ici, nous n'avons pas à craindre d'être poignardés ou qu'on nous tire dessus.

— Seulement d'être espionnés.

Anna lança un regard par-dessus son épaule et vit le rideau retomber devant la fenêtre du salon.

— Oh, maman commence à être habituée aux visites masculines ! Lord Hartley est venu ce matin demander la main de Caroline.

— Ah bon ?

— Mais oui.

Anna leva la feuille pour en étudier les facettes cristallines et demanda dans un souffle :

— Pourquoi est-ce que tu n'es pas venu plus tôt ?

Les doigts de Conlan se refermèrent sur les siens.

— Je me suis dit que tu n'avais peut-être pas envie de me voir. Pas tout de suite.

Elle le contempla avec étonnement. D'où lui venait une pareille idée ? Elle n'avait cessé de penser à lui ces derniers jours. Elle s'était remémoré chaque moment passé ensemble, s'était rappelé chaque mot échangé, chaque baiser, chaque caresse.

— Qu'est-ce qui a pu te faire croire cela ?

— Tu viens de le dire : chaque fois que nous sommes ensemble, nous sommes pris pour cibles. C'est à cause de moi que ta sœur et toi avez été enlevées.

— Pas du tout ! protesta Anna. C'est à cause d'individus cruels et cupides qui vous détestent, toi et la cause que tu défends. Tu dois continuer à lutter comme tu le fais, et j'aimerais t'aider.

Conlan eut un rire amer.

— Tu crois que ce sont les seuls à me haïr ? Anna, j'aurai toujours des ennemis. Il y aura toujours des hommes qui détesteront la cause que je défends, pour reprendre ton expression. Qui détesteront ce que je suis.

— Voilà pourquoi tu as d'autant plus besoin de quelqu'un à tes côtés.

— Anna...

Conlan prit son visage entre ses mains, et lui caressa doucement les lèvres du pouce. Elle se pressa contre lui. Dieu que cela lui avait manqué, cette présence, cette proximité.

— Il n'y a rien que je désire davantage que d'être avec toi, continua-t-il. Mais je veux aussi que tu sois en sécurité et heureuse. Que tu aies tout ce que tu mérites dans la vie.

Rassemblant son courage, Anna laissa parler son cœur.

— Je n'ai jamais été vraiment heureuse avant de t'avoir trouvé, commença-t-elle. Tu me vois telle que je suis, telle que je veux être, et non pas comme un charmant ornement. Tu es fort et courageux, et tu me donnes envie de l'être à mon tour. Avec toi, j'aurai un but dans la vie : aider le peuple d'Irlande, en faire partie. Je t'aime, Conlan, et je sais que je pourrais me faire aimer de toi si tu me laisses essayer. Je t'en prie, laisse-moi te montrer combien je peux être forte.

— Oh, ma belle *cailleach* ! murmura-t-il en l'attirant contre lui pour la serrer avec force. Tu n'as pas à essayer quoi que ce soit. Je t'aime de tout mon être. C'est pourquoi j'essayais de garder mes distances, mais, manifestement, je n'y suis pas parvenu.

Anna noua les bras autour de son cou. S'il tentait de partir, elle se cramponnerait à lui.

— Que veux-tu dire ? Pourquoi garder tes distances si tu m'aimes ?

— Tu as été élevée pour mener une existence facile et brillante. Le genre que pourrait t'offrir mon cousin. Adair Court n'est pas un domaine facile à vivre.

— Et tu ne seras pas un mari facile, Conlan McTeer, ajouta-t-elle en riant. Mais ma mère m'a appris à gérer un domaine et à aider ceux qui y vivent. On ne m'appellera sans doute jamais l'Ange d'Adair Court, mais je peux faire ce qu'on attend de moi. Je veux un mari qui sera un partenaire, qui me laissera travailler avec lui et me verra telle que je suis. Comme moi, je te vois tel que tu es, mon fier guerrier celtique.

Conlan rit et inclina la tête pour l'embrasser. Il avait le goût de la menthe, du thé et du vent froid de l'hiver – le goût du bonheur.

— Anna, ma chérie, murmura-t-il en appuyant le front contre le sien. Je sens que je vais devoir te prendre au mot avant que tu te ravises.

— Aucun risque. Tu es tout ce que j'ai toujours voulu, Conlan.

— Alors, il ne me reste plus qu'une chose à dire.

— Qui est ?

— Lady Anna Blacknall, voulez-vous m'épouser et être ma duchesse ?

Fermant les yeux, Anna articula en silence : « Leurs Grâces le duc et la duchesse d'Adair, le couple le plus amoureux de toute l'Irlande. »

— Oh oui ! répondit-elle.

Épilogue

Adair Court, août 1800

— Où est-il ? Il devrait être là à l'heure qu'il est !

Debout sur le perron d'Adair Court, Anna scrutait l'allée comme si, par la seule force de sa volonté, elle pouvait faire surgir la voiture de son mari. Mais il n'y avait rien d'autre que les champs luxuriants écrasés de soleil.

L'enfant en son sein tressaillit, comme s'il percevait son inquiétude. Elle pressa la main sur son ventre et sentit un pied minuscule ruer dans sa paume. Elle n'était pas la seule à avoir hâte que Conlan rentre à la maison.

— Bientôt, mon tout-petit, murmura-t-elle. Ton père ne va plus tarder.

Conlan était à Dublin depuis qu'il avait appris que l'Acte de l'Union avait été voté au Parlement de Londres, le mois dernier. Cela signifiait que le vote du Parlement de Dublin était imminent, et il était parti rejoindre les opposants dans un ultime effort pour l'empêcher. La grossesse la rendait lente et maladroite, et la chaleur de l'été l'épuisait, si bien qu'Anna avait dû se résigner à faire ce qu'elle honnissait : attendre.

À part quelques messages dans lesquels Conlan disait qu'il allait bien, elle n'avait pas eu de nouvelles depuis des semaines. Jusqu'à la veille, où elle avait appris que l'Union avait été votée au milieu des huées et de violentes émeutes. Il y avait eu des morts et des arrestations, disait-on, mais la lenteur avec laquelle ces nouvelles atteignaient Adair Court était à rendre fou.

— Vous devriez rentrer, Votre Grâce, fit Mme McEgan dans son dos. Il fait trop chaud pour rester dehors.

Anna se retourna et lui sourit. Mary McEgan venait passer un peu de temps avec elle tous les après-midi pour lui changer les idées, bien qu'elle aussi soit inquiète, car son mari, ainsi que plusieurs autres métayers, avait accompagné Conlan. Les deux femmes travaillaient à leur projet d'école pour les filles, cousaient des vêtements de bébé, jouaient aux cartes... et attendaient.

— Je ne suis pas fatiguée, Mary.

— Peut-être pas, mais je parie que le petit l'est, Votre Grâce ! Venez vous asseoir et boire un verre de citronnade. Ils ne rentreront sans doute pas aujourd'hui, et s'ils reviennent, nous les entendrons aussi bien du salon.

Anna jeta un dernier coup d'œil à l'allée déserte et obtempéra. Elle devait penser au bébé. Il représentait l'avenir d'Adair Court, et de toute l'Irlande, quoi qu'il se soit passé à Dublin.

Elle rentra et referma la porte derrière elle.

— S'ils étaient blessés ou emprisonnés à Kilmainham, nous le saurions à l'heure qu'il est, dit-elle.

— Bien sûr, la rassura Mary. Ils doivent être en chemin.

Elles remontèrent dans le petit salon d'Anna, une pièce fraîche, décorée dans des teintes de rose et de crème, qui donnait sur l'allée, les champs et la route au-delà. Quand Conlan arriverait, elle ne pourrait pas ne pas le voir.

— Vous pourriez peut-être relire vos lettres, Votre Grâce, suggéra Mary en préparant deux verres de citronnade. Elles vous amusent toujours.

Anna sortit un paquet de lettres de sa boîte à couture. Elle les conservait là, à portée de main, pour se remonter le moral quand elle en éprouvait le besoin.

— Je les connais par cœur. Je n'ai plus vraiment besoin de les relire, dit-elle en caressant les précieuses missives.

Les trois lettres venaient de sa mère et de ses sœurs, toutes les trois de Lausanne. Les pages étaient remplies de charmants récits de leur vie dans la jolie ville au bord du lac, des nouvelles du fils d'Eliza, des études de Caroline et de ses projets de mariage avec lord Hartley.

Les deux mariages à Killinan de l'hiver dernier – le grand événement qu'avait été celui d'Anna avec abondance de tiares, dentelles et roses, et la petite cérémonie intime pour celui de Katherine – avaient donné lieu à des fêtes et à des réceptions familiales. Puis Katherine, à présent Mme Courtois, et son mari étaient allés passer une longue lune de miel en Suisse, auprès d'Eliza et de Will. Ils avaient tenu à emmener Caroline afin de lui donner le temps de réfléchir à son union avec Hartley. Killinan avait été confié aux bons soins d'Anna.

Ils allaient sans doute rester là-bas encore plusieurs mois, et manquaient terriblement à Anna. D'où l'importance qu'elle accordait aux lettres.

— Je voudrais encore parler de la Suisse ! s'écria la petite Molly, qui jouait à la poupée sur le tapis. Le patin à glace, ça a l'air tellement amusant.

Anna éclata de rire.

— Je doute qu'on puisse faire du patin à glace en août, même en Suisse !

Elle sortit une autre lettre, datant de l'hiver, et la relut pour Molly et Mary, qui adoraient les histoires de neige, de luge et de patinage.

— Il faut que je rentre préparer le dîner de Mère, annonça Mary comme la nuit commençait à tomber. Et vous aussi, vous devez manger, Votre Grâce. Il faut garder toutes vos forces pour l'arrivée du bébé. Je suis sûre que les hommes rentreront demain.

— Je sais, Mary. Du reste, je crains que nous n'ayons besoin de toutes nos forces très bientôt, acquiesça Anna en pensant à l'Union imposée et à ses conséquences pour le pays. Molly et vous reviendrez…

Elle s'interrompit comme une clameur s'élevait dehors. Elle se leva et se rua à la fenêtre. Celui qu'elle guettait depuis des jours remontait enfin l'allée !

Et il n'était pas seul. On avait l'impression que tout le domaine l'accompagnait dans une parade triomphale. Des paysans marchaient de chaque côté et derrière la voiture en portant des torches.

Anna ouvrit la fenêtre en grand. La foule chantait le vieux chant irlandais *Les Falaises de Doneen*. Les larmes lui montèrent aux yeux et son cœur se mit à battre à tout rompre tandis qu'elle éprouvait une immense fierté pour son mari et son pays. Même maintenant, alors qu'un coup fatal venait d'être porté à leurs espoirs d'indépendance, ils demeuraient unis. Ils ne renonceraient pas.

Comme la voiture s'immobilisait devant le perron, Anna se précipita hors de la chambre et dévala l'escalier. Lorsqu'elle ouvrit la porte, le bébé se mit à gigoter.

Au milieu des chants et des acclamations, Conlan descendit de voiture. Il avait les yeux cernés, était de toute évidence fatigué, mais il gardait la tête haute. Il la regarda, à la fois souriant et sombre. Il continuerait de se battre, et elle aussi. Ils ne faisaient plus qu'un, désormais, et se dévoueraient l'un à l'autre, à leur famille, à leur peuple.

Anna courut se jeter dans ses bras. Il l'étreignit.

— Te voilà enfin, souffla-t-elle.

— Me voilà, oui.

Il l'embrassa sur le front, les lèvres.

— Mais je rentre vaincu.

Anna secoua la tête et désigna la foule derrière eux, qui continuait à chanter et à applaudir.

— Pour eux, ce n'est pas une défaite, Conlan ! Ils savent que tu t'es battu pour eux, et que tu continueras. Que *nous* nous battrons pour eux.

Conlan se mit à rire et l'embrassa de nouveau.

— Ma *cailleach* acharnée, dit-il avec tendresse.

— Je *suis* acharnée parce que tu m'as appris à l'être, lui rappela-t-elle. Ensemble, ici, nous pouvons tout faire.

— Anna, murmura-t-il. *Is tu mo ghra*. Je t'aime.

— *Is tu mo ghra*. Je t'aime. Pour toujours.

Note de l'auteur

Voici sur quels faits historiques s'appuie ce récit : l'Acte d'Union consistait en fait en deux actes, le premier fut voté par le Parlement de Londres le 2 juillet 1800, et le second par le Parlement d'Irlande le 1er août 1800. Les deux actes unissaient le royaume de Grande-Bretagne et le royaume d'Irlande pour créer le Royaume Uni de Grande-Bretagne et d'Irlande, et prirent effet le 1er janvier 1801. Le premier acte ne fut annulé qu'en 1983 par le vote de l'Acte de Révision des Lois de la République d'Irlande.

Avant ces deux actes, l'Irlande s'était unie à l'Angleterre par une union à titre personnel lorsque le Parlement irlandais avait voté l'Acte de la Couronne irlandaise proclamant Henry VIII roi d'Irlande. L'Angleterre et l'Écosse avaient formé un seul royaume en 1603.

Le Parlement de Dublin avait obtenu une certaine indépendance par la Constitution de 1782 et nombre de ses membres tenaient farouchement à cette liberté durement gagnée (le plus célèbre étant Henry Grattan, héros des Anti-Unionistes mentionné dans ce roman). Ils rejetèrent une motion pour l'Union en 1790 par cent neuf voix contre cent quatre. Précisons que le Parlement irlandais n'était pas ouvert à tous les Irlandais : seuls les anglicans de la classe supérieure pouvaient en devenir membres.

La Révolution française et l'insurrection irlandaise de 1798 inquiétant l'Angleterre, celle-ci décida de museler ces sauvages d'Irlandais. C'est grâce à des pots-de-vin sous forme de titres, de domaines et de monnaie sonnante et trébuchante que l'Acte d'Union fut voté par cent cinquante-huit voix contre cent quinze.

Quant aux Enfants de Lir, on peut en voir une statue sur la place du Jardin du Souvenir, à Dublin. Ce monument est censé symboliser la renaissance de l'Irlande après neuf cents ans de lutte pour l'indépendance.

Découvrez les prochaines nouveautés
des différentes collections J'ai lu pour elle

AVENTURES
&PASSIONS

Le 7 mars

Les noces de la passion ⊲ **Laura Lee Guhrke**
Lord Hammond est ruiné ? Lady Viola n'en a cure. Folle amoureuse, elle l'épouse. Très vite pourtant, il lui faut déchanter : John ne l'aime pas, ne s'intéresse qu'à son argent… et s'affiche avec d'autres femmes ! C'en est trop pour Viola qui lui interdit sa chambre. Neuf ans plus tard, en mal d'héritier, John doit la reconquérir…

Inédit ***Les fantômes de Maiden Lane - 1 - Troubles intentions*** ⊲ **Elizabeth Hoyt**
Persuadé que l'assassin de sa maîtresse se cache à St. Giles, le plus sordide quartier de Londres, lord Caire demande à la douce Temperance, une jeune veuve à la tête d'un orphelinat, de le guider dans les sombres ruelles. En échange, il l'introduira dans la haute société. Mais Temperance n'est pas aussi innocente qu'elle n'en a l'air…

Inédit ***Les péchés de Lord Cameron*** ⊲
Jennifer Ashley
L'éternel séducteur Cameron MacKenzie se moque de savoir si Ainsley Douglas a une bonne raison de se trouver dans sa chambre. Six ans plus tôt, dans des cisconstances similaires, il l'avait laissée filer. Seulement cette fois-ci, il compte la garder à ses côtés et toute la nuit !

Le 21 mars

Le chevalier noir ☙ **Connie Mason**
1355. Raven prépare son mariage quand se présente au château le terrifiant Chevalier noir. C'est avec effroi qu'elle reconnaît Drake, celui qui, douze ans plus tôt, fut chassé du château par sa faute. D'un regard, la jeune femme comprend la haine qui l'habite. Et, le soir de ses noces, c'est Drake qui pénètre dans la chambre nuptiale...

Inédit ***Les insoumises - 2 - Verity*** ☙
Madeline Hunter
Aussitôt mariée de force au duc de Hawkeswell, Verity s'était enfuie, se faisant passer pour morte. Deux ans plus tard, abasourdi, ce dernier la retrouve. Entourées d'amies indépendantes et volontaires, Verity est devenue une nouvelle femme, qui exige l'annulation de leur union. Jamais ! Hawkeswell récupérera celle qui lui appartient et s'il le faut, en jouant de la ruse... Au moyen de trois baisers par jour.

Inédit ***Le clan Campbell - 1 - À la conquête de mon ennemie*** ☙ ***Monica MacCarty***
Craint et respecté de tous, Jamie Campbell appartient au plus puissant clan d'Écosse. Pour vaincre l'anarchie qui règne dans la région, il redoublera de ruse en demandant la main de Caitrina, la fille du chef des Lamont, un clan rival. Longs cheveux auburn, lèvres sensuelles... Face à la sublime Caitrina, le Highlander doit baisser les armes.

Le 7 mars

CRÉPUSCULE

Inédit ***Les Highlanders - 3 -***
La tentation de l'immortel ☙ **Karen Marie Moning**
Quand ce soir-là Lisa touche une étrange fiole, tout bascule. Transportée dans l'Écosse du XIVe siècle, elle se retrouve face à Circenn Brodie, un guerrier immortel qui a juré de tuer quiconque toucherait l'objet. Devant une telle beauté, Circenn tiendra-t-il sa promesse ? Une promesse qu'il a jadis faite à Adam Black, l'Elfe noir…

Inédit ***Le cercle des Immortels - Dark-Dreamers - 2 -***
Au-delà de la nuit ☙ **Sherrilyn Kenyon**
Née sur le mont Olympe, la déesse Leta vit et se déplace dans les songes des Humains, des êtres dont elle ne connaît que les pensées. Si leur monde lui est totalement inconnu, Leta doit pourtant s'y infiltrer et retrouver Aidan…. Aidan, le seul homme capable de la protéger contre l'effroyable ennemi qui la pourchasse et l'a bannie du royaume des rêves.

Le 7 mars

PROMESSES

Inédit ***Sexe, mensonges et idéaux***

Rachel Gibson

Quinn McIntyre, détective à la recherche d'une tueuse en série qui opère par Internet, se fait passer pour un habitué des sites de rencontres. La suspecte numéro 1 ? Lucy Rothschild. Certes, cette jolie blonde n'a pas l'allure d'une tueuse mais on n'est jamais trop prudent. Très vite, Quinn se surprend à espionner Lucy plus par plaisir que par devoir...

Inédit ***Les Chicago Stars - 5 - Folle de toi***

Susan Elizabeth Phillips

Son métier, Molly Somerville l'adore. Auteur de livres pour enfants, elle est pleinement épanouie. Quant à sa vie intime, c'est autre chose. Ado déjà, elle était folle amoureuse de Kevin Tucker, le quarterback des Chicago Stars, l'équipe que dirige sa sœur Phoebe. Talentueux, adorable, Kevin est parfait. Si ce n'est qu'à ses yeux, Molly n'existe pas. Jusqu'à ce week-end dans le chalet familial...

Et toujours la reine du roman sentimental :

Barbara Cartland

« Les romans de Barbara Cartland nous transportent dans un monde passé, mais si proche de nous en ce qui concerne les sentiments. L'amour y est un protagoniste à part entière : un amour parfois contrarié, qui souvent arrive de façon imprévue.
Grâce à son style, Barbara Cartland nous apprend que les rêves peuvent toujours se réaliser et qu'il ne faut jamais désespérer. »

Angela Fracchiolla, lectrice, Italie

Le 7 mars
La belle et l'escroc

Le 21 mars
Les seigneurs de la côte

9837

Composition
FACOMPO

Achevé d'imprimer en Italie
par Grafica Veneta
le 16 janvier 2012.

Dépôt légal : janvier 2012.
EAN 9782290040577

ÉDITIONS J'AI LU
87, quai Panhard-et-Levassor, 75013 Paris

Diffusion France et étranger : Flammarion